나는 아버지입니다

Devoted

TEAM HOYT _Yes You Can!_

나는 아버지입니다

Devoted

딕 호이트 · 던 예거 공저 | 정회성 옮김

황금물고기

이 책을 아버지와 어머니에게 바친다.

두 분은 항상 우리를 성원해 주셨다. 아버지와 어머니는
내게 강인한 의지와 신체를 주신 분들이기도 하다.
나와 릭은 두 분 덕분에 예상을 뛰어넘는, 그리고 말로 설명할 수 없는
경지에서 경기를 할 수 있었다.

아내 주디에게도 이 책을 바친다.

주디는 릭의 교육을 위해 불철주야 용감하게 싸웠다.
주디의 노력으로 정규 교육을 받은 덕택에
릭은 일상적인 활동을 할 수 있게 되었다.

두 아들 롭과 러스에게도 이 책을 바친다.

롭과 러스는 릭의 장애 때문에 자신들의 생활이 계속 힘들어지는 걸
아무런 불평 없이 받아들였다. 둘은 마땅히 받아야 할 부모의 보살핌까지
릭을 위해 사양했다. 나는 이런 두 아들이 무척 자랑스럽다.

캐시 보이어에게도 이 책을 바친다.

사무실 관리인인 캐시는 이 책을 위해 많은 시간을 들여
자료 조사를 했을 뿐만 아니라 교정과 편집을 맡아 주었다.
캐시는 특히 글의 내용이 사실과 다르지 않도록 공들여 수정했다.

그리고 그 누구보다도 내 아들 릭에게 이 책을 바친다.

애초에 릭에게 강인한 정신과 불굴의 의지가 없었다면
이 책은 세상에 나오지 못했을 것이다. 릭이야말로 나를 감화시키고,
내게 삶에 대한 열정을 불어넣어 준 소중한 존재다.
릭은 팀 호이트의 심장이자 영혼이다.

아름다운 100만 킬로미터의 사랑

아버지란 존재가 점점 위축되는 요즘이다. 고귀하지만 한편으로는 난감하기도 한 밥벌이의 전선에서 아버지들은 점차 가족 밖 타인으로 전락하고 있다. 이 소금밭 같은 세상에서 아내에게도, 또 아이들에게도 낯설고 어색한 존재가 되었을 때 그럼 아버지는 도대체 무엇이란 말인가?

여기 미국 전역을 눈물바다로 만든 아버지 '딕 호이트'와 아들 '릭 호이트'의 이야기가 있다.

아들은 목에 탯줄이 감긴 채 태어나 뇌성마비와 경련성 전신마비가 되었다. 의사는 아이를 포기하라고 했지만 아버지는 아들을 포기할 수 없었다.

수년의 세월이 흘러 아들은 컴퓨터로 자신의 의사를 전했다. 아들의 바람은 단순했다.

"달리고 싶어요."

그날부터 아버지는 아들의 휠체어를 밀며 달렸다. 아들이 15세가 되던 해, 그들은 처음으로 8km 달리기 대회에 나가 뒤에서 2등을 했다. 하지만 경기 후 아들이 말했다.

"오늘 처음으로 내 몸의 장애가 사라진 것 같았어요."

부자는 서로를 끌어안고 뜨거운 눈물을 흘렸다. 이들의 도전은 여기서 끝이 아니었다. 마라톤은 물론 철인3종경기에도 참가했다. 사람들은 미친 짓이라며 말렸지만 이들은 마침내 철인3종경기를 완주하고 '철인'이란 영광스런 칭호를 받았다.

그 후로도 이들 부자의 도전은 계속되었다. 마라톤 64회, 단축 철인3종경기 206회, 보스턴 마라톤 24회 연속 완주의 대기록을 세웠다. 마라톤 최고 기록은 2시간 40분 47초. 정상인도 내기 힘든 기록이었다. 또한 달리기와 자전거로 6000킬로미터에 이르는 미국 대륙을 횡단하기도 했다.

대기록을 작성한 후 아들이 말했다.

"아버지가 없었다면 할 수 없었을 거예요."

이에 아버지가 말했다.

"네가 없었다면 아버지는 하지 않았다."

장애를 가진 아들을 위해 자신의 모든 것을 헌신한 아버지. 100만 킬로미터를 달리며 아버지란 존재를 새롭게 일깨운 딕 호이트에게 세상은 보이지 않는 명예로운 훈장을 수여했다. 그 훈장의 이름은 '기적의 아버지, 최고의 아버지'이다.

박 원 순 푸르메재단 이사 (변호사)

D
E
V
O
T
E
D

인터넷의 힘

일찍이 '인터넷 센세이션'이라는 말을 들어 보기
는 했지만, 그것이 무엇을 의미하는지 정확히 알지 못했다. 다행히 지
금은 잘 알고 있다. 그렇더라도 내가 컴퓨터를 잘 다룰 거라고 생각하
는 사람은 없으리라. 나는 이메일 확인 같은 것도 간신히 하는 사람이
니까.

손자들은 온라인 네트워킹, 채팅, 블로그 등에 대한 이야기를 곧잘
한다. 나로서는 도무지 알아들을 수 없는 전문 용어들이다. 아무튼 텔
레비전이나 신문을 보면 인터넷이 어떻게 우리의 삶을 변화시키고 있
는지에 대한 이야기가 자주 나온다. 인터넷으로 인해 인생관 또는 삶
자체가 바뀌었다는 사람들도 헤아릴 수 없이 많다. 그런데 인터넷에
나오는 이야기의 주인공들은 대부분 평범한 사람들이다. 하지만 그들
의 이야기를 들어 보면 감동과 함께 희망이 샘솟는다. 솔직히 우리의
이야기가 그 속에 낄 줄은 상상도 못했다.

장남 릭은 10년이 넘도록 휠체어에 의지해 살았다. 그런데 어느 날

녀석이 뜻밖의 제안을 했다. 나더러 러닝화를 신고 레이스에 나가서 자기를 밀어 달라는 것이었다. 그때가 1977년이었다. 당시 나는 서른일곱, 젊은 나이였지만 운동과는 거리가 먼 사람이었다. 고등학교를 졸업한 뒤로 운동다운 운동을 해본 적이 없었다. 운동이라고 해봤자 일주일에 두어 번 조깅하고, 가끔 동네 친구들과 즉석에서 하키 팀을 만들어 경기하는 게 고작이었다. 나는 주 방위군으로 근무하면서 될 수 있는 한 가족과 많은 시간을 보내려 애썼고 오랫동안 그것으로 만족했다.

아무튼 릭과 함께 참가한 첫 번째 레이스는 유쾌하고 즐거웠다. 하지만 말할 수 없이 힘들었다. 우리는 간신히 꼴찌를 면했다. 결승선을 통과할 무렵, 나는 심하게 숨을 헐떡거렸다. 얼마나 힘든지 숨을 쉴 수가 없었다. 게다가 몸 전체가 욱신욱신 쑤셨다. 난생 처음 겪는 근육통이었다. 나는 집에 오자마자 푹 쓰러졌다. 그저 쉬고 싶은 마음뿐이었다.

그런데 릭은 곧장 특수 컴퓨터인 '터프츠 쌍방향 의사소통 장치'로 향했다. 그러더니 첫 레이스가 얼마나 신나고 즐거웠는지 내게 말했다. 바로 그 순간, 나는 릭과 공유할 수 있는 특별한 것이 있다는 사실을 깨달았다.

첫 레이스가 계기가 되어 나 딕 호이트와 아들 릭 호이트는 '팀 호이트'라는 이름으로 활동하기 시작했다. 레이스에 나갈 때마다 나와 아들의 유대는 더욱더 돈독해졌다.

나와 릭이 레이스에 나가 함께 뛴 지 20년이 넘었을 무렵이었다.

당시 우리는 이미 많은 사람들에게 알려져 있었다. 특히 레이스에 관심 있는 사람들은 우리의 열렬한 팬이었다. 그 무렵 우리는 지역 매체뿐만 아니라 전국 매체를 상대로 인터뷰를 했다. 미국의 유명 토크쇼 진행자인 로지 오도넬은 그녀의 토크쇼에 우리를 초청해 인터뷰했다. 우리 이야기는 몇몇 잡지에도 실렸다. 《퍼레이드》지에도 짧지만 우리에 관한 기사가 실렸다.

그러나 무엇보다 가장 큰 반향을 불러일으킨 것은 2005년 아버지날* 스포츠 주간지 《스포츠 일러스트레이티드》에 실린 기사였다. 그것은 그때까지 우리를 다룬 그 어떤 기사보다도 강한 인상을 주었다. 스포츠 칼럼니스트인 릭 레일리는 우리 부자가 서로를 얼마나 믿고 사랑하는지, 그리고 현재의 위치에 이르기까지 우리 부자가 얼마나 많은 노력을 했는지에 대해 생생하면서도 세밀한 글을 썼다. 그 덕에 더 많은 사람들이 팀 호이트를 알게 되었다. 하지만 우리를 진정으로 이해하는 사람은 한정되어 있었다. 일반적으로 릭처럼 장애가 있거나 그런 사람의 가족 또는 관계자들만이 마음 깊이 우리를 이해했다. 그런데 2006년 9월 어느 날, 온라인 비디오가 모든 것을 바꾸어 놓았다.

그 무렵 릭과 나는 하와이 철인3종경기를 앞두고 바쁜 나날을 보내고 있었다. 달리기와 수영, 자전거 타기 등의 훈련으로 우리의 몸은 지칠 대로 지친 상태였다. 그날도 고된 훈련을 마치고 집으로 향했다. 내 머릿속은 그저 푹 쉬고 싶은 생각뿐이었다. 그런데 현관에 들어선 순

---

* 매년 6월의 세 번째 일요일.

간, 케시 보이어가 다급하게 나를 불렀다. 케시는 내 일을 관리하는 사업 파트너다. 그즈음 나는 집에 사무실을 두고 기업체를 돌아다니며 동기부여에 관한 강연을 하고 있었다. 아무튼 케시는 사무실에서 나를 부르더니 다짜고짜 이렇게 말했다.

"지금 당장 봐야 할 게 있어요!"

그녀는 컴퓨터 앞에 앉아 모니터 화면을 바라보고 있었다. 그런데 몹시 지쳐 보였다. 나는 그녀가 사무실 일을 하랴, 불과 몇 주 앞둔 우리의 하와이 여행 준비를 하랴 눈코 뜰 새 없이 바빠서 스트레스를 받았을 거라고 생각했다. 하지만 그렇더라도 어째서 저렇게 기진맥진해 있을까? 우리 일정에 뜻밖의 차질이 생긴 것일까? 릭의 장비를 꾸리느라 애를 먹어서일까? 도무지 감을 잡을 수가 없었다.

그런데 알고 보니 이메일 때문이었다. 이메일이 어찌나 많은지 메일함이 꽉 찰 정도였고, 그녀는 어떻게 답장을 해야 할지 몰라 쩔쩔매고 있었다. 케시는 일을 아주 완벽하게 처리하는 유능한 사람이다. 이제껏 만난 사람 중에 케시만큼 빈틈없이 일하는 이는 없었다.

케시가 나를 바라보지도 않고 말했다.

"어떡하죠? 끊임없이 쏟아져 들어오는 이메일에 일일이 답장할 수가 없어요. 고개 한 번 돌릴 때마다 이메일이 스무 통도 넘게 와 있다니까요. 새 이메일의 도착을 알리는 소리가 끊이지 않고 울려 대서 아예 스피커를 꺼 버렸어요."

나는 이메일로 가득한 모니터 화면을 바라보았다. 예상 밖의 일이라 나 역시 난감할 수밖에 없었다.

그런데 이메일이 왜 이렇게 끊임없이 쏟아져 들어오는 걸까? 처음에는 그 이유를 몰랐다. 하지만 곧 알게 되었다. 이유는 바로 릭과 내가 달리는 모습이 담긴 동영상 때문이었다. 그 동영상이 인터넷에 떠돌고 있었다. 케시는 사람들이 보낸 이메일과 팩스의 내용에 대해 이야기했다.

"유튜브에서 '팀 호이트'에 대한 동영상을 보고 글을 쓰지 않을 수 없었대요."

그것은 한 명의 팬으로부터 시작되었다. 그런데 금세 얼굴도 모르는 수많은 사람이 우리에게 연락을 해오기 시작했다. 모두가 똑같은 말을 했다. 인터넷을 통해 유튜브 동영상과 우리의 이야기를 접하고 큰 감동을 받았다는 것이다. 하지만 그때만 해도 나는 유튜브가 무엇인지도 몰랐다.

"유튜브? 대체 유튜브가 뭐지?"

나는 의자를 끌어당겨 케시 옆에 앉았다. 케시가 'youtube.com'으로 들어가더니 '팀 호이트'를 입력했다. 그러자 많은 사람들이 말한 문제의 동영상이 떴다. '세계철인3종경기연맹(WTC)'이 2004년에 제작한 DVD가 있었던 것이다. 그것은 릭과 내가 1999년 하와이에서 열린 철인3종경기에 참가해 수영을 하고 자전거를 타고 달리기를 하는 모습이 담긴 5분짜리 동영상인데, 배경 음악으로 〈나의 구세주가 살아 있네〉가 깔려 있었다. 나는 동영상을 보면서 이렇게 중얼거렸다.

"그러니까 사람들 눈엔 우리가 이렇게 보이는 모양이군."

거기에는 내 또래의 남자들에게서 볼 수 있는 회색 머리와 주름진

피부를 지닌 내가 있었다. 그리고 경주용 특수 휠체어나 고무보트에 앉아 있는 40대의 릭이 있었다. 릭은 무척이나 젊고 행복해 보였다. 나는 레이스를 벌이는 릭과 나의 모습을 보면서 자부심을 느꼈다.

그런데 어떻게 해서 릭과 내가 나오는 동영상을 수많은 사람들이 보고 저마다 댓글을 다는지 나로서는 납득이 가지 않았다. 그저 우리의 동영상이 인터넷 유튜브에 올라 있다는 사실이 신기할 뿐이었다. 내가 그 동영상을 처음 보았을 때는 방문자가 수천 명이었다. 그런데 2주쯤 지나자 그 수가 100만 명에 이르렀다. 당시만 해도 방문자 수가 100만을 넘는 동영상은 거의 없었다.

날이 갈수록 이메일이 봇물 터지듯 쏟아져 들어왔다. 그 수가 너무 많아 즉석에서 일일이 답장할 수가 없었다. 케시는 우리의 하와이 여행 이후에 답장을 하기로 했다. 나는 우리에 대한 사람들의 폭발적인 관심에 어리둥절했다. 어떻게 대처해야 할지 몰라 난감했던 것이다. 하지만 이메일이나 댓글에 정신을 팔 수만은 없었다. 그즈음 우리는 '하와이 아이언맨 월드챔피언십'의 결승전을 준비하고 있었다. 그러니까 나와 릭은 경쟁 모드에 돌입해 있었던 것이다. 나는 모든 일을 케시에게 맡기고 경기에 대비해 강도 높은 훈련을 하기 시작했다.

그 뒤 몇 달이 지난 어느 날이었다. 케시와 나는 사람들이 그 동영상을 무단으로 내려받고, 팔기까지 한다는 사실을 알게 되었다. 심지어 동영상을 행사에 이용하는 사람들도 있었다. 지금까지도 우리는 그 동영상이 어떻게 유튜브에 올라 있는지 알지 못한다. 누가 동영상을 올렸는지에 대해서도 짐작조차 못하고 있다. '세계철인3종경기연맹'이 저작권을 가진 뒤로 유튜브에서 그 동영상을 몇 차례 삭제했지만 소용이 없었다. 삭제하고 며칠 지나면 다시 뜨곤 했다. 아무래도 '세계철인3종경기연맹'에서 저작권을 포기한 것 같았다. 현재 유튜브에는 팀 호이트의 동영상이 아홉 내지 열 개나 떠 있는데, 배경 음악도 다양한데다 각국 언어로 설명되어 있다.

　나는 컴퓨터를 거의 사용하지 않기 때문에 한동안 웹사이트를 항해할 줄을 몰랐다. 따라서 그 모든 일을 인식하기까지 시간이 좀 걸렸다. 나는 우리의 동영상이나 이야기가 인터넷을 통해 마구 퍼지고 있는 사실에 불쾌해 하거나 화를 내지 않았다. 오히려 겸허하게 받아들였다. 그동안 우리가 받은, 그리고 지금도 받고 있는 이메일을 보낸 사람들은 실로 다양하다. 전쟁터에서 부상을 입은 군인, 근무 중에 끔찍한 사고를 겪은 경찰관, 수년 동안 부모와 대화를 하지 않은 아이, 가정이 아닌 사무실에서만 하루의 대부분을 보내는 부모들……. 이들은 우리의 이야기를 접하고 나서 자신을 되돌아보았다고, 또 더 나은 사람이 되어야겠다는 생각을 하게 되었다고 했다. 나는 그런 반응에 놀랐다. 우리가 사람들에게 영향을 줄 수 있다는 사실이 믿어지지 않았다.

　2006년 하와이 철인3종경기에서 돌아왔을 때, 케시는 사람들의 메일에 답장을 하느라 바쁜 나날을 보내고 있었다. 몇몇 사람은 팀 호이트의 경주용 휠체어나 릭의 의사소통용 특수 컴퓨터에 관심을 보였다. 케시는 그런 사람들의 질문 메일은 따로 보관해 두었다가 전문가에게 보내곤 했다. 그런 일은 지금도 계속하고 있는데, 가령 의사소통용 특수 컴퓨터에 관한 이메일은 보스턴 소아전문병원의 존 코스

텔로 박사에게 보낸다. 그러면 존 박사는 질문한 사람들에게 답장을 해 주고, 릭이 사용하는 것과 같은 컴퓨터를 소개한다. 우리는 경주용 휠체어와 자전거에 관한 여러 정보를 수집해 두었다. 우리가 사용하는 것과 비슷한 장비에 대해 알고 싶어 하는 사람들에게 정보를 주기 위해서다.

우리는 수많은 사람들로부터 놀라운 이야기를 듣곤 한다. 그중에는 극심한 비만이라 운동을 포기한 채 하루 종일 텔레비전만 보았는데 우연히 우리의 이야기를 접하고는 레이스에 참가하려고 노력 중이라는 사람도 있고, 우리의 동영상을 보고는 마약이나 술을 끊고 새로운 삶을 살기로 결심했다는 사람도 있다. 또 마라톤이나 철인3종경기에서의 우리 모습을 보고 신체적 결함을 극복할 자신이 생겼다는 사람도 있다. 물론 그들은 자신들을 감화시켰다며 우리에게 고마워한다. 생각해 보면 모든 것이 신기하다. 지구 곳곳에 살고 있는 수많은 사람이 동영상 하나를 보고 반응하는 것도, 그것을 가능하게 만든 기술도 신기하기만 하다.

우리는 지금 이 순간에도 토론토에서 도쿄에 이르기까지 얼굴도 모르는 전 세계의 사람들로부터 연락을 받는다. 지난 27년 동안 나와 릭을 사랑해 준 사람들, 그들은 우리를 응원하기 위해 보스턴 마라톤 코스에 줄지어 서 있었다고 말한다. 나는 우리가 그들 가운데 한 사람이라도 도울 수 있다면 행복할 거라고 생각한다. 그런데 지금 우리는 많은 사람들을 돕고 있는 것 같다. 우리가 사람들을 돕다니, 정말 믿어지지 않는다. 물론 이 모든 것은 인터넷 덕분이다.

릭의 컴퓨터 모니터 화면에는 'CAN(할 수 있다)'이라는 단어가 떠 있다. 이는 우리의 표어인 'Yes You Can(그래요, 당신은 할 수 있어요)'에서 따온 것이다. 그런데 누군가가 기존의 우리 동영상에 'Can'이라는 단어를 제목처럼 달고 배경 음악으로 〈상상할 수밖에 없어요(I Can Only Imagine)〉라는 노래를 깔아 놓았다. 케시는 수많은 사람들에게서 그 DVD를 달라는 요청을 받자, '세계철인3종경기연맹'에 연락했다. 연맹 측은 그룹 머시미로부터 노래에 대한 저작권을 얻었다. 그러고는 2007년에 〈상상할 수밖에 없어요〉가 배경 음악인 'CAN' DVD를 제작했다. 여기에 나오는 영상은 2004년의 DVD와 기본적으로는 같다. 하지만 '할 수 있다'는 우리의 표어에 초점이 맞춰져 있는데다 배경 음악도 다르다.

두 DVD는 인기가 아주 많다. 전 세계 사람이 우리의 DVD를 이용한다. 특히 교회, 회사, 학교 등에서 사람들에게 동기부여를 하기 위해 이용하는 경우가 많다. 우리는 DVD를 시청한 사람들에게서 이루 헤아릴 수 없이 많은 편지를 받는다. 물론 컴퓨터 앞에 앉아 유튜브를 통해 우리의 동영상을 본 사람들은 감동을 받았다는 내용의 댓글을 단다. 그러고는 동영상을 친구나 가족에게 소개한다.

사람들은 우리 이야기에 왜 그토록 관심을 가질까? 정확한 이유는 잘 모르겠다. 세상에 흉측한 일들이 너무 많아서 팀 호이트의 이야기에 끌리는 건가? 어쩌면 그럴지도 모른다. 살인, 전쟁, 마약, 폭력 등이 난무하는 세상에 살다 보니 사랑과 헌신에 대한 우리의 이야기를 좋아하는 것 같다.

나는 릭을 볼 때마다 감동한다. 릭은 나보다 더 긍정적이다. 사물을 바라보는 시야도 나보다 더 넓다. 나는 나 자신이 불행하다거나 내게 주어진 상황이 힘들다고 생각하지 않는다. 삶이 계속되는 한 최선을 다해 살아갈 자신이 있다. 나는 내 아들 릭을 사랑한다. 따라서 릭을 위해 하지 못할 일은 아무것도 없다. 릭 역시 나를 위해 하지 못할 일은 없다. 우리는 단순히 달려야 하기 때문에 달리는 게 아니다. 달리고 싶기 때문에 달리는 것이다. 그런 터에 우리가 달리는 것이 사람들에게 감동을 준다니, 그것만큼 기쁜 일이 어디 있겠는가.

릭과 나는 인생을 긍정적으로 살려고 끊임없이 노력한다. 우리가 수년에 걸쳐서 이룬 것들은 릭과 내가 간절히 원하고, 그 하나하나에 온 마음을 쏟은 결과물이다. 의사소통을 하는 방법을 찾은 것이든, 교육을 받은 것이든, 철인3종경기를 완주한 것이든, 미국 전역을 자전거를 타고 달린 것이든, 이 모든 것은 간절히 원하고 최선을 다했기 때문에 가능한 일이었다. 나는 우리가 사람들을 도울 수 있을 거라고는 예상하지 않았다. 우리는 그저 달렸을 뿐이다. 아버지와 아들이 함께 달리기를 즐겼을 뿐이다. 우리는 달리면서 서로에 대한 사랑을 확인하고 깊은 유대감을 느꼈다.

인터넷을 비롯한 테크놀로지의 세계는 우리의 삶을 크게 바꿔 놓았다. 우리의 이야기가 사람들을 감동시킨다는 사실을 깨달았을 때, 나는 이루 말할 수 없는 보람과 자부심을 느꼈다. 인터넷은 우리의 이야기를 수백만 명에게 전해 주었다. 그것은 우리가 의도한 일도, 계획한 일도 아니다. 그래서 그런 일이 일어난 것이 마냥 신기하고 기쁘다.

우리는 이 책의 몇 페이지를 우리로 인해 삶이 바뀐 몇몇 사람에게 바치고 싶었다. 이 책에 소개된 그들의 이야기 또한 감동적이다. 그들의 이야기는 자그마한 감동이 얼마나 멀리, 그리고 얼마나 많은 사람에게 전파되는지를 보여준다. 이제는 그들의 이야기가 나와 릭에게 감동을 준다. 이 책의 뒷부분 중간 중간에 실린 그 사람들의 이야기는 지난 25년 동안 우리에게 날아온 수많은 편지와 이메일 중에서 단 몇 개만을 추린 것이다.

01

나의 이야기

나는 항상 도전하기를 좋아했다. 그리고 손으로 일하는 것을 즐겼다.
땀 흘려 무언가를 만들어 냈을 때의 기쁨과 보람만큼 가치 있는 것은 없다고 생각했다.

　　나는 1940년 6월 1일 매사추세츠 주 윈체스터에서
10남매 중 여섯째로 태어났다. 사내아이 다섯, 여자아이 다섯인 우리
호이트 집안의 형제자매들이 태어난 곳은 윈체스터에 있는 병원이었
다. 그런데 공교롭게도 내 아이들과 몇몇 손자까지 그 병원에서 태어
났다.

　　우리 형제자매들은 보스턴 윈체스터 시내에서 북쪽으로 24킬로미
터가량 떨어진 노스리딩 근교에 있는 자그마한 집에서 성장했다. 우리
는 모두 금발에 파란 눈이었는데, 주위 사람들에게는 아주 건강하고
활동적인 아이들로 알려져 있었다. 비록 교대로 식사를 하고 화장실도
겨우 하나뿐인 비좁은 집에서 생활했지만, 우리들은 우리를 사랑하는
부지런한 부모님 밑에서 지극히 정상적으로 자랐다.

그 시대에는 다들 그렇게 살았겠지만, 어머니 앤과 아버지 알프레드 호이트는 결혼하고 나서 돌아가실 때까지 평생을 함께 지낸 세상의 소금과 같은 사람들이었다. 두 분은 먹여야 할 입이 많았음에도 우리에게 엄격하지 않았다. 우리는 어머니의 집안일을 돕든, 아버지를 도와 육체노동을 하든 서로 협력하면서 맡은 일을 충실히 해냈다. 나는 주로 손으로 하는 일을 맡았는데, 그런 일은 어른이 된 뒤에도 나를 따라다녔다.

나는 항상 도전하기를 좋아했다. 그리고 손으로 일하는 것을 즐겼다. 땀 흘려 무언가를 만들어 냈을 때의 기쁨과 보람만큼 가치 있는 것은 없다고 생각했다. 우리 집에서는 나무로 난방을 했다. 웬만큼 자랐을 때, 내가 맡은 일은 땔감으로 쓸 나무를 베어 오는 것이었다. 나는 아홉 살 때부터 직장 생활을 하기 시작했다. 아홉 살 먹은 아이의 직장은 집에서 3킬로미터 떨어진 아이젠하워 농장이었다. 나는 거기서 소떼를 몰거나 젖을 짜고, 외양간을 치우거나 건초를 쌓는 일 등을 했다. 그러고는 하루에 10센트와 450밀리리터짜리 우유 한 통을 받았다.

열두 살 무렵에는 시간당 50센트를 받고 한 농부 밑에서 일했다. 그 농부는 노스리딩과 인근의 탑스필드에 농장을 가지고 있었다. 내가 한 일은 말 그대로 농사였다. 나는 밭에서 하는 일이란 일은 죄다 했다. 밭을 갈고 잡초를 뽑고 작물을 수확했다. 그 농부는 일손이 부족하면 우리 형제 서넛을 트럭에 태우고 아침 일찍 탑스필드의 밭으로 달려갔다. 그리고 해가 서산에 기울면 우리를 노스리딩으로 데려다 주었다.

나는 그 시절 이후 죽 일을 해서 용돈을 벌었다. 하루도 제대로 쉬는 날이 없을 정도로 바빴다. 고등학교에 갈 즈음에는 농장과 동네 주유소에서 일했다. 청소와 잡역부 일도 했다. 12시간 쉬지 않고 일해서 18달러를 버는 날도 있었다. 물론 18달러는 그 시절의 내게 큰돈이었다. 나는 스스로 부자라고 생각했다. 뜨거운 여름날 벽돌공으로 일하면서 시간당 3달러를 벌기도 했는데, 특별히 힘들다고 생각한 적은 없었다. 나는 고등학교 2학년 때 휴학을 하고 1년 동안 학비를 벌어 이듬해에 복학하기도 했다. 그때 부모님은 나를 대견하게 여기셨다. 나는 힘든 일을 마다하지 않았고 누구보다도 열심히 일했다.

호이트 가문 사람들은 대단히 활동적이다. 하지만 나는 운동을 할 줄 몰랐다. 열두어 살이 되어서야 조금씩 운동을 하기 시작했다. 나는 형제자매가 많은 덕에 지루한 줄을 모르고 자랐다. 우리는 동기간에 우애가 깊었다. 일도 함께하고 놀이도 함께했다. 아버지는 자동차 외판원으로 일했는데 워낙 식구가 많다 보니 가난을 벗어날 수가 없었다. 어렸을 때는 우리 집이 특별히 가난하다고 생각하지 않았다. 그런데 지금 생각해 보니 하루 벌어 겨우 하루 먹고살 정도로 가난했던 것같다. 당시의 아이들은 하키를 즐겨 했다. 우리 형제들도 하키를 좋아했는데 하키 장비를 살 돈이 없어 나뭇가지와 나무토막으로 스틱과 퍽을 만들어 썼다. 우리에게 장비 따위는 대수롭지 않았다. 무엇을 가지고 하든지 우리는 하키를 아주 좋아했다.

우리 형제들의 삶에서 운동이 차지하는 비중은 점점 커져 갔다. 부모님은 우리가 운동 경기를 하도록 장려했다. 두 분은 체격이 탄탄한

데다 무척 부지런했다. 열 명의 자식을 키우려면 그럴 수밖에 없었겠지만 말이다. 부모님은 우리를 자유롭게 키웠다. 그러나 제멋대로 행동하게 내버려 두지는 않았다. 어머니는 우리가 일정한 선을 넘을 때마다 아버지가 돌아올 때까지 기다리지 않고 직접 혼내곤 했다. 빗자루를 들고 우리를 쫓아다닌 적도 많았다. 나는 운 좋게도 어머니보다 달리기가 빨라 별로 맞은 적은 없었다.

부모님은 바쁜 생활 중에도 우리 열 명의 형제자매 한 사람 한 사람에게 시간을 내 주었다. 어머니는 우리에게 헌신적이었다. 살림도 알뜰하게 꾸려 나갔다. 어머니는 우리 형제자매들을 사랑하고 자랑스러워했다. 그리고 그 사실을 말로 자주 표현했다. 우리들이 우애가 깊은 것도 어머니 덕분이었다. 나는 지금도 어머니가 우리에게 심어 준 서로에 대한 믿음과 사랑을 계속 유지하려고 노력한다. 1년에 한 차례 모든 가족을 집으로 불러들여 파티를 여는 것도 그런 노력의 한 부분인데, 이때는 형제들과 누이들은 물론 그들의 아이들과 손자들까지 다 모인다.

부모님은 우리가 큰일을 할 것이라고 기대했다. 아버지는 특히 내가 운동 분야에서 두각을 나타낼 것이라고 말했다. 아버지의 기대 때문인지 나는 조금씩 운동을 좋아하게 되었다. 아버지는 그런 나를 계속 운동 쪽으로 이끌었다. 아버지와 나는 한가할 때마다 라디오의 야구 경기 중계를 듣거나 뒷마당에서 캐치볼을 하곤 했다. 아버지는 원래 운동을 무척 좋아했다. 아버지만큼 운동을 좋아하는 사람은 본 적이 없다고 해도 과언이 아닐 것이다. 아버지는 우리 형제들 중 적어도 한 명은 프로 운동선수가 되리라고 기대했던 것 같다. 내가 막 성인이 되어 프로 운동선수가 되려는 꿈을 꾸고 있을 때 아버지가 이런 말을 했던 걸 기억한다.

"네가 '와이드 월드 오브 스포츠'에 출연한다면 너는 그 순간 운동선수로 성공했다고 확신하게 될 거야."

1989년 나는 ABC 방송의 그 프로그램에 출연했다. 그러나 안타깝게도 아버지는 3년 전에 돌아가셔서 프로그램에 출연한 나를 보지 못했다. 아버지 알프레드 호이트는 내게 훌륭한 역할 모델이었다. 세상의 그 어떤 아버지보다 훌륭한 분이었다. 아버지는 오랫동안 나의 열렬한 팬이었다. 그래서 더욱 아버지의 죽음을 받아들이기가 힘들었다. 내가 무엇을 하든, 내가 그 어떤 장애물에 부딪쳤든, 나에 대한 아버지의 믿음은 결코 흔들리지 않았다. 나는 나를 적극적으로 지지해 준 아버지를 존경했다. 그리고 아버지의 사고방식이나 인품을 내 아이들에게 전해 주려고 노력했다.

나는 어렸을 때 비교적 성실한 아이였다. 초등학교 6학년 때까지 전 과목 A를 받았다. 6학년 무렵에는 운동 경기에도 참가했다. 누구나 마찬가지겠지만 중학교에 들어가면서 이성에 눈을 떴다. 자꾸만 여자아이들에게 눈길이 갔다. 그래서인지 중학교 1학년 때는 성적이 좋지 않았다. 공부도 소홀히 했고, 여자 친구에게 숙제를 대신 하게 하기도 했다. 그러나 2학년 때는 열심히 공부했다. 그때 처음으로 공부는 나 스스로 해야 한다는 사실을 깨달았다.

공부를 잘하는 편이었지만 내 관심은 운동에 쏠려 있었다. 나는 2

학년 말까지 미식축구와 농구, 그리고 야구를 했다. 당시 학교에서는 성적이 우수하고 다재다능한 학생에게 상패를 주었는데 나도 그것을 받았다. 나는 몇몇 동료 학생과 졸업 앨범을 제작하기도 했다. 또 학생회와 주니어 로터리 클럽, 청소년 지도자 클럽 등의 회원으로도 활동했다. 나는 이처럼 분주히 활동했지만 무엇보다도 운동할 때가 가장 즐거웠다. 그런 만큼 운동에서 뛰어난 능력을 보였다.

청소년 시절의 나는 또래 아이들에 비해 키가 작았고 몸무게도 가벼웠다. 열네 살 무렵에는 물에 흠뻑 젖어야 겨우 40킬로그램 정도 되었을 것이다. 작은 키는 내게 비밀 무기 같은 것이었다. 비록 키는 작았지만 힘에서는 누구에게도 밀리지 않았다. 고등학교 1학년 때는 교내 미식축구 팀에서 수비수로 뛰었다. 그런데 코치는 이따금 나를 공격수 자리에 배치하곤 했다. 공격수는 키 작은 내게 유리했다. 키가 워낙 작아서 아무도 나를 쉽게 막지 못했다. 그런 터에 힘이 셌기 때문에 나를 막으려 들지도 않았다. 상대 팀은 나를 위협적인 존재로 생각했다. 나는 기습 공격을 함으로써 득점을 했고, 그럴 때마다 응원석에서는 요란한 함성이 터져 나왔다.

노스리딩 고등학교에는 세 개의 운동부가 있었다. 미식축구, 농구, 야구가 그것이었다. 나는 미식축구와 야구부의 주장이었다. 두 종목 중에서 내가 잘하는 것은 야구였다. 물론 미식축구 팀에서도 잘하는 축에 끼었지만, 야구 팀에서는 가장 돋보이는 선수 중 하나였다. 나는 포수였지만 팔 힘이 강하고 선구안이 좋아 안타를 잘 쳤다.

3학년 때의 일이었다. 어느 날 나는 우리 학교의 유격수인 친구 존

스태프와 함께 뉴욕 양키스로부터 초대를 받았다. 입단 테스트를 위한 초대였다. 존과 나는 어리둥절했다. 도저히 믿을 수가 없었다. 시골의 작은 마을에 사는 두 아이가 양키스의 입단 테스트에 초대받다니, 그저 꿈만 같았다.

존과 나는 양키스의 캠프에 갔다. 거기에는 여러 큰 학교에서 온 3500명의 지원자가 모여 있었다. 우리는 그곳에 사흘 동안 머물며 전국에서 온 최고의 인재들과 경기를 했다. 나는 둘째 날에 몇 차례 공을 던졌다. 그리고 1루까지 달리는 시간을 쟀으며, 두 번 공을 쳤다. 사흘 동안 한 게 그것뿐이었다. 하지만 친구와 나는 참가한 것만으로도 행복했다. 집에서 멀리 떠나 있는 것부터가 신나는 일이었다. 양키스에 입단하지 못했어도 좋았다. 테스트를 받아 본 것만으로도 자랑스럽고 영광스러운 일이었기 때문이다.

나는 노스리딩으로 돌아오자마자 운동에 전념했다. 학교에서 공부 외의 활동을 하고, 운동하고, 방과 후에는 시간제로 벽돌공 보조 일까지 하자니 늘 눈코 뜰 새 없이 바빴다. 잠을 잘 시간도 충분하지 않았다. 그래도 하루하루가 재미있었다.

나는 무척 바빴지만 그렇다고 여자아이들, 특히 한 여자아이에게 관심을 보일 시간도 없을 만큼 바쁘지는 않았다. 주디 라이턴은 치어리더의 주장이었다. 나는 중학교 1학년 때부터 그녀를 알았다. 하지만 우리는 고등학교에 와서야 커플이 되었다. 주디는 외향적인 성격에 대담하고 자신감 넘치는 씩씩한 아이였다. 외모도 무척 아름다웠다. 나는 조용한데다 약간은 소극적인 성격이었다. 친구들을 이끌기보다는 따라다니는 경우가 더 많았다.

주디는 친구가 많았다. 그건 나도 마찬가지였는데 마을이 작다 보니 친구가 겹쳤다. 그녀의 친구가 내 친구인 경우가 많았던 것이다. 그런데 알고 보니 주디는 뭔가를 원하면 기필코 손에 넣고야 마는 성격이었다. 내가 그런 성격을 파악하기까지는 시간이 조금 걸렸다. 당시 우리 마을에서 가장 인기가 있었던 것은 금요일 밤의 댄스 파티였다. 내가 거기에 갈 때마다 주디는 어떻게 해서든 나와 춤을 추려고 했다. 물론 나는 그녀와 춤추는 시간이 즐겁고 황홀했다. 그런데 부끄러워서 그녀에게 먼저 다가가지 못했다. 좋아한다는 말도 하지 못했다. 그러다 어느 날 용기를 내어 주디에게 다가갔고 말도 건넸다. 결국 그녀와 나는 고등학교 커플이 되었다. 우리는 둘 다 열여섯이었고 서로에게 첫사랑이었다.

1959년, 고등학교를 졸업할 때 우리는 학급 커플로 뽑혔다. 졸업 앨범에 있는 우리의 사진 옆에 이런 글이 적혀 있다.

'주디와 딕은 커피와 차 같은 관계다. 둘이 떨어져 있는 모습은 좀처럼 보기 힘들다.'

유치하기 짝이 없는 글이지만 사실이었다. 우리는 커플이 된 뒤로 찰떡같이 붙어 다녔다.

고등학교를 졸업한 뒤 분명하게 깨달은 건 내가 대학에 갈 준비를 전혀 해두지 않았다는 사실이었다. 나는 진로에 대한 불안감을 느꼈다. 그런 터에 나 스스로 대학에 가기를 원하는지 확신할 수도 없었다. 결국 나는 예전에 하던 손에 익은 일, 즉 육체노동을 하기 시작했다.

벽돌을 쌓거나 굴뚝과 벽난로를 만드는 등의 석공 일로 돌아갔던 것이다.

나는 그런 일을 좋아했다. 하지만 평생의 직업으로 삼고 싶은 생각은 없었다. 웬만큼 나이가 차자 군대에 가고 싶은 마음이 조금씩 부풀어 올랐다. 그런데 어느 날 매부 폴 스위니가 현역으로 근무하지 말고 주 방위군을 알아보라고 조언했다. 나는 일단 주 방위군을 택하기로 마음먹었다. 주 방위군 생활이 좋으면 계속하고, 그렇지 않으면 현역으로 근무하거나 집에 와서 다른 일을 찾아볼 생각이었다.

뉴저지 주 포트딕스에서 6개월 동안 기초 훈련을 받았다. 주 방위군을 택하기를 잘했다는 생각이 들었다. 동료 훈련병들은 군사 훈련의 일환으로 짜인 식단부터 마뜩잖게 여겼다. 고된 훈련이 버거워 입대를 후회하는 동료도 있었다. 그러나 나는 잘 견뎌냈다. 선천적으로 힘든 일을 잘 해내는 체질인 것 같았다. 나는 최고의 성적으로 훈련 과정을 마쳤다. 훈련이 끝났을 때 보직을 결정하는 시험을 치렀는데, 나는 전자 기술에서 가장 높은 점수를 받았다. 그 덕에 텍사스 주 포트블리스에 있는 유도탄 학교에 들어가 고급 훈련을 받게 되었다.

그 학교에서는 훈련을 견디지 못하고 도중에 탈락하는 사람이 적지 않았다. 나는 거기서 주방 일과 보초 근무 서는 일부터 하기 시작했다. 주방 일은 끔찍했다. 그것은 내가 하고 싶은 일이 아니었다. 다행히 나는 훈련을 잘 소화해 중사로 임명되었다.

4개월 뒤, 주 방위군은 나를 매사추세츠 주 밀턴에 있는 밀턴 나이키 기지로 파견했다. 그곳은 에이잭스와 허큘리스 미사일로 대공 방어체제를 갖춘 미국의 나이키 미사일 기지 중 하나였다. 나는 밀턴에서 나이키 에이잭스 시스템 미사일 조종자로 근무하다가 리딩으로 옮겨 갔다. 그곳에서 진급한 뒤, 최신의 나이키 허큘리스 시스템에 관련된 추가 훈련을 받으러 텍사스 주 엘패소로 파견되었다. 그러고는 거기서 다시 매사추세츠 주 링컨으로 보내졌다.

훈련을 받는 동안 나와 동료들은 현역 군인의 대우를 받았다. 우리는 육군의 지휘 계통에 따랐다. 옷도 육군 제복을 입었고 현역 군인들과 똑같은 일을 했다. 그들과 다른 점은 해외로 파견되지 않는다는 것뿐이었다.

나는 매사추세츠 주에 있는 여러 미사일 기지에서 근무했다. 다른 미사일 기지에 내 경력을 높일 수 있는 자리가 있다 싶으면 지체 없이 그곳으로 지원해 가곤 했다. 나는 빠른 속도로 진급에 진급을 거듭했다. 그러던 어느 날, 한 지휘관이 훌륭한 장교가 될 소질이 있다며 내게 장교 후보 학교에 입학할 것을 권했다. 나는 그의 말대로 장교 후보 학교를 졸업하고 장교로 임관했다. 그리고 매사추세츠 주 케이프코드의 오티스 공군 기지로 발령이 났다. 그때부터 나는 주 방위 공군으로 근무했다.

내가 군대에서 전자 기술을 익히고 있을 무렵 주디는 노스리딩에서 비서 학교에 다니고 있었다. 우리는 멀리 떨어져 있어 휴일 외에는 거의 만날 수가 없었다. 그래서 편지를 주고받았다. 주디는 비서 학교를 졸업하고 제너럴일렉트릭에서 일했다. 내가 훈련을 마치고 정규 군인이 되어 귀향했을 때 주디와 나는 결혼해서 함께 살기로 약속했다.

1961년 2월 18일, 우리는 마침내 결혼식을 올렸다. 그 무렵 나는 고향에서 자동차로 한 시간 정도 떨어진 매사추세츠 주 밀턴에 배치되었다. 결혼을 했지만 우리는 둘 다 아직 어렸다. 그때 내 나이는 겨우 스물이었고 주디는 열아홉이었다.

우리는 한창 사랑에 빠져 있었다. 그러면서도 현실적인 감각을 잃지 않았다. 우리는 저마다 새로운 일을 시작한 상태였다. 더욱이 나는 군에서 훈련과 교육을 받느라 이곳저곳으로 근무지를 바꾸고 있었다. 우리는 새로운 가족이 생기기 전에 저축을 해서 집을 마련하기로 했다. 하지만 그 계획을 수정해야 했다. 정확히 말하자면 1년 뒤에 계획을 바꿨다. 주디가 임신을 했던 것이다. 나는 그녀가 임신했다는 사실을 안 순간 뛸 듯이 기뻤다. 기뻐하기는 주디도 마찬가지였다. 우리는 노스리딩에서 허름한 집을 샀고, 나는 틈만 나면 집을 보수했다. 처음 마련한 우리 집을 아주 완벽하게 만들고 싶었다.

마침내 집의 보수가 끝나고 새 가족을 맞을 준비 역시 끝났다. 모든 것이 순조롭게 돌아가는 것 같았다. 집을 멋지게 단장한데다 주디가 임신한 동안 아무 문제도 생기지 않았다. 주디의 뱃속에 있는 아기가 얼마나 활동적이었던지 우리는 이런 농담도 했다.

"우리 가족에게 뛰어난 운동선수가 생기겠는 걸."

주디와 나는 마냥 행복했다. 그리고 흥분했다. 우리는 아기가 태어나기만을 학수고대했다.

02

릭의 탄생, 그리고 운명

나는 큰 충격을 받았다. 어째서 우리에게 나쁜 일이 일어났는지 이해할 수 없었다.
대체 무엇이 문제일까? 하필이면 왜 우리인가? 우리는 전혀 잘못한 게 없는데…….

우리 부부는 아이를 여럿 갖기를 원했다. 특히 나는 주디에게 아이를 많이 낳자고 말했다. 아마 그때는 내가 젊은데다 아이를 길러 보지 않았기 때문에 쉽게 던진 말이었는지도 모른다. 나는 형제가 많은 가정에서 자랐으므로 아이를 많이 갖는 것을 긍정적으로 생각했다. 사실 네 명의 형제, 다섯 명의 누이와 자란 것이 내게는 행복한 경험이었다. 그래서 내 아이들도 그런 경험을 하기를 원했다. 나는 미식축구 한 팀을 만들 정도의 아이를 갖고 싶었다. 그것이 무리라면 아이스하키 한 팀 정도는 되어야 한다고 생각했다.

몇 명의 아이를 원하든 주디와 나는 부모가 된다는 생각에 무척 행복했다. 첫아이에 대한 지극히 자연스러운 기대와 새 가족이 생긴다는 생각으로 가슴 벅찬 나날을 보냈다. 누구나 마찬가지겠지만 결혼

하고 함께 인생을 시작하는 단계의 신혼 생활은 정말 행복했다. 주디와 나는 둘 다 안정적인 직장이 있었고, 큰 힘이 되어 주는 가족과 좋은 친구들도 있었다. 누가 보아도 우리는 젊고 건강하며 행복한 부부였다. 게다가 서로 깊이 사랑했다. 어쩌면 너무 흥분한 나머지, 아니 기쁨에 눈이 먼 나머지 부모가 되는 것을 너무 쉽게 생각했는지도 모른다. 그러나 누가 우리를 비난할 수 있겠는가. 모든 것이 완벽하게, 그리고 순조롭게 돌아가고 있었다. 그래서 삶이 어느 한 순간에 완전히 뒤바뀔 수도 있다는 사실을 미처 생각지 못했는지도 모른다. 우리에게는 부모 역할을 어떻게 해야 하는지 가르쳐 주는 지침서도, 우리가 곧 맞닥뜨릴 일이 무엇인지를 알려주는 안내서도 없었다.

1962년 1월 10일, 나의 첫아이 리차드 유진 호이트 주니어가 태어났다. 출산 예정일이 2주나 지난 뒤였다. 릭이 태어난 곳은 나의 어머니가 21년 전에 나를 낳았던 윈체스터의 병원이었다. 나는 나의 첫아이를 늦게야 만날 수 있었다. 릭이 세상에 나왔을 때 한 시간 거리에 있는 밀턴의 육군 기지에서 일하고 있었기 때문이다.

잠을 자던 주디가 진통 때문에 깨어난 것은 한밤중이었다. 나는 곧장 그녀를 병원으로 데려갔다. 간호사가 주디를 휠체어에 태워 분만실로 데려가는 모습을 지켜볼 때만 해도 크게 걱정하지는 않았다. 이윽고 의사가 와서는 첫 출산이라 시간이 얼마나 걸릴지 알 수 없다고 말했다. 열 시간이 넘게 걸릴 수도 있으니 무작정 기다리지 말고 직장에 가 있는 편이 나을 거라고도 했다. 당시만 해도 남편의 분만실 출입은 허용되지 않았다. 나는 의사들이 알아서 잘할 것이고, 주디가 임신

중에 별 탈이 없었던 만큼 자연스러운 과정을 거쳐 순산할 거라고 믿었다. 아니 그렇게 믿는 수밖에 없었다. 나는 아기를 낳으면 가장 먼저 알려주겠다는 의사의 약속을 받아 내고는 주디에게 입맞춤을 하고 직장으로 향했다.

일이 손에 잡히지 않았다. 좀처럼 집중할 수가 없었다. 곧 아버지가 된다는 설렘 때문이었다. 나는 주디와 내가 앞으로 맞닥뜨릴 새로운 모험에 대해 계속 생각했다. 우리의 어렸을 때 모습이 떠올랐다. 고등학교 때 친구들이 부러워하는 커플이었던 게 엊그제 같은데 둘 사이에 첫아이가 생긴다니, 생각할수록 신기했다. 미식축구 팀의 주장인 나를 졸졸 쫓아다니던 치어리더 주장이 엄마가 된다는 것도 신기했다.

'이제 주디는 엄마, 나는 아빠가 되는군.'

나는 기대감과 긴장감 때문에 몇 차례나 심호흡을 했다.

기다리던 전화가 걸려온 것은 그날 아침 느지막한 시각이었다. 그런데 뜻밖의 말이 들려왔다. 의사는 먼저 아들이 태어났다고 말했다. 나는 너무 기뻐서 작전 지휘소 안을 뛰어다니며 이렇게 외치고 싶었다.

"아들이 태어났다!"

나는 18년 뒤의 일을 상상했다. 그때쯤 아들과 나는 캐치볼을 하거나 미식축구를 할 터였다. 마을 진입로에서 하키도 할 것이다.

하지만 그런 행복한 상상은 금세 산산조각이 나 버렸다. 의사는 출산 중에 문제가 있었다고 말했다. 주디는 안정적으로 회복하는 중이지만 아들이 좋지 않은 징후를 보인다는 것이었다. 의사의 말투로 보아 상황이 심각한 것 같았다. 나는 자세히 이야기해 달라고 재촉했다. 의사는 즉답을 피하며 그저 모든 것이 잘될 거라고, 릭이 다른 아기처럼 별 문제 없을 거라고만 말했다. 그러면서도 내게 희망을 주는 말은 한마디도 하지 않았다. 내 머릿속은 복잡했다. 의사의 말이 무슨 의미인지 도무지 알 수가 없었다. 그러나 무언가 좋지 않은 일이 생긴 것만은 분명한 듯했다.

릭에게 무슨 문제가 있는지 알지 못한 상태에서도 나는 큰 충격을 받았다. 어째서 우리에게 나쁜 일이 일어나는지 이해할 수 없었다. 대체 무엇이 문제일까? 하필이면 왜 우리인가? 우리는 전혀 잘못한 게 없는데……. 주디는 임신 중에 건강했잖은가.

나는 아내와 새로 태어난 아들이 걱정되어 안절부절못했다. 의사가 무슨 말인가를 더 했지만 두려운데다 너무도 혼란스러워서 전화를 끊었다. 한시라도 빨리 가족에게 가고 싶었다. 나는 곧장 윈체스터로 차를 몰았다. 내 인생에서 가장 긴 시간이었다.

내가 병원에 도착했을 때 주디는 약 때문에 아직 덜 깬 상태였다. 그래서 그동안 벌어진 일에 대해 내게 자세히 설명하지는 못했다. 아기가 나오면서 무척 활발하게 움직였다는 것과 의사들이 아기를 꺼내느라 애를 먹었다는 정도의 말만 했다. 나중에 안 사실이지만, 의사들은 아기가 무사히 나올 수 있도록 무진 애를 썼다는 것이다. 주디는 출산이 끝날 무렵 분만실의 분위기가 필사적이었다고 회상했다. 간호사들이 우르르 몰려들었고 의사들이 걱정스런 목소리로 수군거렸다고 했다. 그런데 마침내 의사들이 아기를 꺼냈을 때 주디는 아무 소리도 듣지 못했다는 것이다.

"들려야 할 아기 울음소리가 들리지 않았어요."

의사들은 주디에게 아기를 건네주려 하지 않았다. 그들은 아기를 데리고 서둘러 분만실을 나갔다. 그래서 주디는 아기를 얼핏 보기만 했다.

"의사 선생님들이 괜찮을 거라고 했어요. 우리 아기는 괜찮을 거예요."

주디는 아기를 곁에 둘 수 없자 심란해했다. 갓 엄마가 된 주위의 여자들은 아기를 곁에 두고 젖을 먹이기도 하고 말을 걸기도 했다. 주디는 그런 엄마들처럼 할 수 없어서 한껏 기가 꺾여 있었다. 우리는 이제 막 부모가 되었으면서도 아기에게 무슨 일이 일어났는지 전혀 모르는데다 아기와 함께 있을 수도 없었다. 뭐가 잘못된 것일까? 도무지 알 수가 없었다. 주디가 눈을 붙이는 동안 나는 조심스럽게 낙관적인 생각에 잠겼다.

"그래, 아무런 문제도 없을 거야."

나는 맛없는 커피를 마시며 이렇게 중얼거렸다. 그리고 복도를 서성거리며 간호사나 의사가 나타나서 우리 아들, 우리의 작은 운동선수가 무사하다는 말을 해 주기를 바랐다. 하지만 끝내 그런 말은 듣지 못했다. 아무도 내게 말을 하려 하지 않았다. 우리 아들이 어디에 있는지, 아들에게 무슨 문제가 있는지 알 만한 사람을 찾아보았지만 소용없었다. 그런 사람은 보이지 않았다.

"저를 따라오시겠어요?"

얼마나 시간이 흘렀을까. 한 간호사가 다가와 나를 신생아 치료실로 안내했다. 나는 손을 깨끗이 씻고 흰 가운을 걸쳤다. 그러고는 처음으로 우리 아기를 만나러 갔다.

나는 인큐베이터에 누워 있는 아기의 모습을 보고 안도의 한숨을 쉬었다. 예쁘게 생긴 아기였다. 몸도 크고 건강해 보였다. 보통의 아기와 다른 점이 없는 것 같았다. 물론 내가 그만큼 기대를 했기 때문이겠지만 내 눈에는 아무 이상이 없는 것 같아 보였다. 오히려 배를 깔고 엎드린 자세인 아기는 주디의 뱃속에 있었을 때처럼 활동적으로 보였다. 두 팔과 두 다리를 쭉 뻗은 채 아래위로 움직이고 있었다. 마치 엎드린 자세에서 팔굽혀펴기를 하는 것 같았다. 나는 그 모습을 바라보며 아기가 벌써 운동 분야로 나갈 준비를 하고 있다는 식의 행복한 생각을 했다. 나중에 안 사실이지만 아기는 그때 근육 경련을 일으키고 있었다. 아기의 몸은 매우 경직되어 보였다. 나는 아기에게 다가가서 그렇게 애써 움직이지 않아도 된다고, 그렇게 열심히 운동할 필요 없다고 말해주고 싶었다. 그때만 해도 아무것도 몰랐기 때문이다.

나는 잠시 망설인 끝에 간호사에게 가서 왜 아기가 계속 움직이는지, 왜 인큐베이터에 들어가 있어야 하는지 물었다. 간호사는 아기에게 무슨 문제가 있는지 알아내기 위해 아직도 검사를 하는 중이라고 말했다. 그러면서 아기가 팔굽혀펴기를 하듯 움직이는 것은 근육 경련일 가능성이 높다고 했다.

"아기가 인큐베이터에 있는 건 호흡 상태가 좋지 않기 때문이에요.

숨 쉬는 게 버거워 보였어요. 인큐베이터에 있으면 산소를 적당히 공급할 수 있고, 아기를 꼼꼼히 관찰할 수 있어요."

간호사의 설명을 듣자 안심이 되었다. 더욱이 직접 아들을 보니 문제가 있을 거라는 생각은 전혀 들지 않았다. 적어도 내 눈에는 아무 문제도 없어 보였다.

나는 주디에게 가서 아기에 대해 말해 주었다. 아기가 아주 예쁘고 건강해 보이더라고 했다. 간호사가 아기의 호흡 상태와 근육 경련에 대해서 한 말도 전해 주었다. 그러면서 아기의 건강 상태가 좋아 보이니까 공식적인 진단이 내려질 때까지 걱정하지 말고 기다리자고 했다.

내가 그런 식으로 주디를 안심시키고 있을 때 담당 의사가 들어왔다. 의사는 출산하는 과정에서 어떤 일이 일어났는지, 그리고 현재의 상태는 어떤지 설명해 주었다. 우리 부부는 의사에게 몇 가지 궁금한 점을 물었다. 그런데 돌아온 대답이 충격적이었다. 릭에게 분명히 문제가 있다는 것이었다. 그러나 무엇이 문제라고 속단하기는 이르므로 계속 검사를 하며 지켜볼 것이라고 했다.

의사의 말에 따르면, 엄마의 자궁에 있을 때 아기는 무척 활동적이었다. 그런데 출산 직전에 아기가 몸을 뒤집어 엉뚱한 방향으로 향한 바람에 탯줄이 목에 감겨서 뇌에 산소가 공급되지 않았다고 했다. 사실상 아기는 질식 상태에 놓여 있었던 것이다. 그런 터에 의사들이 탯줄을 푸는 단 몇 분 동안 돌이킬 수 없는 뇌 손상이 일어나고 말았다.

주디와 나는 망연자실했다. 뇌 손상이라니? 그렇다면 아기는 앞으로 어떻게 되는 걸까? 얼마 뒤 초기 검사 결과가 나왔다. 의사는 아기가 팔다리를 움직일 능력이 없고 앞으로도 그럴 것이라고 말했다. 나는 의사의 말을 믿을 수가 없었다. 아니 믿지 않으려고 했다.

아기는 무척 힘겹게 숨을 쉬고 있었다. 인큐베이터가 역시 도움이 되는 것 같았다. 간호사들이 아기에게 젖병으로 우유를 먹이느라 애를 먹었다.

내 머릿속에는 풀리지 않는 의문들이 많이 남아 있었다. 그것은 주디도 마찬가지였다. 우리는 아기가 어떤 병을, 또는 어떤 장애를 가지고 있는지 알지 못했다. 만일 가지고 있다면 그것이 아기에게 얼마나 오랫동안 영향을 미칠지도 알 수 없었다. 주디와 나는 의사에게 들은 내용을 이해하기도 힘들었다. 우리는 그저 아들과 행복한 가정을 갖기를 소망하는 20대의 젊은 부부에 불과했다. 이제 우리의 꿈과 소망은 산산조각 나는 것일까? 우리는 그렇게 될까 봐 두려웠다.

그때는 오늘날에 비해 의학 기술이 현저하게 뒤떨어진 1960년대 초였다. 의사와 환자의 관계도 요즘처럼 개방되어 있지 않았다. 인터넷이나 텔레비전 의학 프로그램 같은 것도 없었다. 그래서 보통 사람은 의학 정보를 얻을 수도 없었다. 우리는 그저 부모님들이 이야기해 준 그들의 경험만을 알고 있을 뿐이었다. 하지만 그마저도 자주 입에 오르내리는 화제가 아니었다.

당시는 특별한 의술의 혜택 없이도 여자들이 임신하고 건강한 아기를 낳았다. 태아를 보살핀다고 해봐야 비타민을 먹거나 건강 진단을 받는 정도가 고작이었다. 초음파 진단도 개발 단계라서 자궁 안에 있는 아기를 볼 방법은 전혀 없었다. 지금은 임산부가 모니터 화면을 통해 태아를 볼 수 있지만 당시는 그런 장치가 없어 모든 것을 의료진의 손에 맡기는 수밖에 없었다. 응급 제왕절개도 생소한 것이었다. 따라서 의사들이 분만도 하기 전에 제왕절개를 계획하는 일도 없었다. 분만 중에 아기가 고통을 겪는지 어떤지도 알 길이 없었다. 대부분의 경우 출산이 임박하면 병원에 입원했다가 며칠 뒤에 아기와 함께 퇴원할 뿐 분만 과정에 대해서는 잘 알지 못했다.

태어나기 5분 전까지만 해도 아기의 목에는 탯줄이 감겨 있지 않았다. 그러므로 그때까지는 양호한 상태라고 볼 수 있었다. 건강한 아기를 낳을 수도 있었다는 사실을 알게 되자 더욱더 고통스러웠다. 그러나 그런 사고는 일어날 수 있는 일이었다. 우리 부부는 그 점을 인정하기로 했다. 아니 인정할 수밖에 없었다. 그렇지 않으면 너무나 고통스러워서 견딜 수가 없었기 때문이다. 우리는 우리에게 주어진 현실이 악몽이기를 바랐다. 현실임을 인정할 때마다 아내와 나는 절망의 나락으로 곤두박질쳤다. 하지만 그대로 주저앉을 수는 없었다. 주저앉아서는 안 된다고 생각했다.

의사가 절망적인 소식을 남기고 방을 나간 뒤 아내와 나는 서로 부둥켜안고 목 놓아 울었다. 그러고 나서 진지하게 이야기를 나누었다. 그때는 출생증명서를 쓰지도, 아들에게 이름을 지어 주지도 않은 상태였다. 몇 달 전, 우리는 만일 아들을 낳으면 내 이름을 따서 아들 이름을 짓기로 합의했다. 나는 그때의 일을 떠올리며 우리의 첫아들에게 이름을 지어 주자고 말했다. 그러자 아내가 물었다.

"이런 상황에서 아기에게 당신 이름을 지어 주고 싶어요?"

그때의 아내 표정을 지금도 생생하게 기억한다. 어쨌든 나는 주저하지 않고 대꾸했다.

　　"그럼, 당연하지. 내 아들이니까."

　　나는 우리가 이 역경을 반드시 이겨낼 것이라고 확신했다. 아들이 우리 부부의 사랑을 받으며 정상적인 아이로 자랄 것이라고 굳게 믿었다. 물론 그것이 결코 쉽지는 않으리라고 생각했다. 하지만 아기는 엄연히 내 자식이었다. 나는 처음 본 순간부터 아기를 사랑했다. 아들을 본 순간 최고의 아버지가 되겠다고 결심했다. 아들에게 장애가 있든 없든 상관없었다.

　　릭이 태어나고 나서 얼마 동안 우리는 복잡한 감정에 휩싸였다. 주디는 극도로 예민해져 있었다. 우리는 아직도 아들이 어떤 상태인지, 어떤 운명에 처하게 될지 모른 채 초조하게 기다리는데, 다른 엄마들은 건강한 아기를 집에 데리고 간다며 괜히 분노하기도 했다. 주디는 또 아기에게 장애가 있다면 어떻게 돌봐야 할지 막막하다며 걱정했다. 우리는 경제적인 문제뿐만 아니라 장애아에게 필요한 보살핌을 우리가 해줄 수 있을지에 대해서 이야기했다. 이야기를 나누는 중에 언성을 높이기도 했다. 우리 둘 다 이미 일어난 일에 대해 아무런 책임이 없다는 걸 알면서도 서로에게 화를 냈다. 서로에게 상처만 줄 뿐인 줄 뻔히 알지만 화를 참을 수가 없었다.

　　주디와 나는 릭이 살아남지 못할 수도 있다고 생각하고는 그 문제를 놓고 한참 동안 이야기를 나누었다. 그런데 눈치를 보니 주디는 차라리 릭이 하늘나라로 가는 게 좋을지도 모른다고 생각하는 것 같았다. 아기의 고통을 없애 주고 아기를 양육해야 하는 부담을 자신의 어깨에서 내려 달라고 기도하는 것 같기도 했다. 아내의 입장을 생각하니 참을 수 없이 고통스러웠다. 몸에서 힘이 쑥 빠져 나간 듯 허탈한 기분도 들었다. 화를 내기도 힘들었다.

살다 보면 누구나 크고 작은 역경에 처하겠지만 주디와 내가 맞닥뜨린 역경은 너무나 커서 감당할 수가 없었다. 무언가에 속은 것 같은 기분도 들었다. 전혀 우리가 예상했던 상황이 아니었다.

검사 결과를 기다리는 수밖에 달리 뾰족한 방법이 없었다. 그래서 나는 직장으로 돌아갔다. 점점 쌓여 가는 병원비 때문에도 일을 해야만 했다. 주디는 몸을 추스르기 위해 며칠 더 병원에 머물기로 했다. 나는 시간이 나는 대로 병원에 갔다. 그런데 의사들은 우리에게 아기를 맡기려 하지 않았다. 검사를 더 해야 하는 마당에 아기를 맡기면 안전하지 않을 수도 있다고 생각하는 것 같았다. 의사들은 우리가 아기를 데려간다 해도 2주 후에나 가능할 거라고 말했다.

한편, 가족들은 주디와 나를 도우려고 똘똘 뭉쳐서 행동했다. 특히 같은 병원에서 건강한 열 명의 아이를 낳았던 어머니는 의사들이 우리에게 확실한 대답을 해 주지도 않을 뿐더러 아예 하려고 들지도 않는 것을 알고는 분노했다. 어머니는 병원에 수십 차례 전화를 걸어 항의했다. 그러면서 돌아가는 상황을 설명해 줄 사람을 찾으려고 애썼다. 어머니는 우리가 의사들에게 확실한 대답을 들으려고 할 때마다 그들이 우리를 무시하거나 접근조차 못하게 하는 모습을 많이 본 모양이었다.

의사들이 우리에게 해줄 수 있는 대답은 상황을 좀 더 지켜보자는 것뿐이었다. 우리는 몹시 못마땅했지만 달리 방법이 없었다. 의사들은 릭이 집보다는 당분간 병원에 있는 것이 더 좋을 거라고 말했다. 그러나 우리가 그동안 겪은 일을 생각하면 릭을 병원에 계속 놓아둘 이유가 없었다. 아무래도 얼마 동안은 의사들에게서 명확한 대답을 얻기는 힘들 것 같았다. 그렇다고 포기할 수도, 마냥 기다릴 수도 없었다.

우리 부부는 우리의 생각을 의사들에게 말했다. 그러자 마침내 의사들이 굴복했다. 아니 포기한 것 같았다. 의사들은 우리 부부에게 마치 릭이 정상적인 아기인 양 집에 데리고 가라고 말했다. 우리는 일단 아들이 우리와 함께 있게 되어서 기뻤다. 그러면서도 한편으로는 앞으로 어떤 일이 벌어질지, 아들이 집에 가면 어떻게 될지 몰라 겁이 났다. 우리는 부정적인 생각을 하지 않으려고 애썼다. 모든 것이 괜찮을 거라고, 일단 릭이 우리와 함께 집에 있으면 정상적인 아이가 될 거라고, 그래서 우리 모두는 건강하고 행복한 가족이 될 것이라고 생각했다.

1월 말, 우리는 릭을 차에 태우고 집으로 향했다. 릭은 주디의 품에 안긴 채 조용히 있었다. 이따금 몸을 조금씩 뒤틀거나 버둥거리기만 할 뿐이었다. 나는 운전을 하면서 아들의 모습을 힐끔힐끔 돌아보았다. 어느 순간, 이런 의문이 들었다.

'과연 우리 부부가 이 모든 것을 받아들일 준비가 되어 있을까?'

나는 어린 시절의 나에 대해 생각했다. 얼마나 태평한 아이였던가.

식구가 많은 가난한 가정에서 자라면서도 얼마나 많은 기회를 누렸던가. 우리 형제 모두가 건강한 가운데 대단히 활동적이었다는 사실이 얼마나 큰 행운이고 축복이었는지 새삼 깨달았다. 나는 바로 그런 행복한 삶을 내 아이가 누리게 해 주고 싶었다.

대부분의 부모들은 자식 때문에 인생이 바뀐다고 말한다. 우리는 아들 릭이 우리의 삶을 우리가 전혀 예상하지 못했던 방식으로 바꿀 것임을 이제 막 예감하고 있었다.

03

아이를 포기하세요

주디와 나는 릭을 시설에 보내라는 의사들의 말을 단호하게 거절했다.
그런 문제는 의논할 가치도 없는 것이었다. 우리는 서로의 얼굴을 쳐다보며 말했다.
"절대로 그렇게는 못합니다."

집에 와서 릭과 함께 지낸 처음 몇 달은 주디에게 무척 힘든 시간이었다. 나는 매일 직장에 가서 일에 몰두할 수 있기 때문에 그나마 나은 편이었다. 그러나 주디는 매일, 그것도 하루 종일 릭 곁에 붙어 있어야만 했다. 우리는 릭이 나아질 것이라는 희망을 버리지 않았다. 나는 저녁에 퇴근해서 집에 돌아올 때마다 아들이 더 나아졌다는 소식을 들을 수 있지 않을까 기대하곤 했다. 릭이 미소를 짓는다든지 옹알이를 한다든지 몸을 뒤집기 시작했다는 소식을 바랐다. 그러나 더 바라고 기다릴 것도 없이 우리 아기에게는 아주 심각한 문제가 있었다.

릭은 전혀 울지 않았다. 얌전한 아이라서가 아니었다. 릭은 울 줄도 모르고 소리도 거의 낼 줄 몰랐다. 음식을 먹는 데도 문제가 있었다.

우리는 릭에게 젖을 먹이느라 굉장히 애를 먹었다. 간신히 먹이면 금방 게워내곤 했다. 젖을 잘 삼키지도 못하는 것 같았다. 잠은 많이 자는 편이었다. 그런데 팔과 다리를 자주 흔들고 주먹을 꼭 쥔 채 자다 깨다를 반복했다. 게다가 스스로 깨어나 젖을 찾아야 하는데 좀처럼 그러지 않았다. 우리는 자명종을 맞춰 놓고 밤에도 몇 시간 간격으로 일어나서 릭의 발을 간질여 깨우고 젖을 먹이려 애썼다.

하루하루 최선을 다해 릭을 돌보았다. 하지만 한계가 있었다. 우리는 의사에게 릭의 상태를 설명하고는 이틀이 멀다 하고 건강 검진을 받으러 윈체스터의 병원에 갔다. 그러나 수차례나 병원을 들락거려도 뚜렷한 병명을 듣지 못했다. 주치의마저 앞으로 어떻게 될지 예상하지 못하는 눈치였다. 정말 답답하기 짝이 없었지만 이대로 주저앉을 수는 없었다. 병이 무엇이든 릭이 나아질 것이라는 희망을 갖고 계속 노력하는 수밖에 없었다.

주디와 나는 친구들과 가족들의 아기를 많이 보아 왔기 때문에 릭이 정상적으로 발육하지 못할 것이라고 생각했다. 릭은 보통의 아기들과 비교할 수 없을 정도로 발육이 더뎠다. 아이 중심의 육아법을 제창한 벤자민 스포크 박사의 책을 보니 이런 구절이 있었다.

"당신은 스스로 생각하는 것보다 훨씬 더 많은 것을 알고 있다."

이 말은 결국 자신의 직관을 믿으라는 뜻 같았다. 실제로 우리 부부는 우리의 직관을 통해, 그리고 눈에 보이는 여러 증거를 통해 많은 것을 알 수 있었다. 릭이 태어나고 나서 3개월쯤 되자 조금씩 회의가 들기 시작했다. 고개를 가누고 편안하게 엎드릴 줄 알아야 하는데 릭은 그러지 못했다. 생후 3개월 정도면 딸랑이를 손에 들고 흔들거나 다리를 움직여야 하는데, 그리고 필요한 것이 있으면 울음으로 표현해야 하는데 전혀 그러지 못했다. 릭은 할 줄 아는 게 거의 없었다. 그나마 우리와 눈을 맞출 줄 알고, 우리의 목소리에 반응을 보일 줄은 아는 것 같았다.

릭의 움직임은 무척이나 부자연스러웠다. 생후 6개월이 되어도 마찬가지였다. 보통의 아기 같으면 높은 의자에 앉을 줄도 알고 몸을 뒤집을 줄도 아는데 릭은 그러지 못했다. 여전히 같은 자세로 반듯이 누워 있기만 할 뿐 앉으려는 시도조차 하지 않았다. 6개월 된 다른 아기들처럼 옹알이를 할 줄도 몰랐다.

나는 눈덩이처럼 불어나는 병원비를 감당하기 위해 새로 벽돌 사업을 시작했다. 그야말로 불철주야 일했다. 휴일에도 쉬지 않았다. 주디는 전업주부처럼 집에만 틀어박혀 지냈다. 보통 주부들은 아기를 낳으면 서너 달 동안 집에서 육아에 전념하다가 직장에 복귀하는데 주디에게는 그것이 허락되지 않았다. 나는 주디가 직장으로 돌아갈 수 없다는 사실을 일찍부터 간파했다. 주디는 릭을 돌보아야 하기 때문에 직장을 단념해야만 했다.

가끔 동네 아주머니들이 아기를 데리고 우리 집에 와서는 릭을 데리고 함께 산책을 하자고 말했다. 그럴 때 주디는 무척 힘들어 했다. 나중에는 릭에 대해 말해야 하는 상황에 놓일까 봐 불안한 나머지 외출을 하거나 초인종 소리에 대답하는 것조차 겁냈다. 주디는 다른 엄마들이 모두 집에 돌아가는 저녁이 되어서야 릭을 데리고 잠시 동안 산책을 했다. 주위의 엄마들이 건강한 아기를 유모차에 태워 밀고 가는 모습을 보는 것도 주디에게는 고역이었다.

물론 가족들은 우리를 위로하고 격려했다. 그러나 주위 사람들은 입방아를 찧었다. 그들은 우리가 불가능한 일에 시간을 낭비하고 있다고 수군거렸다. 솔직히 그런 사람들이 원망스러웠다. 우리 아기에게는 정신적 장애든 신체적 장애든 분명히 문제가 있었다. 그래서 우리는 무척 힘들었다. 병명을 알 수 없는데다 언제 무슨 일이 일어날지 모르기 때문에 더욱 그랬다. 마치 지뢰밭을 밟고 있는 기분이었다.

릭의 상태는 시간이 갈수록 오히려 나빠졌다. 생후 7개월 정도 되었을 때 릭은 경련을 일으키기 시작했다. 몸을 잡고 있어도 소용이 없었다. 주디와 나는 아들의 상태가 나아질 것이라는 기대를 버렸다. 아침에 잠에서 깨어나면 아기가 건강해져 있을 거라고 기대했는데 점점 더 나빠지니 어쩔 수 없었다. 우리는 릭을 도울 방법을 찾아 나섰다. 이번에는 릭을 메드퍼드에 있는 소아과 전문의에게 데려갔다.

릭은 소아과 병원에서도 여러 차례 검사를 받았다. 생후 8개월이 되었을 무렵 마침내 공식적인 진단 결과가 나왔다. 전문의의 말을 들은 순간, 우리는 절망했다. 가슴이 찢어지는 것 같았다. 전문의는 릭이 뇌성마비라고 했다. 처음 듣는 말이었다. 나는 그때까지 그런 말을 들어 본 적도 없거니와 의사가 무슨 말을 하는지 감조차 잡지 못했다. 주디도 마찬가지였다. 우리는 의사의 부연 설명을 듣고서야 뇌성마비가 무엇인지 알았다.

하지만 의사의 말을 곧이곧대로 받아들일 수는 없었다.

"확실한가요?"

의사는 우리의 물음에 "틀림없다"고 대답했다. 릭은 출산 과정에서 탯줄이 목에 감긴 바람에 산소 공급이 차단되어 뇌 손상을 입었다고 했다. 그것이 뇌성마비로까지 확대되다니……. 의사는 뇌의 어느 부위가 손상되었는지는 정확히 알 수 없다고 했다. 릭의 운동 신경 기능이 심각하게 손상된 건 분명한데, 지적 능력이 얼마나 되는지 알려면 앞으로 수년 동안 성장을 지켜봐야 한다는 것이었다. 의사는 뇌수술 가능성까지도 언급했다. 그것은 의도적으로 뇌의 다른 부위에 손상을 가함으로써 이미 손상된 부위의 영향을 약화시키는 시험적인 수술이었다. 릭이 그 수술에서 살아날 확률은 50프로였다. 그런데다 수술의 효과가 있을지도 확신할 수 없었다. 우리 부부는 수술 이야기는 없던 것으로 하자고 의사에게 말했다.

당시는 뇌성마비에 대해 알려진 치료법이 거의 없었다. 게다가 비슷한 사례가 없기 때문에 뇌성마비를 치료하는 데 어려움이 따랐다. 뇌성마비는 임신 중이거나 출산할 때 또는 세 살까지의 아이들에게 일어나는 병이다. 어떤 아이는 신체적인 장애만 보이는 반면, 어떤 아이에게서는 정신적인 장애만 나타난다. 물론 두 장애를 동시에 보이는 경우도 있다. 증상의 정도가 다양하기 때문에 뇌성마비를 앓는 아이 중에는 말은 잘하지만 절름거리며 걸을 수도 있고, 아주 천천히 말을 하거나 전혀 말을 하지 못할 수도 있다. 걷고 달리기까지 하는 아이가 있는가 하면, 휠체어를 타고 다니는 아이도 있다. 나중에 윈체스터의 병원 의사는 누이의 아이가 뇌성마비인데, 릭의 증세가 비교적 심각했기 때문에 뇌성마비일 줄은 몰랐다고 해명했다.

　메드퍼드의 소아과 전문의는 우리에게 뇌성마비에 관한 논문을 주었다. 우리는 뇌성마비에 대해 일가견이 있는 몇몇 의사를 만났다. 그들은 비교적 자세한 설명을 해 주었는데 우리가 받아들이기엔 벅찬 내용이었다. 의학 용어를 빌려 말하자면, 릭은 경련성 사지 마비였다. 릭의 팔다리는 정상이 아니었다. 모두 심각한 장애가 있었다. 우리는 의사들에게서 경련성 사지 마비가 어떤 증상을 띠는지 자세히 들었다. 릭은 근육이 너무 뻣뻣하게 굳어 있기 때문에 걷지 못할 확률이 매우 높았다. 의사들의 말에 따르면 사지 마비를 앓는 아이는 몸 전체 또는 한쪽 몸을 심하게 떨기도 한다는 것이었다. 그 말을 듣고 보니 우리 아들이 왜 경련을 일으켰는지 알 것 같았다.

　릭의 장래가 더욱더 암담하게 여겨졌다. 주디와 나는 의사들의 말을 들을 때마다 충격을 받았다. 하지만 절대로 내색하지 않았다. 그저 의사들의 말을 묵묵히 경청하면서 이해하려고 애썼다. 그렇게라도 하지 않으면 복받치는 감정을 억제하지 못하고 여러 사람 앞에서 주저앉을 것만 같았다. 우리는 의사들에게 앞으로 어떻게 대처해야 하고 어떤 방법으로 치료해야 하는지 물었다. 뇌성마비에 대해 들어 본 적도, 휠체어를 탄 아이를 본 적도 없는 우리로서는 의사들의 말을 듣지 않을 수가 없었다.

　의사들은 릭을 시설에 보내라고 권했다.

　"아이를 시설에 보내고 잊으려고 노력해 봐요. 찾아가 볼 생각도 말아요. 아이에 대해 아예 생각도 하지 말고 당신들 인생을 살아요. 당신들보다 먼저 이런 상황에 처했던 사람들도 모두 그렇게 했답니다."

의사들은 우리에게 아직 젊지 않느냐고 말했다. 아이는 새로 가지면 된다고도 했다. 이런 일이 우리에게 또다시 일어날 확률은 100만 분의 1이라면서. 그 말은 마치 우리에게 릭이 태어난 사실조차 잊어버리라는 것 같았다. 주디와 나는 의사들이 말하는 시설이 어떤 곳인지 대충 알고 있었다. 당시의 시설은 장애가 있는 아이들을 수용하는 주립학교였다. 그런데 말이 학교지 감옥보다도 못하다는 소문이 파다했다. 감옥의 수감자들이 시설의 아이들보다 더 나은 대우를 받는다는 말도 돌았다. 우리는 시설에 수용된 아이들과 어른들에 대한 서글픈 이야기를 많이 들었다. 시설의 환자들은 하루 종일 구석에 처박혀서 지낸다고 했다. 목욕도 거의 시키지 않고, 더러운 기저귀를 찬 아기들이 몇 시간 동안 침대에 방치된 채 울고 있는 모습을 보았다는 사람의 이야기도 들었다.

주디와 나는 릭을 시설에 보내라는 의사들의 말을 단호하게 거절했다. 그런 문제는 의논할 가치도 없는 것이었다. 우리 아들을 떼어놓으라니……. 우리는 어처구니가 없어서 서로의 얼굴을 쳐다보며 말했다.

"절대로 그렇게 못합니다."

의사들은 의외로 집요했다. 그들은 우리가 집에서 릭을 위해 할 수 있는 일은 아무것도 없다며 릭이 시설에서 지내는 게 더 편할 거라고 말했다. 심지어 릭이 식물인간에 지나지 않는다는 말도 했다. 우리는 의사들이 무슨 말을 하든 개의치 않았다. 릭을 저버리고, 마치 릭이 이 세상에 없는 듯 인생을 산다는 건 상상할 수도 없는 일이었다. 릭이 없는 인생은 지옥이나 마찬가지일 터였다. 릭에게 어떤 끔찍한 문제가 있더라도 상관없었다. 릭은 우리의 아들이었다. 한집에서 함께 살아야 하는 가족이었다.

릭을 데리고 병원에서 나올 때 우리는 말은 안 했지만 서로의 마음을 잘 알았다. 릭을 잘 키우고, 릭이 정상적인 삶을 살도록 노력하는 것 말고는 우리에게 다른 선택의 여지는 없었다. 메드퍼드에서 집으로 차를 몰고 오는 길에 나와 아내는 참았던 눈물을 터뜨리고 말았다. 시야가 가려져서 눈물을 멈추려고 했지만 멈춰지지 않았다. 나는 릭의 상태에 대한 의사들의 말을 떠올렸다. 릭이 식물인간이라고 했던 말에 대해서도 생각했다. 참담한 기분이 들었다. 이런 일이 우리 가족에게 일어났다는 사실이 믿어지지 않았다. 오랫동안 기다렸던 대답이 우리의 가슴을 갈가리 찢어 놓다니, 생각할수록 기가 막혔다.

집으로 돌아오는 20분 동안 나는 분노, 슬픔, 절망 등 온갖 감정에 휩싸였다. 의사들의 말이 맞다면 릭은 내가 은근히 기대했던 운동선수는 절대로 되지 못할 터였다. 걷거나 말하지도 못할 것이었다. 릭이 좀 더 자라면 휠체어를 사줘야 할 터였다. 하지만 휠체어에 대해서 아는 게 별로 없었다. 나는 그때까지 어린이용 휠체어는커녕 어른용 휠체어조차 제대로 본 적이 없었다.

미식축구 팀을 결성할 정도로 아이를 많이 낳고 싶은 나의 바람은 이제 어리석고 불가능해 보였다. 릭은 우리의 온전한 관심을 필요로 할 터였다. 나는 릭을 집에서 보살피려면 얼마의 비용이 들지 계산해 보았다. 주디와 나 둘 다 벌어도 버거울 것 같았다. 아무리 생각해도 뾰족한 대안이 떠오르지 않았다. 우리는 집으로 가는 동안 릭을 중심으로 어떻게 살아야 할지 의논했다.

주디와 나는 의사가 아닌 누군가에게 상담을 받아 봐야겠다고 생각했다. 문득 우리의 결혼을 승낙한 목사가 떠올랐다. 나는 목사에게 전화를 걸어 우리 집에서 이야기를 나눌 수 있는지 물었다. 그렇게 물은 것은 릭을 집에서 키우기로 한 우리의 결정이 옳다는 말을 듣고 싶어서였던 것 같다. 우리는 릭을 집에서 키우는 것 외에는 다른 방법이 없다고 결론지었다. 그러나 우리가 신뢰하고, 도덕적인 입장에서 그런 문제를 이해해 줄 만한 누군가로부터 객관적인 의견을 들어야 했다.

우리는 목사에게 지난 8개월 동안 우리가 겪은 일을 빠짐없이 설명했다. 전문의가 내린 진단에 대해서도 솔직하게 말했다. 그리고 목사에게 침대에 경직된 자세로 가만히 누워 있는 자그마한 우리 아들을 보여주었다.

목사와 만나 허심탄회하게 사정을 이야기하자 마음이 좀 편해졌다. 목사와의 대화는 우리 삶의 중요한 전환점이 되었다. 목사는 우리에게 어떤 최종 결론을 내리라고 말하지 않았다. 이 길 아니면 저 길을 택하라고 권하지도 않았다. 그는 입발림 소리 같은 건 한마디도 없이 솔직하게 말했다. 자신은 미래를 내다볼 수 없고, 릭에 관한 의학적인 지식에 대해 우리보다 더 많이 알지도 못한다고 했다. 그래서 조언하기를 주저했다. 그러면서도 우리 앞에 놓인 두 갈래의 길에 대해서 분명하게 말했다. 우리는 릭을 시설에 넣고 완전히 잊어버리든지, 최선을 다해 집에서 키우든지 둘 중 하나를 택해야 했다. 주디와 나는 이미 의사들이 제안한 시설 쪽은 단호히 거절했다. 결국 우리는 무엇을 해야 할지 정확히 알았고 우리의 결정에 자신이 있었다. 릭을 보통 아이처럼 키우고 사랑할 자신이 있었던 것이다.

그때 결정을 내린 뒤로는 어느 쪽을 택해야 하느냐에 대해 두 번 다시 논의하지 않았다. 주디와 나는 우리 아들인 릭의 지지자가 되었다. 우리는 장애아를 둔 가족들과도 만나기 시작했다. 그러면서 그들과 아이에 대한 이야기를 나누고 서로 버팀목이 되어 도우려고 노력했다.

우리는 릭이 특별한 도움이 필요한 장애아인데도 정상적인 아이처럼 대했다. 의사들은 집에서 릭을 키우려는 우리의 굳은 의지를 확인하고는 자원봉사할 사람들을 연결해 주었다. 자원봉사자들은 우리 집에 와서 릭의 팔과 다리를 마사지하는 등 정성껏 돌봐 주었다.

우리는 릭이 조금 더 크자 물리치료를 받도록 보스턴 소아전문병원에 다니기 시작했다. 병원까지는 1시간 15분이 걸렸다. 우리는 일주일에 한 번 릭을 데리고 병원에 갔다.

우리는 뇌성마비를 앓는 많은 아이들이 발달이 늦거나 학습 장애를 겪는다는 사실을 알고 난 뒤 릭이 어떤 증상을 보일까 싶어 걱정을 했다. 그러나 그런 걱정은 오래가지 않았다. 우리가 릭에게 말을 걸거나 눈을 바라보면 릭은 곧바로 우리를 쳐다보았다. 우리는 릭이 영리하다는 것을 알았다. 릭은 울거나 말을 해서 의사소통을 할 수는 없었지만, 스스로 느끼는 감정이나 생각을 다른 방법으로 우리에게 알려주었다. 주디와 나는 릭이 창가에 있는 걸 좋아한다는 사실을 알아챘다. 릭은 내가 언제쯤 퇴근해서 집으로 오는지 잘 알고 있었다. 그래서 창가에 있으면 집에 들어오는 나를 지켜볼 수 있기 때문에 그 자리를 좋아했던 것이다. 그런 면을 보면 릭은 꽤 영리한 아이였다. 내가 현관으로 들어서면 릭은 함박웃음을 지어 보이곤 했다. 릭의 자그마한 얼굴에 떠오르는 순수한 표정과 맑은 눈동자를 보는 것만으로도 집에 오는 보람이 있었다.

보스턴 소아전문병원에 다니던 중 우리는 우연찮게 우리와 생각이 같은 의사를 만났다. 로버트 피츠럴드 박사는 어릴 때 소아마비를 앓는 바람에 휠체어를 타고 다니는 심리학자였다. 그는 우리에게 환자의 가족까지 포함시켜서 치료하는 가족 요법을 소개했다. 당시는 가족 요법이 일반적인 치료법으로 정착하기 한참 전이었다. 그래서 용어부터 생소했다. 아무튼 우리는 피츠럴드 박사가 우리의 말에 진지하게 귀를 기울인 최초의 의사라고 생각했다. 박사는 릭이 유년기를 가능한 한 평범하게 보낼 수 있도록 갖가지 유익한 아이디어를 주었다. 그는 릭을 장애가 없는 아이처럼 대하고, 가족의 활동에 동참할 수 있도록 이끌며, 주변 친구의 아이들이 하는 행동을 릭에게 시키라고 권했다.

릭은 조금씩 성장하고 적응해 나갔다. 주디와 나는 그 과정을 지켜보면서 아이를 더 낳는 문제에 대해 많은 이야기를 나누었다. 당시 릭은 한 살 반, 즉 생후 18개월이었다. 우리는 진심으로 릭에게 남동생이나 여동생이 있었으면 하고 바랐다. 그러면서 한편으로는 예기치 않은 일이 일어날 수도 있다는 걱정을 했다. 물론 릭과 같은 아이가 태어날 확률은 거의 없다는 사실을 모르는 건 아니었다. 그럼에도 그 생각을 하면 불안했다. 나는 두 가지 일, 그러니까 주 방위군에서는 정규직으로, 벽돌 사업에서는 시간제로 일하고 있었다. 오로지 릭의 치료비를 감당하기 위해서였다. 또다시 장애가 있는 아이가 태어난다면 우리는 심리적으로 무너질 뿐만 아니라 재정적으로도 파산할 터였다.

피츠럴드 박사는 그런 걱정은 할 필요가 없다며 우리를 안심시켰다. 우리는 얼마든지 건강한 아기를 낳을 수 있다고 했다. 아내가 임신할 경우 꼼꼼하게 검사해서 어떤 문제든 발생하기 전에 미리 손을 쓰면 된다는 것이었다. 그러면서 박사는 아이가 더 있으면 가정에 균형이 잡힐 것이고, 우리가 릭을 지나치게 애지중지하지도 않을 것이라고 했다. 확실히 우리는 첫째 아이인 릭을 너무 애지중지했다. 게다가 사사건건 과잉보호까지 하고 있었다. 릭이 장애아이기 때문이었다. 주디와 나는 주위 사람들에게 릭을 보통 아이처럼 대하라고 말해 놓고는 정작 우리 자신은 그러지 않았다. 의도했든 의도하지 않았든 우리는 릭을 특별하게 대했다.

우리는 다시 아기를 낳기로 했다. 계획한 대로 얼마 뒤 주디는 임신을 했다.

1964년 4월 17일, 우리의 둘째 아들인 로버트 스탠리 호이트가 태어났다. 둘째 역시 윈체스터의 병원에서 첫울음을 터뜨렸다. 주위 사람들은 분만 중에 문제가 생겼던 병원으로 왜 또 갔느냐고 묻곤 했다. 하지만 주디와 나는 주치의를 조금도 원망하지 않았다. 의심하지도 않았다. 그런 일은 어쩔 수 없이 일어난 것일 뿐이고, 두 번 다시 일어나지 않도록 미리 대비하면 된다고 생각했다.

둘째 아이가 태어날 때는 아무런 문제가 없었다. 둘째 또한 예쁘고 건강해 보였다. 우리는 둘째 아이를 하루라도 빨리 집에 데려가 형을 만나게 해 주고 싶었다.

04

우리는 가족이다

어느 날 둘째 아들 롭이 내게 이런 편지를 보냈다.
"삶이 내게 어떤 역경을 주든 형이 날마다 맞닥뜨리는 어려움에 비하면 아무것도 아니에요."
나는 이 구절을 몇 번이나 다시 읽었다. 내 마음을 울린 참으로 멋진 표현이었다.

어린 두 아들이 집에 있어서 우리는 조금도 지루할 틈이 없었다. 세 명이던 우리 가족에게 자그마한 롭이 가세해 식구가 늘면서 세 살 미만의 두 아이를 키우는 게 얼마나 힘든 일인지 금세 알게 되었다. 게다가 한 녀석은 건강하지만 다른 한 녀석은 특별한 도움이 필요했기 때문에 이만저만 고생이 아니었다. 하지만 릭을 보통 아이처럼 키우겠다는 우리의 다짐에는 조금도 변함이 없었다.

주디와 나는 릭이 여느 아이처럼 어린 시절을 평범하게 보낼 수 있도록 수단과 방법을 가리지 않고 보살폈다. 릭의 동생이 생기면서 우리는 릭에게 더 신경을 써야 했다. 동생인 롭이 정상적으로 자라는 모습을 보고 혹시라도 릭이 소외감을 느끼지 않을까 염려되었던 것이다. 롭이 집 안 곳곳을 기어다니기 시작하자 나는 릭이 동생처럼 돌아다닐 수 있도록 스쿠터를 고안해 냈다. 스쿠터라고 하지만, 그것은 금속 바구니에 바퀴를 달아 놓은 단순한 장치에 불과했다. 주디는 릭이 바구니 안에 편안히 있도록 베개를 넣어 두었다. 우리가 릭을 베개 위에 눕히면 릭은 작고 뻣뻣한 팔과 다리를 휘둘렀다. 그러면 스쿠터도 조금씩 움직였다. 릭은 점차 스쿠터를 잘 다루게 되었다. 그래서 얼마 뒤부터는 동생과 함께 집 안 여기저기를 돌아다니며 즐거운 시간을 보냈다.

나는 스쿠터 외에 릭이 갖고 놀 수 있는 특수한 공도 만들었다. 우리는 그 발명품을 지구공이라고 불렀다. 커다란 고무공 위에 릭을 올려놓으면 표면이 부드럽고 탄력 있기 때문에 스트레칭도 할 수 있고 몸을 튕길 수도 있었다. 그런 면에서 지구공은 어느 정도 치료 효과가 있었다. 하지만 그것은 어디까지나 장난감이었다. 릭과 롭은 함께 지구공 위에서 놀았다. 그러다 릭이 몸을 튕기면 둘 다 까르르 웃어댔다. 공이 그렇게 높지 않아서 위험하지는 않았다. 두 녀석은 지구공 위에서 몇 시간씩 신나게 놀곤 했다.

우리에게 특별한 도움이 필요한 아이가 있다는 사실을 받아들이자 우리 자신도 달라졌지만 이웃들의 인식도 긍정적으로 바뀌었다. 나는 이웃들에게 아무렇지 않은 듯 릭에 대해 자랑했다. 그럴 때마다 주디는 난처해했다. 굳이 자랑할 것까지 있느냐는 표정이었다. 이웃들은 가끔 릭에 대해 물었다. 나는 우리에게 아기가 있는 걸 그들이 알고 있으므로 묻는 건 당연하다고 생각했다. 그런데 릭을 처음 본 사람들은 묘한 표정을 지었다. 나는 그들에게 우리와 릭의 사정을 설명했다. 하지만 솔직히 설명하는 게 귀찮고 싫을 때도 있었다. 주디는 그런 사람들이 릭에 대해 물으면 언짢아했다. 대답할 수도 있지만 그러다 보면 마치 아들인 릭을 사랑하기로 한 결정에 대해 변명을 늘어놓는 것 같은 기분이 든다는 것이었다.

나는 주위 사람들이 릭에 대해 공연한 호기심을 품어도 그들을 나쁘게 생각하지 않았다. 그들 역시 릭과 같은 장애아를 본 적이 없을 터였다. 우리와 처지가 같은 부모 중에는 장애아를 둔 탓에 수모를 겪었다는 사람도 있었다. 집에서 지내게 하지 왜 장애아를 집 밖으로 데리고 나오냐는 소리를 들었다는 것이다. 나는 그 이야기를 듣고 화가 났다. 그런 말은 누구에게든 해서는 안 되는 말이기 때문이다.

우리는 어디를 가든 릭을 데리고 다녔다. 그러자 이웃들의 태도가 차츰 바뀌었다. 처음에는 쭈뼛거렸지만 조금씩 친해지면서 우리 집에 와서는 집안일을 돕기도 했다. 이웃들에게 우리는 장애아를 키우는 특별한 가족이 아니었다. 평범하면서도 행복한 가족이었다.

우리는 릭이 보통 아이처럼 성장하기를 바랐다. 피츠럴드 박사는 첫 단계로 릭에게 알파벳과 간단한 단어를 가르쳐 보라고 권했다. 릭은 책을 읽어 주면 좋아했다. 하지만 릭에게 알파벳과 단어의 의미를 가르치는 건 별개의 문제였다. 무엇보다 마땅한 방법을 찾아내야 했다. 주디는 사포로 알파벳을 만드는 아이디어를 생각해 냈다. 릭은 손을 가눌 줄 모르기 때문에 손을 잡아 사포로 된 알파벳 표면을 더듬게 해서 글자를 눈으로 보는 동시에 느끼도록 했다. 주디는 단어와 숫자를 집에 있는 거의 모든 물건에 붙여 놓았다. 그 방법은 효과가 있었다. 릭은 처음에는 어려워했지만 단어와 함께 사물을 조금씩 인지할 줄 알게 되었다.

우리는 릭이 뜨거운 것과 차가운 것의 차이도 구분하도록 가르쳤다. 특히 뜨거운 물건을 가지고 놀지 않도록 릭에게 냄비와 프라이팬을 만지게 했다. 릭을 가르치는 일이 특별히 어렵지는 않았다. 보통 아이를 가르치는 것과 크게 다를 바 없었다. 릭은 말을 할 줄 모르기 때문에 자신이 이해하는 걸 표현하지 못했다. 그래서 우리는 그런 릭을 위해 의사소통 장치를 마련해야겠다고 생각했다.

릭이 다섯 살 때 우리 식구는 다섯으로 늘었다. 1967년 10월 17일, 막내아들 러스가 롭처럼 우렁찬 울음을 터뜨리며 태어났던 것이다. 이제 세 아들을 거느린 처지라서 가족을 부양해야 할 내 책임은 더욱 막중해졌다. 나는 벽돌 사업에 더 많은 시간과 노력을 투자했다. 그리고 나이키 허큘리스 미사일 기지에 있는 주 방위군에서 맡은 일을 충실히 수행했다. 나는 일찍이 영관장교가 되고 싶었는데 러스가 태어날 무렵 영관장교 후보 과정을 마치고 드디어 소령으로 진급했다. 진급하자 급여 등급도 올라서 릭의 병원비와 물리치료비를 충당하는 데 큰 도움이 되었다.

경제 사정이 그다지 좋지는 않았지만 우리 가족은 늘 즐겁게 지냈다. 한때 나는 취미 활동으로 사냥과 낚시, 그리고 소프트볼을 했다. 그런데 어느 날부터인가 쉬는 날마다 아이들과 함께 시간을 보내기 시작했다. 내게 가족과 함께 여가 시간을 보내는 일만큼 중요한 것은 없었다. 물론 물질적으로는 늘 부족했다. 그러나 온 가족이 함께 행복하게 사는 데는 별다른 지장이 없었다. 무엇보다 롭과 러스는 정상적으로 잘 커 갔고, 맏아들은 치료를 잘 받고 있었다.

릭이 덩치가 커져서 안고 다니기가 벅차지자 우리는 휠체어를 마련했다. 확실히 휠체어는 릭에게 큰 도움이 되었다. 휠체어 덕에 릭은 여러 활동에 참여할 수 있었다. 그리고 똑바로 앉을 수 있어서 무엇이든 바로 볼 수 있었다. 휠체어는 릭의 자세와 긴장된 근육에도 도움이 되었다. 릭의 몸은 척추가 지지하고 있지 않기 때문에 젤리처럼 흐물흐물했다. 그래서 릭이 미끄러져 떨어지지 않도록 항상 휠체어를 체형에 맞춰 놓아야 했다. 지금도 릭은 자신의 체형에 맞게 특별히 제작된 휠체어에 앉아서 생활하는데, 스스로 균형을 잡을 수 없기 때문에 자세가 흐트러질 때마다 똑바로 잡아 주어야 한다. 말하자면 휠체어는 릭이 안정감 있게 앉아 있을 수 있도록 도와주는 척추 같은 것이다.

우리 부부는 휠체어를 마련하기 전까지 그것이 어떻게 생긴 물건인지도 몰랐다. 아이든 어른이든 휠체어를 탄 사람을 별로 본 적도 없었다. 그런데 휠체어는 어느새 우리 집의 일부가 되었다. 언젠가 러스가 이런 말을 한 적이 있다.

"어렸을 땐 어느 집에나 휠체어가 한 대씩 있는 줄 알았어요."

러스가 그렇게 말할 만큼 우리 가족에게 휠체어는 당연히 있어야 할 물건이었다. 릭이 무엇을 바라든 우리 부부는 롭이나 러스를 대하듯 자연스럽게 그의 요구를 들어주었다. 그렇게 하는 것이 우리의 의무이자 목표였다. 릭은 분명히 여느 아이들과 겉모습이 달랐다. 하지만 보통 아이들 못지않게 활기차고 활동적이었다. 따라서 우리는 항상 릭을 보통 아이처럼 대했다.

피츠럴드 박사는 다칠까 조바심 내지 말고 주변의 건강한 사람들이 하는 활동에 릭을 과감하게 참여시키라고 말했다. 우리는 늘 박사의 말을 염두에 두었다. 릭을 데리고 외출하고 휴가도 함께 갔다. 릭은 두 동생처럼 우리와 함께 어디든 가려고 했다. 릭의 두 동생도 릭과 함께 행동하고 싶어 했다. 우리가 빵이나 우유를 사러 가게에 가려고 하면 어느새 릭을 데리고 나왔다. 우리는 아무리 바빠도 휠체어를 차에 싣고 릭을 식구들 틈에 태웠다. 나는 이따금 릭을 벽돌 사업장에 데리고 가기도 했다. 언젠가는 휠체어에 탄 릭을 지붕 위에 올려놓고 벽돌로 굴뚝을 쌓기도 했다. 굴뚝 쌓는 모습을 구경시켜 주고 싶었던 것이다.

우리 네 식구는 항상 릭과 함께 있었고 릭은 우리와 함께 있었다. 우리가 해변에 가면 릭도 해변에 갔고 낚시도 함께했다. 우리는 낚싯줄을 릭의 손가락에 묶어 놓았다. 그리고 물고기가 걸리면 릭 대신 낚싯줄을 잡아당겼다. 릭은 동생들을 비롯해 이웃의 아이들과 하키를 하기도 했다. 휠체어 앞에 하키 스틱을 묶어 놓고 롭이나 러스가 뒤에서 조종하면 릭은 멋진 골키퍼가 되었다.

우리는 릭을 데리고 등산도 했다. 산에 오를 때마다 나는 릭을 안고 앞장섰고 그 뒤를 주디와 롭, 러스가 따라오곤 했다. 그럴 때 사람들은 그런 우리가 별난 가족이라도 되는 듯 호기심 어린 눈으로 바라보았다. 아마 우리 가족 모두는 뉴햄프셔 주의 머나드녹 산에 올랐을 때를 결코 잊지 못할 것이다. 그때도 릭과 나는 앞장을 섰고 주디와 두 아들은 약간 떨어져서 뒤따라왔다. 얼마쯤 올라갔을 때 부부처럼 보이는 젊은 커플이 릭과 나를 지나쳐 산을 내려갔다. 그러다 둘은 잠시 멈춰서 뒤를 돌아보더니 나를 가리키며 주디와 두 아들에게 이렇게 말했다.

"저 남자가 죽은 아들을 안고 산 정상으로 올라가고 있어요. 아무래도 아들을 제물로 바치려나 봐요."

주디는 그 말을 듣고 우스워서 혼났다고 했다.

수영은 우리 아이들이 가장 좋아하는 운동이자 놀이였다. 릭이 물속에 있는 광경은 볼만했다. 매사추세츠 주의 펠머스에 살 때 우리는 곧잘 릭을 수영장에 데려가곤 했다. 그런데 갈 때마다 사람들이 우리를 이상하다는 듯 쳐다보며 서로 곁눈질을 했다. 그럴 만도 했다. 수영장에 가자마자 우리는 릭을 휠체어에서 냅다 들어 올려 물속에 빠뜨렸다. 그러면서 릭에게 물속에 가라앉으면 숨을 꾹 참으라고 말해주었다. 나는 그때 수영할 줄을 몰랐지만 롭과 러스는 일찌감치 수영 강습을 받아서 아주 잘했다. 두 녀석은 릭이 물속에서 허우적거리게 내버려 두지 않았다. 재빨리 물속에 뛰어들어서 릭을 물 위로 끌어올렸다. 어쩌면 사람들은 짓궂은 형제가 의도적으로 장애아인 형을 물에 빠뜨린다고 생각했을지도 모르겠다.

아무튼 수영은 릭의 치료에 꽤 효과적인 운동이었다. 다행히 릭 역시 물속에서 노는 걸 무척 좋아했다. 일단 물속에 들어가면 좀처럼 나오려 하지 않았다. 릭은 수영을 통해 동생들과 우애를 다졌다. 그리고 동생들이 자기를 절대로 저버리지 않으리라는 확신을 품었다. 그런데 수영을 하다가 하마터면 큰일 날 뻔한 적이 있었다.

롭과 러스가 아기일 때였다. 그 무렵 나는 결혼 전에 훈련을 받았던 텍사스 주 엘패소로 파견되는 바람에 가족과 함께 다시 그곳에 가서 잠시 살고 있었다. 마침 우리가 살던 아파트 단지에 공동 수영장이 있었는데, 어느 날 내가 아장아장 걷는 롭과 러스를 물이 얕은 곳으로 몰아가고 있을 때였다. 수영장 언저리에서 쉬고 있던 릭이 별안간 물속으로 굴러떨어지더니 금세 바닥으로 가라앉았다. 순간 나는 너무나 놀랐지만 롭과 러스 때문에 우물쭈물 망설일 수밖에 없었다. 그때 릭을 구한 사람은 바로 이웃이었다. 그는 수영장 바깥에 있다가 재빨리 물속으로 뛰어들어서는 릭을 안전하게 구해 냈다. 그런데 릭은 수면 위로 나오자마자 코와 입으로 물을 뿜어내며 마구 웃어댔다. 하도 어처구니가 없어서 나도 덩달아 웃었다.

우리가 팰머스로 이사했을 때 살던 집은 손가락 모양의 길쭉한 강에 이웃해 있었다. 여름이면 아이들은 구명조끼를 입고 카누를 타고는 강의 한가운데로 노를 저어 가곤 했다. 한번은 아이들이 카누를 타고 강 한가운데로 가더니 갑자기 카누를 휙 뒤집었다. 물이 깊지 않은 데다 아이들이 구명조끼를 입고 있었으므로 나는 멀찌감치 서서 지켜보기만 했다. 세 녀석 모두 물속에 빠진 채 첨벙거렸다. 그런데 어느 순간 릭이 보이지 않았다. 깜짝 놀란 내가 물로 뛰어들려는 찰나 롭과 러스가 재빨리 릭을 찾아냈다. 릭은 이번에도 수영장에서처럼 코와 입으로 물을 뿜어내면서 웃어댔다. 그것은 릭 나름의 재미있다는 의사 표현이었다.

나는 안전하다고 판단되는 범위 안에서 아이들에게 자유를 주었다. 하지만 주디는 항상 걱정스런 눈길로 녀석들을 지켜보았다. 특히 아이들이 수영을 하러 나가면 걱정이 되어 안절부절못했다. 그러나 아이들은 저희들끼리 잘 놀았다. 별의별 장난을 다 치면서도 아무 탈 없이 무럭무럭 잘 자랐다.

나는 이 책을 쓰는 동안 아이들에게 어렸을 적에 있었던 일을 이야기해 달라고 했다. 한번은 롭이 '형 릭은 어렸을 때 개구쟁이였다' 면서 우리 가족이 매사추세츠의 유명한 휴양지인 케이프코드에 살았던 어느 여름날의 이야기를 들려주었다. 그날 저녁, 주디와 나는 세 아이를 장모님 댁에 맡겨 두고 밖에 나가서 단둘이 오붓한 시간을 보냈다. 그런데 우리가 없는 동안 릭이 장모님을 골탕 먹였다.

장모님은 집 주변의 모래밭에서 토마토를 재배했다. 그리고 토마토를 수확할 때마다 무척 자랑스러워했다. 장모님이 모래밭에서 어떻게 토마토를 재배하고 수확하는지 나로서는 알 길이 없는 수수께끼 같은 일이다. 아무튼 장모님은 그 여름날 저녁에도 외손자들에게 먹이려고 토마토를 한 아름 땄다. 릭에게 음식을 먹이는 건 장모님에게도 쉽지 않은 일이었다. 장모님은 릭이 혀를 잘 움직이지 못하기 때문에 입에서 음식이 흘러나올 것에 대비해 릭의 머리부터 발가락까지 수건을 덮어 놓았다. 그리고는 토마토 한 조각을 릭의 입에 넣어 주었다. 그러자 릭은 장난기 섞인 웃음을 지으며 장모님을 향해 토마토 조각을 뱉어 냈다. 토마토 조각은 수건이 아닌 장모님의 맨발에 떨어졌다. 아이들은 그 모습을 보고 외할머니 발에 피가 났다며 웃어댔는데, 릭은 토마토 조각을 뱉은 벌로 남아 있는 토마토를 한 입도 흘리지 않고 몽땅 먹어야 했다.

릭은 대체로 고분고분한 성격이면서도 유머 감각이 뛰어난 아이다. 그런데 어렸을 때는 짓궂은 장난을 많이 쳤다. 롭은 이런 이야기도 들려주었다.

주디가 롭과 릭을 데리고 한 대학의 강연회에 갔을 때였다. 당시 릭은 열서너 살 정도 되었을 것이다. 그 무렵 주디는 장애인에 대한 사람들의 인식을 바꾸기 위해 지역의 학교와 각종 단체를 찾아다니며 강연을 했는데 이따금 아이들을 데려가곤 했다. 아무튼 주디가 대학생들이 모인 강의실의 강단에 서서 장애아를 키우며 사는 것에 대해 이야기하고 있을 때였다. 그때 롭은 릭의 뒤에, 릭은 엄마 바로 뒤에 있었다. 그런데 주디가 릭이 팔을 쓰지 못하는 데 대해 설명하는 순간, 그때까지 얌전히 있던 릭이 갑자기 팔을 마구 휘저어 댔다. 물론 강의실은 웃음바다가 되었다. 릭의 장난기는 강연이 끝나고 학생들이 주위에 모여들었을 때도 발동했다. 릭은 팔을 떨면서도 바로 옆에 서 있는 예쁜 여학생의 엉덩이를 슬금슬금 더듬었다. 그러다 엄마에게 들켜서 된통 야단을 맞았다.

러스도 릭에 관한 재미있는 이야기를 들려주었다. 릭이 열다섯 살 정도 되었을 때였다. 어느 날, 학교에서 돌아온 릭이 동생들을 불러 놓고 엄마 옷을 입혀 달라고 부탁했다. 롭과 러스는 형이 시키는 대로 치마도 입히고 브래지어도 채웠다. 심지어 주방에서 과일을 가져다 브래지어 안에 패드 대신 넣기도 했다. 그런 다음 주디가 볼일을 보고 집에 도착할 시간에 맞춰 릭을 현관 복도에 데려다놓았다. 물론 주디는 깜짝 놀랐고 한편으론 재미있어 했다. 나중에 릭은 아들만 있는 엄마에게 딸이 되어 주고 싶어서 그랬다고 둘러댔다.

러스는 이런 이야기도 했다. 어느 날 릭이 롭과 러스에게 이런 부탁을 했다. 숲 속에 구덩이를 파고 그 안에 자기를 넣고는 합판으로 덮은 뒤 그 위를 나뭇잎으로 가리라는 것이었다. 정말인지 모르겠지만 롭과 러스는 처음에 반대했다가 형이 하도 고집을 피워서 어쩔 수 없이 했다고 말했다. 두 녀석은 휠체어를 근처에 두고 형을 구덩이에 넣어 나뭇잎으로 가린 뒤 그 위에 쪽지를 남겨 놓았다. 쪽지에는 이런 글이 적혀 있었다.

'몸값 대신 잠자는 시간을 밤 10시로 늦춰 달라. 그러면 어디를 파야 할지 알려주겠다.'

러스와 롭은 저녁 식사하기 직전에 집에 왔다. 주디와 내가 형이 어디에 있느냐고 묻자 녀석들은 숲 속에서 우리를 기다리고 있다고 말했다. 주디와 나는 릭을 찾으러 황급히 뛰쳐나갔다. 우리가 릭을 데리고 왔을 때 두 녀석은 러스의 친구 집으로 피해 있었다. 그렇게 했으니 망정이지 그 자리에 있었다면 결코 무사하지 못했을 것이다. 지금도 그때 일을 생각하면 속이 부글부글 끓는데 그날 밤 두 녀석은 끝내 집에 돌아오지 않았다.

어렸을 때의 릭은 호기심이 많고 명랑한 아이였다. 참을성도 많았다. 그런데 장난치기를 좋아하는데다 누군가를 골탕 먹여서라도 웃음을 유발하려고 애썼다. 그리고 자신도 잘 웃었다. 어쩌면 릭은 다른 사람을 웃기고 스스로도 웃어야겠다고 의식적으로 다짐했는지도 모른다.

실제로 언젠가 롭이 이렇게 말했다.

"형은 걸핏 하면 웃어요. 이 세상에 태어난 순간부터 그 어떤 고통이나 슬픔이나 어려움을 겪어도 늘 웃어야겠다고 작정한 사람 같아요."

롭은 힘들 때마다 앞으로 계속 나아갈 수 있는 힘과 용기를 형에게서 얻곤 한다는 말도 했다.

어느 날 롭이 보낸 편지에 이런 구절이 있었다.

'삶이 제게 어떤 역경을 주든 형이 날마다 맞닥뜨리는 어려움에 비하면 아무것도 아니에요.'

나는 이 구절을 몇 번이나 다시 읽었다. 내 마음을 울린 참으로 멋진 표현이었다.

05

릭을 외면하는 공립학교

나는 결코 특수학교의 교사들을 원망할 생각은 없다. 오히려 그들에게 고마운 마음을 갖고 있다.
그나마 그런 사람들이 있기 때문에 릭 같은 장애아가 교육을 받고 한 인간으로 독립할 수 있는 것이다.

릭은 내가 아는 어느 누구보다도 인내심이 많고 의지도 강하다. 게다가 적응력도 뛰어나고 사교적이다. 어렸을 때도 그랬다. 릭은 장애가 있음에도 놀라울 정도로 주어진 환경에 잘 적응했다. 그리고 동생들은 물론 이웃 아이들과도 사이좋게 잘 지냈다.

릭이 어렸을 때 주디와 나는 릭을 교회학교에 데려가곤 했다. 그러다 신자들의 어린 자녀들이 다니는 교회 부속 유치원에 입학시켰다. 유치원 교사들은 릭이 무척 영리하다고 말했다. 릭은 알파벳을 알았고 사물과 사람을 금세 인지했다. 우리는 릭에게 필요한 것이 무엇인지 금방 알았다. 릭이 필요한 것이 있으면 우리에게 즉시 신호를 보냈기 때문이다.

일찍이 의사들은 릭이 대소변을 가리지 못할 거라고 단언했다. 하지만 릭은 롭과 러스보다 더 빨리 대소변을 가렸다. 우리가 그 사실을 말하자 의사들은 놀란 표정을 지었다. 주위 사람들은 릭을 처음에는 아무것도 할 줄 모르는 장애아로만 보았다. 그러다 릭이 보통 아이 못지않게 할 줄 아는 게 많자 차츰 호감을 나타냈다. 릭은 사람들이 많이 모여 있는 곳에서도 결코 주눅 들지 않았다. 주눅 들기는커녕 자신이 앞장서서 분위기를 화기애애하게 만들었다.

릭은 물리치료를 받으러 보스턴 소아전문병원에 다니면서 다른 가족들과 교류했는데 이때도 항상 웃으면서 사람들과 잘 어울렸다. 그 시간은 우리에게도 유익했다. 장애아를 둔 부모들을 만날 수 있었기 때문이다. 그들도 우리처럼 장애가 있는 아이를 집에서 키우겠다고 선언한 사람들이었다. 병원에는 뇌성마비 아이들도 꽤 있었다. 하지만 다들 릭만큼 심하지는 않았다. 그 아이들 중 몇몇은 말을 하거나 걷거나 팔을 쓸 수 있었다. 릭과 달리 휠체어도 조종할 줄 알았다. 비록 증상이 서로 다르긴 했지만 그 아이들의 부모들과 우리는 친척처럼 가깝게 지냈다. 그러면서 장애아를 키우며 가족을 부양하는 일에 관한 의견이나 아이디어를 주고받았다. 치료 외의 다른 활동도 함께했다. 서로 시간을 맞추어 봉사 활동도 하고 온 가족이 모여서 소풍을 가기도 했다.

주디와 나는 우리가 사는 군을 중심으로 '뇌성마비 자녀를 둔 부모 협회'도 설립했다. 같은 처지에 있는 부모들이 한자리에 모여 아이의 복지 문제를 논의하기 위해서였다. 우리는 협회를 통해 다른 부모들과 장애 아동을 공립학교에 입학시킬 수 있는 방법에 대해서도 논의

할 계획을 세웠다. 그런데 인접한 지역에는 릭과 같은 뇌성마비 장애
아를 둔 가족이 별로 없었다. 딱 한 가족이 있었는데 우리가 사는 군에
서 조금 떨어진 매사추세츠 주 메드퍼드의 머피 씨 가족이었다. 머피
씨 가족과 우리는 아이들의 생일 파티 같은 특별한 행사가 있는 날에
함께 모였다. 우리로서는 그렇게 해서라도 다른 가족과 교류해야만
했다.

릭이 유치원에 들어갈 때만 해도 주위 사람들은 릭에 대해 회의적
이었다. 유치원을 제대로 다닐 수나 있을까 생각했던 것이다. 그러나
릭은 사람들의 예상을 뒤엎고 꿋꿋하게 열심히 다녔고 마침내 유치원
을 졸업했다. 릭이 여섯 살 때였다. 우리 부부는 릭이 무척 대견스러웠
다. 릭은 동생들과 걸핏 하면 장난을 쳤지만 여전히 사랑스러운 우리
의 아들이었다. 녀석은 무표정한 채 가만히 있다가도 가족 중 누군가
가 우스꽝스러운 행동을 하면 기다렸다는 듯이 웃음을 터뜨렸다. 주
디와 나는 릭이 웃는 모습을 볼 때 그지없이 행복했다.

릭의 유치원 시절, 주디는 집에서 릭을 따로 지도했다. 주디가 가르
치는 것은 간단한 단어와 숫자 정도였는데, 릭이 받아들이는 속도가
빨라 점점 단계를 높이고 학습량도 늘려 나갔다. 릭이 유치원을 졸업
할 무렵, 우리 부부는 매사추세츠 주 북동부에 있는 로렌스의 장애아
학교로 릭을 데리고 갔다. 그곳에서 우리는 작업치료사인 페이 킴벌
을 만났다. 작업치료사는 의사의 지도와 감독 아래 신체장애자나 정
신장애자에게 어떤 목적을 가진 일을 시켜 치료하는 사람을 말하는데
나는 그런 직업이 있는지 그때 처음 알았다.

아무튼 페이는 릭과 많은 시간을 보내고 나서 릭은 대단히 영리하기 때문에 우리가 바라는 것 이상의 일도 할 수 있을 거라고 말했다. 페이가 우리에게 권한 것은 여러 활동에 릭을 참여시키라는 것이었다. 페이는 정신적으로나 육체적으로 릭이 발전하는 데 큰 도움을 준 스승이자 치료사였다. 무엇보다도 그녀는 릭에게 긍정적인 영향을 끼쳤다.

릭은 우리 가족의 모든 활동에 참여하는 한편, 정기적으로 보스턴 소아전문병원과 로렌스의 장애아 학교에서 훈련을 통한 치료를 받았다. 그 덕에 우리 부부는 릭이 몸을 어느 정도나 가눌 수 있고, 그 한계는 어디까지인지 알게 되었다. 그러나 6년 동안 뇌성마비라는 질병과 더불어 살아왔어도 우리는 여전히 그 병에 대해 더 많은 것을 알아야 했다. 물론 처음에 릭의 병명을 들었을 때와 비교하면 전문가가 다 되었다고 볼 수도 있었다.

릭이 유치원을 졸업했을 때 우리 부부는 그 다음 단계를 생각했다. 그것은 당연히 초등학교 입학이었다. 교회는 유치원 이상의 교육을 제공하지 않기 때문에 주디와 나는 릭을 노스리딩에 있는 공립학교에 입학시키기로 했다.

그런데 그 과정이 생각했던 것처럼 간단하지 않았다. 당황스럽게도 학교 당국은 릭이 걷지도, 말하지도, 혼자서 식사하지도 못한다는 이유를 들어 입학을 불허했다. 우리는 릭이 치료를 잘 받고 있으며 의사들과 간호사들이 날로 발전하는 릭의 모습에 놀라고 있다고 설득했다. 그러면서 덧붙이기를, 우리 아들이 영리하고 배우려는 열의가 대단한데 단지 몸이 말을 듣지 않아 자신의 능력을 제대로 발휘하지 못할 뿐이라고 했다. 우리의 설득에도 불구하고 학교 관계자들은 요지부동이었다. 공립학교의 경직된 체제는 우리에게 너무도 불쾌하고 고통스러운 것이었다. 물론 우리는 릭이 장애로 인해 사회적으로 위축되기를 원하지 않은 만큼 교육적으로도 위축되는 걸 결코 원치 않았다.

주디와 나는 포기할 생각이 전혀 없었다. 주디는 릭이 공립학교에 충분히 다닐 수 있다는 걸 입증하기 위해 학교 이사회에 심의를 요청했다. 나는 직장 때문에 그 자리에 참석할 수가 없었다. 주디는 내 몫까지 맡아서 고군분투해야 했다. 집에 돌아올 때마다 주디의 표정은 어두웠다. 심의하는 자리에서 양측 모두 감정적으로 치달아 말싸움만 벌인 모양이었다. 나중에 주디는 "내 말이 전혀 먹혀들지 않는다는 느낌을 받았을 때 얼마나 실망스럽고 화가 났는지 모른다"고 했다. 학교 이사회 위원들은 주디가 무슨 말을 하든 귀담아들으려 하지 않았다는 것이다. 릭이 학습할 능력이 있다는 증거를 보여주어도 마찬가지였다.

직장에서 돌아와 저녁에 주디의 이야기를 들을 때마다 나는 화가 나서 견딜 수가 없었다. 주디는 위원들에게 만일 릭이 움직이지 못하는 게 입학의 걸림돌이라면 릭의 수발을 들어줄 사람을 곁에 두겠다고 말했다. 그러면서 릭이 대소변을 가릴 줄 알고, 또래 아이들보다 자신의 몸을 더 잘 통제한다는 점을 강조했다. 우리는 릭을 치료했던 사람들이 써 준 의견서를 가지고 있었다. 아들을 교실에 넣어 주기만 하면 어떤 양보라도 기꺼이 할 마음을 먹고 있었다. 그만큼 우리에게는 릭이 교육을 받는 게 매우 중요한 일이었다. 그러나 학교 이사회 위원들은 여전히 안 된다는 말뿐이었다.

그들은 휠체어를 탄 장애가 심각한 사내아이만이 아니라 그런 아들의 능력을 과대평가하는 부모도 영 못마땅한 모양이었다. 주디가 학교로 찾아가기 전에 미리 자리를 비우곤 했으니까 말이다. 그들은 편견에 사로잡힌 채 릭의 겉모습만 보고 판단했다. 그리고 그 판단을 좀처럼 바꾸려 하지 않았다. 그들은 릭이 의사소통을 할 수 없기 때문에 아무리 가르쳐도 전혀 이해하지 못할 것이라고 말했다. 그러면서 릭을 일반학교에 넣는 건 릭에게도 전혀 득이 되지 않을 뿐더러 다른 아이들에게도 방해가 될 것이라고 했다. 그들의 결정을 바꾸는 건 불가능해 보였다.

어느 날 퇴근하고 집에 오자 주디가 분이 풀리지 않은 얼굴로 말했다.

"이대로 물러서지 않을 거야. 어떻게 해서든 이사회 위원들의 마음을 바꾸고 말겠어."

주디가 끝까지 물러설 기미를 보이지 않자 학교 측은 릭이 다른 학생들과 함께 공부하는 걸 허용하지 않는 대신 일주일에 네 시간씩 공부하는 자택 통신 학습 프로그램을 주겠다고 했다. 그런데 프로그램에 교사가 딸려 있지 않은 게 문제였다. 주디는 어린아이 둘을 돌봐야 할 뿐만 아니라 학교에 갈 나이가 된 한 아이에게 개인 지도를 하는 일까지 떠맡아야 할 판이었다. 잠시도 가만히 있지 않는 어린 사내아이들을 쫓아다니는 것만도 버거운데 특별히 주의를 기울여야 하는 장애 아까지 감당하려면 몸이 둘이어도 모자랄 터였다. 그럼에도 주디는 일단 학교 측의 제안을 받아들였다.

그러나 나로서는 이만저만 걱정이 아니었다. 주디가 힘들 게 뻔했다. 더구나 주디는 엄마로서는 완벽하지만 전임 교사로 일한 적은 없었다. 그나마 작업치료사에게 교습 방식을 배웠기 때문에 그것을 염두에 두고 릭을 가르치기 시작했다. 주디의 노력과 릭의 협조로 그 방식은 웬만큼 효과가 있었다. 하지만 주디는 여전히 릭을 기어코 정규 학교에 보내고야 말겠다는 생각을 가지고 있었다. 정규 학교에 가야 릭이 제대로 발전할 것이라고 믿었던 것이다.

우리는 다시금 의학계에 종사하는 사람들의 의견서를 가지고 학교 관계자들을 찾아다니면서 릭이 학습할 능력이 충분하다고 설득했다. 그러나 돌아온 대답은 한겨울의 북풍만큼이나 차가웠다. 결국 주디와 나는 당분간이라는 조건을 달고 릭을 장애아 학교에 등록시켰다.

지금은 상당히 좋아졌지만 당시에는 장애가 있는 아이들을 위한 학교는 말이 학교지 시설에 지나지 않았다. 사람들은 낮에 아이를 그곳에 맡겼다. 단지 그뿐이었다. 그러니까 그곳은 장애아를 위한 보육원에 불과했다. 로렌스에 위치한 릭의 학교는 실제로 보육원 안에 있었다. 장애아를 위한 단체에서 보육원의 일부 건물을 임대해 사용했던 것이다. 내가 보기에 그 학교의 교사들도 교사가 아니었다. 그저 아이를 돌봐주는 보모였다. 학교는 벽돌로 지어진 낡은 건물이었는데 온 갖 장애아들이 수용되어 있었다. 나는 장애의 종류가 그렇게 많은 줄 몰랐다. 거기에서는 나이에 따라 '네 살에서 여덟 살 반', '아홉 살 이상 반' 등으로 반이 나누어졌다.

프로그램으로는 작업 요법*과 물리치료, 언어치료가 있었다. 주디는 릭의 치료비에 보태기 위해 수영 강사로 일했다. 교실마다 장애아를 돕는 도우미가 한 사람씩 있었기 때문에 주디는 낮 동안 비교적 자유로웠다.

로렌스의 학교는 신체장애와 정신장애를 지닌 아이들을 위한 곳이기 때문에 릭이 어떤 교육을 받았을지는 보지 않아도 뻔했다. 그런 프로그램이 쓸모가 없다든지 릭이 제대로 보살핌을 받지 못한다든지 하는 건 문제도 아니었다. 우리가 보기에 그곳의 교육은 릭에게 맞지 않았다. 아니 좀 더 정확히 표현하자면 릭에게 좋지 않았다. 그것은 마치 릭이 네 살 때, 눈이 멀쩡한데도 의사들이 릭에게 안경을 씌우려 했던 것과 비슷했다. 릭의 뇌는 시력만큼이나 양호했다. 그런데 학교 측은 릭을 정신장애가 있는 아이들과 같은 반에 두었다. 그것이 무슨 문제냐고 묻는 사람이 있을지도 모르겠다. 하지만 정신 상태가 멀쩡한 아이를 정신장애가 있는 아이와 함께 두면 제대로 발전할 수 있을까? 내 생각에는 발전은커녕 서로 비슷해질 것 같다.

릭에게는 일대일 지도가 필요했다. 그러나 그런 환경에서는 엄두도 못 낼 일이었다. 큰 방 하나에 교사도 고작 한 명뿐인데 도움을 필요로

---

* 신체나 정신 장애가 있는 사람에게 적당한 육체 작업을 하도록 함으로써 신체 운동 기능이나 정신 심리 기능의 개선을 꾀하는 치료법.

하는 아이는 열두 명도 넘었다. 그런 환경을 감안하면 그곳의 교사는 최선을 다해 일한다고 볼 수 있었다. 그 학교가 보육 시설만큼 나쁘다고는 볼 수 없지만 릭 같은 영리한 아이가 능력을 발휘할 기회를 얻지 못해 우리로서는 안타깝고 답답한 심정이었다.

그 학교의 한 가지 좋은 점은 장애아를 키우는 다른 가족과 서로 알고 지낼 수 있다는 것이었다. 그렇게 한 덕택에 우리는 운동과 캠프를 비롯해 릭과 비슷한 처지의 아이들이 참여할 수 있는 과외 활동을 찾아낼 수 있었다. 나는 장애인을 위한 스트리트 하키* 리그에 릭을 가입시키고는 무척이나 감격스러웠다. 릭은 운동할 때 무척 즐거워했다. 녀석은 경기할 시간이 된 걸 알면 신바람이 나 있다가도 경기가 끝나서 집에 갈 때가 되면 축 처졌다. 운동을 좋아하는 면에서 보면 릭은 확실히 나를 닮았다. 녀석은 특히 하키에 열광했는데 보스턴 브루인스 팀의 열렬한 팬이었다. 릭은 그 팀이 승리하든 패배하든 상관없이 시즌 때마다 빼놓지 않고 경기를 보았다.

릭은 늘 운동을 좋아했고 운동할 때만큼은 마치 다른 아이 같았다. 또 릭은 경쟁하는 걸 좋아했다. 그저 단순히 득점을 내는 데서 만족하지 않고 열심히 뛰어서 승리하는 걸 좋아했다. 릭은 경기를 하다가 부상을 당한 적도 많았다. 릭의 얼굴과 몸에는 경기 중에 부상을 당해 생긴 흉터가 몇 개 있는데 그걸 볼 때마다 경기에 열중하던 녀석의 모습이 떠오르곤 한다.

---

*맨땅에서 하는 아이스하키.

릭이 열 살 무렵이었다. 장애아 돕는 일을 하는 국제 자선기구인 '이스터 실즈'가 주최한 축구 캠프에서 지도 교사가 릭의 팀이 한 골을 넣자 흥분한 나머지 릭을 잡고 있던 손을 놓아 버렸다. 순간 릭은 휠체어에서 얼굴이 먼저 떨어져 딱딱한 땅바닥에 부딪쳤고 그 바람에 앞니 두 개가 부러지고 말았다. 그래서 그곳을 은으로 때웠는데 사람들이 그 모습을 보고 릭을 '틴슬 투스*'라고 불렀다. 릭은 사람들의 관심이 자기에게 쏠리는 걸 아주 좋아해서 그런 별명으로 불리는 것도 역시 좋아했다. 그런데 릭이 이를 가는 습관이 있었기 때문에 은니는 오래가지 않았다. '틴슬 투스'라는 별명도 1년 정도밖에 불리지 않았는데 릭은 그 점을 몹시 아쉬워했다.

다른 장애아들과 어울려 경기를 하는 릭의 모습을 보는 건 더없이 즐거운 일이었다. 그러나 우리 부부는 아들을 보통 아이들처럼 자라게 하고 싶다는 소망을 떨쳐 낼 수가 없었다. 릭 또래의 보통 아이들은 매일 점심 도시락을 챙겨 들고는 스쿨버스를 타고 학교에 갔다. 우리는 릭도 하루빨리 그렇게 하기를 바랐다. 하지만 거의 6년 동안 릭은 휠체어에 앉아서 이웃 아이들이 스쿨버스에 타는 모습을 지켜만 보았다. 릭이 소외감을 느끼는 건 당연한 일이었다.

내가 가족과 함께 텍사스 주 엘패소에 살면서 군사 훈련을 받고 있을 때였다. 우리는 릭을 장애아를 위한 특수학교에 보냈다. 릭은 스쿨택시를 타고 학교에 다녔다. 그 스쿨택시는 릭이 그때까지 보아 온 스

---

* 치열 교정기를 부착한 사람을 일컫는 별칭.

쿨버스에 가장 가까운 것이었다. 그런데 어느 날 기사가 음주운전을 하는 바람에 가벼운 사고가 일어났다. 릭이 차에서 굴러떨어져 타박상을 입었던 것이다. 그날 기사는 릭을 집에 데리고 와서 주디에게 정중히 사과하고 계속 이렇게 말했다.

"아이는 괜찮아요. 정말 괜찮습니다. 그냥 바닥에 떨어지기만 했어요."

그러나 그 사건으로 인해 그 같은 형태의 학교 차량은 운행할 수 없게 되었다. 학교 당국이 스쿨택시를 아예 없앴던 것이다. 그때부터 우리는 릭을 차에 태워 학교를 오갔다. 그것은 결코 쉬운 일이 아니었다. 그런 터에 특별히 배우는 것도 없는데 온갖 고생을 하며 릭을 학교에 보낼 가치도 없어 보였다.

릭은 특수학교에 다니는 동안 그곳의 프로그램에 전혀 만족하지 않았다. 그래서인지 항상 울적해 보였다. 어린아이였을 때도 늘 얼굴 가득 미소를 띠던 녀석이었는데 특수학교에 다니면서 웃는 꼴을 보지 못했다. 명랑한 성격과 다르게 시무룩한 표정이었고 의사 표현도 하려고 들지 않았다. 우리가 간단한 질문을 몇 차례 반복해야 겨우 반응하곤 했다.

어느 날 나는 릭에게 학교생활이 즐겁냐고 물었다. 릭은 절레절레 고개를 흔들었다. 딱히 학교 교사가 릭에게 불친절한 것도 아니었다. 굳이 교사에게 잘못이 있다면 릭에게 아무런 자극도 주지 않았다는 것이다. 교사들에게 릭은 그저 휠체어에 앉아 있는 또 한 명의 아이일 뿐이었다. 걷거나 말할 수도 없고, 따라서 이 방에서 저 방으로 누군가가 밀어 주기만을 기다리는 장애아 그 이상도 그 이하도 아니었다.

　나는 결코 특수학교의 교사들을 원망할 생각은 없다. 오히려 그들에게 고마운 마음을 갖고 있다. 그나마 그런 사람들이 있기 때문에 릭 같은 장애아가 교육을 받고 한 인간으로 독립할 수 있는 것이다.

　장애인이나 그 가족을 가장 힘들게 하는 것은 장애인에 대한 사람들의 편견이다. 사람들은 겉모습이 자기와 다르다는 이유로 장애인을 다른 세계의 사람처럼 대한다. 그리고 똑바로 서 있을 수 없다든지, 자신의 생각을 말로 표현할 수 없다는 이유로 지적 능력을 의심한다. 그러나 마음을 열고 그들을 대하면 보통 사람과 크게 다르지 않다는 것을 금세 알게 된다.

　거듭 말하지만 우리 부부는 릭을 보통 아이처럼 대했다. 휠체어도, 릭이 말할 수 없다는 사실도 릭에 대한 우리의 사랑을 방해하거나 막지 못했다. 휠체어는 릭 자신의 일부이기 때문에 릭과 한 몸이나 다름없었다. 릭은 자신의 생각을 소리 내어 말할 수 없지만 우리는 일찌감치 그의 생각을 읽어 내는 법을 터득했다. 그리고 보통의 부모들이 자녀에게 하듯이 릭에게 의사를 표현하는 기술을 가르쳤다.

　대부분의 사람들은 미국 인구에서 장애인의 비율이 점점 더 높아지고 있다는 사실을 모른다. 어쩌면 굳이 알려고 하지 않는지도 모른다. 이래저래 장애인은 숨어 있고 숨겨져 있다. 릭 자신은 모르겠지만 그는 미지의 영역을 개척한 선구자나 다름없다. 한 인간으로서 충분히 누릴 자격이 있는데도 장애인이라는 이유로 금지되거나 거부되는 수많은 기회를 릭은 쟁취했다. 우리는 거부와 저항의 벽에 부딪칠 때마다 실망하기는 했지만 결코 포기하지 않았다.

 끝까지 포기하지 않으면 반드시 해결책이 나오는 법이다. 교육의 장벽도 릭이 의사소통을 할 수 있다는 사실을 증명하기만 하면 충분히 넘을 수 있을 것 같았다. 우리는 릭에게 정규 교육을 받게 하고 싶었다. 우리로서는 어떻게 해서든 그 일을 실현시켜야 했다. 우리는 릭을 공립학교에 보내기 위해 장기적인 계획을 세웠다. 터프츠 대학의 공학도 팀과 의사소통용 컴퓨터를 개발하고, 장애아를 공립학교에 보낼 수 있는 법안이 통과되도록 노력한 것도 계획을 세우고 일을 추진하는 과정에서 얻은 수확이었다. 그러나 그 모든 과정을 거치기까지는 오랜 시간이 걸렸고 결과가 나왔을 때 릭은 열두 살이 되어 있었다.

06

희망의 기계

'쌍방향 의사소통 장치'를 통해 롭과 러스는 형이 얼마나 재치 있는 사람인지 알게 되었다.
릭이 의사소통을 할 수 있다는 사실은 우리 가족 모두에게 길이길이 빛날 승리이자 쾌거였다.

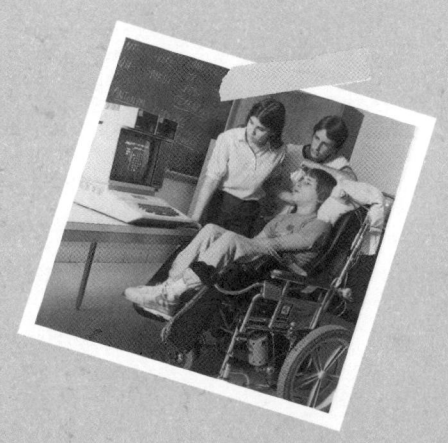

릭은 여덟 살이 되어서도 여전히 의사소통을 할 수 없었다. 근육이 계속 긴장 상태에 있기 때문에 글씨를 쓰는 것은 고사하고 보디랭귀지를 사용하는 것조차 불가능했다. 우리는 이미 오래 전에 릭의 미소와 고갯짓을 통해 '네'와 '아니오'를 구별하는 법을 터득했다. 하지만 그것도 한계가 있었다. 가족 모두는 릭의 얼굴만 보아도 릭에게 필요한 것이 무엇인지 금세 눈치챘다. 그러나 그것도 오랜 경험을 통해 '이것일 것이다'라고 짐작하는 정도에 불과했다. 우리는 이따금 틀리기도 했고 어떤 때는 릭의 의도를 알아내기까지 오랜 시간이 걸리기도 했다.

시간이 갈수록 주디와 나는 걱정이 태산 같았다. 릭이 의사소통이 안 된다는 점 때문에 공립학교에 들어가지 못한 채 계속 뒤처졌기 때문이다.

어떻게 하면 릭의 지적 능력을 입증해 다른 사람과의 대화에 참여시킬 수 있을까 궁리하기 시작한 지 2, 3년이 흘렀을 때였다. 난데없이 우리에게 희망이 생겼다. 릭이 로렌스에서 치료를 받고 있을 무렵, 작업치료사인 페이 킴벌에게서 윌리엄 크로케티어 박사와 컴퓨터 공학 프로그램을 연구하는 네댓 명의 대학원생을 소개받았다. 당시 윌리엄 박사는 매사추세츠 주 메드퍼드에 있는 터프츠 대학의 기계공학과 학과장이었다. 나중에 알았지만 페이가 그들을 초청한 것은 학교 내 훈련 시설이 어떤 조건을 갖추어야 하는지 알아보기 위해서였다. 페이는 윌리엄 박사가 장애인들과 함께 연구하고 있으며, 특히 성인 장애인들을 대상으로 한 의사소통 프로그램 개발 분야에서 혁신적인 발전을 이루어 냈다는 사실을 익히 알고 있었다. 페이는 학교와 박사가 개발한 프로그램 간의 협력 관계를 구축하기를 바랐다. 그리고 박사 일행이 릭을 도울 수 있을지도 모른다고 생각해서 서로 만나기를 원했다. 우리는 그 전에 숱하게 거절당한 경험이 있었기 때문에 조심스러웠다. 하지만 일단 희망을 걸어 보기로 했다.

윌리엄 박사와 그의 학생들이 릭과 우리를 처음 만났을 때 애써 예의를 갖추긴 했지만 회의적이었다. 우리는 의사들로부터 들었던 것과 똑같은 대답, 그러니까 '이 아이는 가망이 없다'는 말을 들을 거라고 예상했다. 그러면서도 릭에 대해 설명했다. 그러자 한 대학원생이 질문을 했는데 박사와 나머지 학생들도 같은 질문을 하고 싶은 눈치였다.

"아드님이 영리하다는 걸 어떻게 아시죠?"

주디는 그들이 우리를 단념하게 해서는 안 된다는 절박한 심정에서 이렇게 대꾸했다.

"릭에게 농담을 한번 해보세요."

나는 윌리엄 박사가 릭의 휠체어 옆에 무릎을 꿇고 앉아서 주디가 시킨 대로 농담을 했던 그 순간을 절대로 잊지 못할 것이다. 어떤 농담이었는지 기억나지는 않지만 릭은 박사의 말이 무척 재미있었던 모양이었다. 윌리엄 박사가 말을 건네자마자 우리의 예상대로 릭은 머리를 뒤로 젖히고 크게 웃어댔다.

비록 말도 못하는 장애아지만 릭의 유머 감각은 긴장을 완화시키는 역할을 톡톡히 해냈다. 지금까지 우리 가족은 주어진 상황이 너무 힘들어서 쌓여 있는 문제들을 더 이상 감당하지 못하겠다고 생각할 때가 많았는데, 그럴 때마다 가족 중 한 사람이 우스갯소리를 하면 릭이 즉시 웃음을 터뜨리곤 했다. 릭의 웃는 모습을 보면 우리에게 닥친 어려움은 우리의 앞길을 막는 바리케이드가 아니라 단지 인생이라는 도로에 놓인 과속 방지턱일 뿐이라는 생각이 들었다.

아무튼 그때 릭이 웃자 주디와 나도 덩달아 웃었다. 그런데 웃는 사람은 우리뿐이었다. 대학원생들은 릭의 웃는 모습에 놀랐는지 눈을 동그랗게 떴다. 그 뒤 윌리엄 박사 일행은 릭을 위한 연구에 착수했다. 그들은 적당한 장치만 있으면 릭이 다른 사람과 대화할 수 있을 거라고 말했다. 대학원생들은 열의가 대단했다. 그들은 대학 연구실로 돌아가자마자 릭을 위한 의사소통용 장치를 설계하기 시작했다. 릭을 공립학교에 입학시키는 것이 공학도들을 설득해서 의사소통 장치를 만들게 하는 것만큼 쉽다면 얼마나 좋을까. 난생 처음 보는 젊은이들은 자신들의 귀중한 시간과 능력을 우리 가족의 미래를 송두리째 바꿀 획기적인 장치를 개발하는 데 쓰겠다고 약속했다. 말할 것도 없이 그들을 만난 날은 우리 가족이 로렌스 학교에서 보낸 가장 행복한 날이었다.

물론 그 장치를 개발하는 데는 많은 시간이 걸렸다. 그리고 연구에 연구를 거듭해야 개발에 성공할 터였다. 연구를 이끈 사람은 젊은 대학원생인 릭 폴즈였다. 열성적이고 성실한 폴즈는 연구에 푹 빠져서 지냈다. 폴즈가 하는 작업은 나로서는 도무지 이해할 수 없는 것이었다. 그는 내 아들만이 아니라 자신의 생각을 말로 표현할 수 없는 모든 사람들을 위한 의사소통 장치를 만들어 낼 수 있다고 자신 있게 말했다. 그의 자신감은 공연한 것이 아니었다.

폴즈와 몇몇 대학원생은 전공과목 공부와 학부생들을 가르치는 일을 하면서 의사소통 장치를 개발하기 위해 수백 시간을 들여 연구했다. 그리하여 연구에 착수한 지 6주가 지난 날, 마침내 첫 의사소통 장치를 고안해 냈다. 그때는 1970년대 초, 컴퓨터를 보유하고 있거나 컴퓨터에 대해 아는 사람이 거의 없던 시절이었다.

폴즈 팀이 고안해 낸 것은 휴대가 가능한 일종의 컴퓨터였다. 그러나 휴대용 컴퓨터라고 하기에는 민망한 엄청나게 큰 기계였다. 그 기계에는 알파벳과 숫자, 그리고 각종 기호가 줄줄이 뜨는 모니터 화면이 딸려 있었다. 화면을 바라보면 알파벳과 숫자, 기호 등이 깜박이면서 움직이다가 멈추곤 했는데 공학도들은 이 과정을 '스캐닝'이라고 불렀다.

기계를 작동하는 건 비교적 간단했다. 스위치를 클릭하는 것으로 모니터 화면에 나타내고 싶은 글자나 숫자, 기호를 선택할 수 있었다. 릭의 경우에는 휠체어 옆의 컴퓨터 시스템에 연결된 금속 바를 머리로 움직여 스위치를 작동시키고 문장을 만들어 낼 수 있었다. 폴즈와 그의 동료 학생들은 이 새로운 기계를 '터프츠 쌍방향 의사소통 장치'라고 불렀다. 우리는 그것이 우리 가족에게 희망을 주었기 때문에 '희망의 기계'라고 부르기 시작했다.

폴즈 일행이 그 기계를 시험 가동할 때 우리는 적잖이 감탄했다. 하지만 의사소통 장치의 특성상 그것을 가지고 할 수 있는 일은 제한되어 있었다. 릭은 머리로 금속 바를 움직여 스위치를 켜고 글자를 찾는 법을 배웠지만 다루기가 어려운데다 너무 느려서 완전한 문장으로 대화할 수는 없었다. 한마디로 우리의 기대에 못 미쳤다. 그러나 우리는 그 기계의 가능성에 설레었다. 공학도 팀은 자신들이 아주 중요한 일을 하고 있다는 사명감에 불타서 처음으로 돌아가 다시 기계를 설계했다. 더 작고, 더 빠르며, 스위치 작동이 더 잘 되는 한층 개선된 기계를 만들기로 한 것이다. 그런데 걸림돌이 하나 있었다. 새로운 장치를 제대로 만들려면 5000달러가 든다는 것이었다. 1970년대 초에 5000달러는 큰돈이었다. 그런 터에 우리의 재정 상태도 좋지 않았다. 폴즈 연구 팀은 처음 만든 의사소통 장치를 우리에게 무상으로 제공했다. 우리는 그것만으로도 고마웠지만 더 나은 모델을 개발할 자금이 없다는 이유로 거의 이룬 목표를 포기하고 싶지 않았다.

마침 우리가 릭의 삶의 질을 높이기 위해 어떤 일을 기획하고 있다는 소문이 온 동네에 퍼졌다. 고맙게도 많은 사람이 릭이 대화할 수 있을 거라는 기대감에 들떠 있었다. 우리는 그들에게 의사소통 장치와 그것이 우리 가족에게 어떤 의미가 있는지 설명해 주었다. 물론 이를 계기로 훨씬 더 좋은 장치를 개발할 자금을 마련할 수 있기를 간절히 바랐다. 우리로서는 그 방법밖에 없었다.

우리는 폴즈 팀의 몇몇 대학원생의 도움으로 교회와 여러 단체에서 '터프츠 쌍방향 의사소통 장치'가 어떤 기능을 하는지 보여주었다. 그러자 많은 사람들이 우리를 돕겠다고 나섰다. 교회 신자들은 공예품 전시회를 열어 우리를 후원했다. 심지어 아이들까지 나섰다. 아이들은 사육제 기간에 바자회를 열어서 50달러를 기부했다. 주디와 내 친구들, 그리고 이웃들도 도와주겠다고 나섰다. 아주머니들은 주말마다 모여서 빵을 팔았는데 자그마치 400달러나 벌었다. 우리 가족은 홀을 빌려 만찬을 곁들인 댄스파티를 열었다. 여기서 우리는 꽤 많은 수익을 올렸다.

두어 달이 지나자 5000달러가 모아졌다. 여러 단체와 주위 사람들의 성원과 도움에 힘입어 마침내 새로운 의사소통 장치를 개발하는 데 쓰일 자금을 마련한 것이다. 폴즈 팀은 곧바로 두 번째 의사소통 장치 개발에 착수했고 몇 개월 뒤에 신제품을 내놓았다. 그것은 이전의 것보다 훨씬 가벼웠다. 그런데다 머리가 아닌 무릎으로 작동되는 스위치가 달려 있었다.

릭은 1년 넘게 그 의사소통 장치를 사용했다. 다루는 솜씨도 전에 비해 능숙해졌다. 그러나 그것은 결국 쓸모없는 물건이 되고 말았다. 릭이 무릎을 제대로 움직일 수 없게 되었기 때문이다. 그렇지 않아도 무릎 스위치는 릭에게 불편했다. 그것은 공학도들이 애초에 구상하지도 않은 것이었다. 그저 시험용으로 달았던 것에 불과했다. 그들은 제대로 된 기계를 만들어 낼 때까지 계속 연구하겠다며 우리를 안심시켰다.

1974년 겨울이었다. 폴즈가 전화를 걸어와 터프츠 연구 팀이 새로운 의사소통 장치를 개발했다고 했다. 드디어 우리 가족의 '희망의 기계'가 완성된 것이다. 세 번째로 개발된 '터프츠 쌍방향 의사소통 장치'는 앞선 두 장치에 비해 월등히 개선된 것이었다. 그것은 입력한 문장을 프린터로 출력할 수 있었다. 또한 무릎이 아니라 머리로 작동하는 스위치가 달려 있었다. 따라서 비교적 머리를 자유롭게 움직일 수 있는 릭이 사용하기에 편리했다. 전화를 하고 나서 며칠 뒤, 폴즈는 동료 학생들과 함께 '터프츠 의사소통 장치'를 가지고 우리 집에 왔다. 그때 릭은 갓 열두 살이었다.

우리는 릭의 치료사들을 비롯해 우리를 물심양면으로 후원한 사람들을 집으로 초대했다. 그러고는 세 번째로 개발된 의사소통 장치를 보여주었다. 이윽고 폴즈가 전원을 켜자 모니터 화면에 글자가 나타났다. 주위에 정적이 감돌았다. 우리가 들을 수 있는 건 '윙' 하는 컴퓨터 작동 소리뿐이었다. 폴즈는 어서 의사 표현을 해보라고 릭을 부추겼다. 릭이 의사소통 장치 앞에 바짝 다가가자 사람들이 릭 뒤로 우르르 모였다. 모두 일제히 모니터 화면을 바라보며 릭이 난생 처음으로 무슨 말을 할지 궁금해했다. 나는 당연히 "안녕, 아빠"라고 말할 거라고 생각했다. 주디는 보나마나 "안녕, 엄마"라고 말할 거라고 생각했을 것이다. 릭의 동생들도 기대에 차 있었다. 녀석들은 형이 자기들에게 먼저 인사할 거라고 생각하는 듯했다. 릭의 표정으로 보아 우리 가족 모두를 사랑한다고 말하거나 또는 단순히 "고마워요"라고 말할 것 같기도 했다.

마침내 릭이 머리를 움직여 글자를 입력하기 시작했다. 맨 먼저 'G'가 모니터 화면에 뜨더니 조금 뒤에 'O'가 떴다. 'GO'라고? 순간 나는 당황했다. 그동안 우리가 헛수고를 한 것이 아닐까 하는 불안한 생각이 문득 들었다. 나는 릭이 우리의 말을 알아듣는다는 걸 알고 있었다. 그 점은 의심할 여지가 없었다. 그렇다면? 어쩌면 릭은 우리가 그동안 가르친 방법, 그러니까 알파벳을 가지고 단어와 문장을 만드는 방법을 이해하지 못했을 수도 있다는 생각이 들었다.

내가 불안에 떨고 있는 사이 릭의 머리가 또 움직였다. 'B'에 이어 'R'이 떴고, 그 다음에 'U'가 떴다. 그 글자들 위로 빛이 깜빡거렸다. 잠시 후, 릭이 모니터 화면에 집중하면서 머리로 금속 바를 또다시 툭툭 쳤다. 'U'에 이어 'I', 'N', 'S'가 차례로 떴다.

"'GOBRUINS'가 뭐야?"

누군가가 중얼거렸다.

잠깐 동안 침묵이 흘렀다.

"아! Go, Bruins(힘내라, 브루인스)!"

나는 너무나 기쁜 나머지 펄쩍펄쩍 뛰면서 외쳤다. 릭이 만족한 듯 미소를 지으며 고개를 끄덕였다. 나는 주위 사람들을 돌아보며 큰 소리로 웃었다. 다들 눈에 눈물이 그렁그렁했다. 가슴이 벅찼다. 릭이 그렇게 자랑스러울 수가 없었다. 마침내 우리는 릭이 의사소통할 수 있다는 걸 증명했다. 릭이 정말로 스포츠를 좋아한다는 사실도 증명했다. 그 무렵 보스턴 브루인스는 북미아이스하키리그인 스탠리컵 대회의 결승전에 올라 있었다. 물론 우리는 그때까지의 경기를 죽 지켜보았다. 그런데 릭도 경기를 보면서 말없이 브루인스 팀을 응원하고 있었던 것이다. 역시 스포츠광인 내 아들다웠다.

그 두 단어, 즉 'GO BRUINS'가 모니터 화면에 뜨는 순간 우리는 모두 승리의 기쁨을 맛보았다. 릭은 자신이 영리하고 유머 감각까지 갖추었다는 사실을 입증했다. 나중에 릭은 의사소통 장치를 통해 이렇게 고백했다.

"걷지 못하고 팔을 쓸 수 없는 건 어쩔 수 없는 일이라고 생각했어요. 하지만 의사소통을 할 수 없다는 사실은 좀처럼 받아들일 수 없었어요."

주디와 나는 10년 넘게 줄곧 펼쳐 온 주장에 한 점의 거짓도 없다는 걸 입증해 냈다. 오랫동안 퇴짜를 놓은 공립학교에 입학할 자격이 릭에게 있다는 증거가 이제 우리 손안에 들어온 것이다.

우리 가정에 일어난 변화는 참으로 놀랄 정도였다. 모든 일이 컴퓨터 하나에서 비롯되었다. 아들 녀석들은 마침내 저희끼리 이야기를 나눌 수 있게 되었다. 롭과 러스는 형이 얼마나 재치 있는지 알게 되어 기쁘다고 말했다. 이제 두 녀석에게는 가끔 말다툼도 하지만 재미있는 대화를 나눌 형이 있었다. 릭이 의사소통을 할 수 있다는 사실은 우리 가족 모두에게 길이길이 빛날 승리이자 쾌거였다.

그것은 또한 헌신적으로 애쓴 터프츠 기술 팀의 승리이자 쾌거였다. 폴즈 연구 팀은 '터프츠 쌍방향 의사소통 장치'라는 특수 컴퓨터를 개발함으로써 한때 식물인간으로 불렸던 소년에게 새로운 생명을 불어넣어 주었다. 그들이 거둔 성공은 수많은 사람들에게 감동을 주었다. 학계, 언론계, 의학계에 종사하는 사람들도 그들의 성공에 아낌없는 찬사와 박수를 보냈다. 그 특수 컴퓨터가 개발되고 나서 얼마 뒤에 많은 사람들의 성원과 지지 덕분에 보스턴에 있는 터프츠 의료센터 내에 생물의학 기술센터가 설립되었다. 폴즈는 터프츠 대학에서 박사 학위를 받은 뒤 생물의학 기술센터 소장으로 임명되었다.

그런데 릭의 의사소통 장치는 속도가 좀 느렸다. 1분에 두서너 개의 단어밖에 허용되지 않았다. 물론 릭의 동작도 느렸기 때문에 숙달하기까지 꽤 많은 연습과 시간이 필요했다. 어쨌든 우리는 그 '희망의 기계' 덕에 아들의 미래에 대해 희망을 품을 수 있게 되었다. 아내와 나는 그 기계가 없으면 꿈도 꾸지 못했을 일들을 하나하나 떠올리며 마냥 흐뭇해했다.

물론 릭에게 학교에 다닐 수 있는 기회를 준다는 면에서도 그것은 희망의 기계였다. 우리 부부는 릭을 공립학교에 넣을 자신이 생겼다.

아니 무슨 일이 있어도 꼭 넣어야겠다고 결심했다. 릭이 자기의 의사를 표현하고 학교에 가서 공부하는 모습을 상상하는 것만으로도 우리는 힘이 솟았다.

07

엄마는 강하다

1975년, 의사들이 식물인간에 불과하다고 말했던 릭이 드디어 공립학교에 입학했다.
이로써 릭을 공립학교에 넣어 정규 교육을 받도록 애썼던 우리의 오랜 싸움은 마침내 끝났다.

　　　　　특수 컴퓨터를 통해 릭과 이야기를 나누랴, 개구쟁
이 같은 아이들 뒷바라지하랴 우리 부부는 항상 눈코 뜰 새 없이 바빴
다. 어쩌면 그 때문에 사람들은 이렇게 생각했을지도 모르겠다. 우리
부부에게는 캠페인이나 정치 활동에 참여할 여유가 없을 거라고 말이
다. 하지만 '희망의 기계'가 우리의 삶에 변화를 준 만큼 우리 부부는
전보다 더 적극적으로 활동했다. 특히 주디는 릭을 공립학교에 넣기
위해 그 어느 때보다도 열심히 뛰어다녔다. 그야말로 열성적인 어머
니였다. 마치 릭의 장래를 위해서라면 불속에라도 뛰어들 기세였다.

　　주디는 장애아의 공립학교 입학을 법제화하기 위해 지역 학교 관계
자들과 손잡고 시작한 캠페인을 매사추세츠 주 전역으로 확대했다.
그러는 한편, 주 의회를 자주 방문해서 장애아의 처우 개선을 위해 매

사추세츠 주의 정치인들과 열띤 토론을 벌였다. 주디는 시민단체에도 가입했고 여러 정책 회의에 적극적으로 참여했다.

결국 주디의 눈물겨운 노력은 주위 사람들을 감동시켰고 마침내 그 성과를 보았다. 1972년 7월 12일, 프랜시스 사전트 매사추세츠 주지사는 제766조로 더 잘 알려진 바틀리데일리 법안에 서명했다. '특수교육 개혁법 제766조'가 탄생하는 순간이었다. 물론 이 법이 탄생하기까지는 주디의 노력만 있었던 게 아니었다. 장애아를 키우는 매사추세츠 주 전역의 가족들 노력도 뒷받침되었다.

제766조는 특별한 도움이 필요한 세 살에서 스물한 살의 모든 장애인이 일반 학생들로부터 격리될 걱정 없이 무료로 공립학교 교육을 받을 수 있도록 보장한다는 취지에서 입안되었다. 그 법에는 학교 당국이 학습 능력에 어떤 문제가 있는지 알아보기 위해 세 살 이상의 아이들을 대상으로 장애 여부를 검사해야 한다는 조항이 명시되어 있다. 따라서 부모와 학교 측은 아이에게 문제가 있을 경우 그에 대처하는 좋은 방법을 찾을 수 있을 터였다. 그리고 그 방법을 찾고 나면 각각의 아이에게 맞는 개별 교육을 시킬 수 있을 것이었다.

주디와 나는 법이 통과되는 순간 감격한 나머지 눈물을 글썽거렸다. 하지만 모든 문제가 해결되지는 않을 수도 있다는 생각이 들었다. 나는 법이나 정치 쪽에는 문외한이다. 내가 그 분야에 대해 아는 게 있다면 법이 통과되었다고 해서 반드시 그 법이 지켜지는 건 아니라는 사실이다. 그 법이 빨리 지켜지기를 간절히 바라고 또 바라도 지루할 정도의 시간이 걸리게 마련이다. 1972년에 '특수교육 개혁법 제766

조'가 통과되었다고 해서 자동적으로 모든 장애아들이 매사추세츠 주의 모든 학교에 입학할 수 있는 건 아니었다. 장애아의 부모는 여전히 각 지역의 학교 당국을 찾아다니며 입학을 호소해야 했고 학교 측은 개별적으로만 입학을 허용했다. 그래서 릭이 의사소통 장치를 능숙하게 사용하고, 그가 무엇을 할 수 있는지 모두에게 여실히 보여주었는데도 주디는 1974년까지도 아들을 학교에 보내기 위해 투쟁해야 했다.

1974년 무렵에는 릭의 공립학교 입학만 빼고는 모든 일이 순조로운 편이었다. 릭은 특수 컴퓨터에 잘 적응하고 두 아들 녀석은 쑥쑥 자랐다. 내가 하는 일도 잘 풀렸다. 당시 나는 엘패소에서의 훈련을 마치고 케이프코드의 오티스 공군 기지로 발령 나면서 주 방위 육군에서 주 방위 공군으로 자리를 옮기려던 참이었다. 그 무렵 오티스 기지로 핵무기가 이송되었는데 공군은 그 때문에 보안을 강화하고 있었다. 아마 군 당국은 내가 핵무기에 대한 경험이 있기 때문에 나를 그쪽으로 발령 낸 모양이었다. 아무튼 공군에서는 대규모의 보안 병력을 증강하고 나를 보안 부대의 지휘관으로 임명했다.

우리는 또다시 이사를 해야 했다. 사실 나는 팰머스의 케이프코드가 무척 마음에 들었고 항상 그곳에서 살기를 원했기 때문에 이사할 날을 손꼽아 기다렸다. 더욱이 이번에 맡은 일이 적어도 10년은 계속될 것이라고 확신했으므로 그동안 저축한 돈을 투자해 집까지 사 놓았다. 물가에 있는 그 집은 크고 아름다웠다. 집에는 침실 다섯 개, 목욕탕이 세 개나 있었다. 우리는 팰머스에서 오래오래 살 생각을 했다.

새로운 곳으로 이사하는 건 릭에게는 새로운 학교로 전학하는 것을 의미했다. 그것은 늘 힘겨운 일이었다. 내가 새로 맡은 직책 때문에 바쁘게 지내는 동안 주디는 릭의 학교 교육에 관련된 모든 문제를 혼자서 처리해야 했다. 릭은 또 한차례 이런저런 장애를 지닌 학생들이 있는 반에 들어갈 수밖에 없었다. 특수교육에 대한 새로운 법이 제정되었는데도 학교에는 아무런 변화가 일지 않은 것 같았다.

다행히도 릭을 담당한 로렐 브라운 선생은 릭의 지적 능력을 금세 파악하고 3학년 수학 담당 교사와 5학년 과학 담당 교사에게 릭을 그들의 반에 넣도록 부탁했다. 두 교사는 즉각 찬성했다. 그러나 그것은 시작에 불과했다. 주디와 브라운 선생은 학교 치료사와 마찰을 빚었다. 두 사람은 릭이 일반 학급에서 충분히 공부할 수 있다고 거듭 주장했다. 주디는 자신이 발 벗고 나서서 통과시키는 데 일조한 특수교육 개혁법에 대해 언급했다. 그리고 릭에게 '터프츠 의사소통 장치'로 무엇을 할 수 있는지 치료사 앞에서 직접 시범을 보이게 했다. 그러자 마침내 학교 치료사는 릭의 능력을 인정하고 릭이 개별 교육을 받을 수 있게 해 주었다.

우리가 팰머스에 정착하고 웬만큼 그곳 생활에 익숙해졌을 무렵 주디는 교육학 학위를 따는 문제를 놓고 나와 의견을 나누었다. 교육학 학위를 따면 제대로 교육을 받지 못하는 장애아들의 처우 개선을 위한 주디의 투쟁에 큰 힘이 될 것 같았다. 그런데 주디가 그 일을 착수하기도 전에 팰머스에서 오래 살기로 한 당초의 계획에 차질이 생기고 말았다.

1975년, 우리가 이전에 살던 곳을 정리하고 팰머스로 이사 온 지 1

년도 채 되지 않았을 때였다. 군 당국은 내게 더 이상 핵무기를 보관할 필요가 없다고 통보했다. 결국 오티스 공군 기지에서의 내 임무는 종료되고 말았다. 군 당국은 내게 보스턴으로 가든 매사추세츠 주 서부로 가든 둘 중 하나를 선택하라고 했다. 나는 팰머스에서 차로 두 시간 반 거리의 내륙에 있는 웨스트필드를 선택했다. 하지만 이사하고 싶지 않았다. 강 건너에 고급 휴양지이자 피서지인 마서즈 비니어드 섬이 있는데다 우리가 그토록 열심히 일해서 마련한 아름다운 집이 무척 마음에 들었기 때문이다. 더욱이 주디는 주변의 공립학교들이 장애아들에게 개방할 움직임을 보인다고 여기고 있었다. 그러나 주 방위 공군 측은 내게 다른 선택권을 주지 않았다. 내가 주 방위군에 계속 근무하기를 원하는 한 집을 팔고 웨스트필드로 이사해야 했다.

그런데 나중에 알고 보니 웨스트필드로 이사한 게 아주 잘한 일이었다. 우리는 새로운 도시에서 새 출발을 했다. 주디는 그곳에서 이삿짐을 풀자마자 교육학을 공부하기 위해 애머스트에 있는 매사추세츠 대학에 등록했다. 주디의 열정은 대단했다. 주디는 세 아들을 뒷바라지하느라 정신없이 바쁜 일정에도 웨스트필드에서 애머스트까지 거의 50킬로미터나 되는 거리를 달려가서 강의를 들었다.

웨스트필드로 이사한 해의 여름 동안, 우리 부부는 릭의 공립학교 입학 가능성에 대해 알아보기 위해서 의사, 정치가, 변호사 들과 상담했다. 우리는 귀담아들으려는 사람이 있으면 누구든 가리지 않고 우리 이야기와 우리의 계획에 대해 말했다. 이때가 우리 삶에서 가장 바쁜 시기였지만 우리 부부는 무척 행복했다. 무엇보다 희망이 있었기 때문이었다. 우리는 아주 먼 길을 걸어왔고 이제 한 걸음만 더 가면 우리의 최종 목적지에 도달할 수 있었다. 매사추세츠 주는 1974~1975학년도에 제766조를 시행하기 시작했다. 따라서 릭이 공립학교에 다닐 가능성이 한층 커졌다.

1975~1976학년도가 시작되기 전 주디와 나 그리고 릭은 '터프츠 의사소통 장치'를 차에 싣고 롭과 러스가 이미 다니고 있는 웨스트필드 초등학교로 향했다. 우리가 미리 전화를 해두었던 터라 학교에 도착해 보니 교장과 몇몇 교사가 우리를 기다리고 있었다. 그들은 곧 우리를 상담실로 안내했다. 우리는 거기서 잠시 이야기를 나눈 뒤 교사들을 따라 교실로 향했다.

교사들은 주디와 내게 교실 밖에서 기다리라고 하고는 릭을 데리고 교실로 들어갔다. 주디와 나는 교사들이 릭에게 질문하고, 릭이 컴퓨터로 대답하는 모습을 볼 수 있었다. 나는 릭이 학교에 다닐 수 있다는 결론이 날 때까지 시간이 꽤 걸릴 줄 알았다. 그런데 뜻밖에도 그렇지 않았다. 릭은 교사들의 질문에 정확히 대답했다. 그래서 교사들은 릭이 정상적인 아이들과 함께 공부할 권리가 있다고 인정할 수밖에 없었다.

새 학기가 시작되기 며칠 전 주디는 릭과 릭의 동생들을 데리고 교육감 사무실로 찾아갔다. 릭의 공립학교 입학 허가를 공식적으로 받기 위해서였다. 그때 주디는 릭이 일반 학급에서 충분히 공부할 수 있다는 걸 보여주는 릭의 개별 교육 계획안과 함께 웨스트필드 초등학교 행정실로부터 받은 입학 허가서를 가지고 있었다. 주디에게는 든

든든한 후원자나 다름없는 제766조도 있었다. 제766조는 단지 릭만이 아니라 릭과 같은 수많은 장애아들이 공립학교에 다닐 수 있게 하는 특별법이었다. 주디는 교육감에게 준비해 온 서류를 건네고 릭의 입학을 정식으로 허가해 달라고 요구했다. 교육감은 서류를 처리할 시간이 필요하니 며칠만 기다리라고 했다. 결국 며칠 뒤 릭은 공립학교의 5학년에 입학해도 좋다는 허락을 받았다.

1975년, 의사들이 식물인간에 불과하다고 말했던 릭이 드디어 공립학교에 입학했다. 릭을 공립학교에 넣어 정규 교육을 받게 하려는 우리의 오랜 싸움이 마침내 끝났다. 희망의 기계는 릭의 지능이 높다는 걸 입증하는 놀라운 일을 해냈다. 웨스트필드 초등학교 측은 릭이 보통 아이 못지않다는 걸 알았기 때문에 릭의 입학을 허락할 수밖에 없었다.

우리는 끝내 소기의 목적을 달성했다. 하지만 주디에게는 아직 할 일이 남아 있었다. 주디는 정치에 관심이 있었다. 나는 주디가 집요한 데다 의지가 강하기 때문에 정치적으로 무언가 성과를 올릴 거라고 생각했다. 먼저 주디는 릭처럼 일반 학급에 다니는 장애아들을 도울 자원봉사자들을 모집했다. 결국 주디가 모은 자원봉사자들 덕택에 장애아들은 좀 더 안전하고 편안한 환경에서 공부할 수 있게 되었다. 물론 부모와 교사들의 부담도 크게 줄었다.

주디는 웨스트필드 복지 협회도 설립해서 활발한 활동을 벌였다. 복지 협회에서 주디가 맡은 일은 장애인을 위한 레크리에이션 프로그램이었다. 주디는 특히 스물한 살까지의 장애인과 건강한 청소년을 대상으로 한 여름 캠프를 열었다. 이 캠프는 장애인과 비장애인이 함께 어울림으로써 서로 이해하고 협동하게 하려는 주디의 아이디어에서 시작되었는데, 그 안에는 캠핑, 낚시, 수영, 달리기 외에도 각종 오락 프로그램이 들어 있었다. 주디는 여름 캠프를 통해 장애인과 그 가족들이 더 이상 소외감을 느끼지 않고 생활하기를 바랐다. 릭을 비롯해 롭과 러스는 매년 그 여름 캠프에 참가했는데 그곳에서 만난 아이들과 지금도 연락을 하고 있다.

주디는 장애인 지원 단체인 이스터 실즈에도 가입해서 웨스트필드 고등학교에 건의해 교내 수영장을 장애아들에게 개방하도록 했다. 우리는 수영이 릭에게 얼마나 큰 도움이 되었는지 알고 있기 때문에 학교 측이 장애가 있는 학생들에게 그 정도의 기회를 제공하는 건 당연하다고 생각했다.

릭은 동생들과 함께 학교에 다니면서 잘 적응해 나갔다. 방과 후 활동도 열심히 잘했다. 주디는 그녀 자신이 개발한 프로그램이 큰 성공을 거둔 덕택에 학위를 금세 땄는데, 또다시 특수교육학을 공부하기 위해 매사추세츠 대학 대학원 과정에 등록했다.

그 몇 년 사이에 우리 가족은 놀랄 만큼 변해 있었다. 나는 세 아이 모두 공립학교에 다니면서 교육의 혜택을 누리는 모습을 보고 마음이 뿌듯했다. 물론 주디가 릭을 학교에 넣기 위해서 얼마나 애썼는지 잘 알고 있었다. 주디는 누가 보아도 장한 어머니였다. 주디와 릭의 관계는 특별했다. 여느 모자와 달랐다. 둘은 끈끈한 사랑과 신뢰로 맺어져 있었다. 나는 둘의 그런 관계를 확인할 때마다 기뻤다. 그리고 부러웠다. 아무리 생각해도 릭과 나의 관계는 그 정도는 아닌 것 같았기 때문이다.

나는 직장에 가지 않는 한 릭을 비롯해 두 아들 녀석과 시간을 보냈다. 여름에 열리는 청소년 야구 대회에서는 녀석들을 코치하기도 했다. 그러나 아들 셋과 마냥 어울리고 싶어도 그럴 수 없었다. 릭을 공립학교에 보낼 수 있어서 우리의 마음은 한결 가벼워졌지만 재정 문제는 그렇지 않았다. 나는 가장으로서 우리 가족이 계속 안정된 생활을 할 수 있도록 책임을 져야 했다. 그렇기 때문에 아이들, 특히 릭과 함께 많은 시간을 보내기가 어려웠다.

나는 릭과 내가 아버지와 아들로서 함께할 수 있는 일이 있으리라고 생각했다. 내가 릭을 얼마나 사랑하는지, 그리고 릭이 성취한 모든 것을 얼마나 자랑스러워하는지 릭에게 알려줄 방법이나 활동이 있을 거라고도 생각했다. 하지만 우선은 릭이 학교생활을 잘하는 것이 중요했고 그것이야말로 내가 가장 자랑스러워할 일이었다.

08

사토리 선생님

릭은 다시 맹렬히 글자를 입력하기 시작했다.
그런데 릭이 쓴 글을 읽는 순간 갑자기 가슴이 뭉클했다. 거기엔 이렇게 쓰여 있었다.
"전 아빠와 달리고 싶어요."

우리 가족은 릭이 학교생활에 잘 적응하는 것에 대
해 놀라워하지 않았다. 우리는 신체적으로나 정신적으로 정상인 아이
들과 어울릴 기회만 갖는다면 특별히 소외감을 느끼지도 않을 테고,
무엇이든 가능한 미래를 상상할 수도 있을 것이라 믿었다.

릭은 학교를 무척 좋아했다. 그리고 물 만난 고기처럼 잘 적응했다.
우리는 릭이 공부하는 데서는 아무런 문제가 없으리라는 걸 알고 있
었다. 물론 동생들이나 여느 아이들과 마찬가지로 릭도 숙제하기를
싫어하거나 집 안에서 공부하는 대신에 밖에 나가 놀고 싶어 했다. 가
끔 게으름을 피우려는 때도 있었다.

릭이 공부를 하는 데 특별히 힘든 점은 없었다. 단지 손을 쓰거나
말을 할 수 없기 때문에 보통의 아이들보다 글쓰기나 답을 정리하는

데 시간이 많이 걸려 불편할 뿐이었다. 릭에게는 개인 교사와 받아쓰기 도우미가 있어야 했다. 학교에서 활동하는 데도 다른 사람의 도움이 필요했다. 그런 불편은 충분히 감수할 수 있었다. 공립학교에 다니는 것의 긍정적인 면이 불편함보다 훨씬 컸기 때문에 릭은 불만스러워 하지 않았다.

더욱이 릭은 아이들 사이에서 인기가 있었다. 아이들 모두 릭을 친구로 받아들이는 것 같았다. 그것은 분명히 릭에게 기분 좋은 일이었다. 아이들과 함께 있을 때 릭은 보통의 아이였다. 우리 가족은 그런 릭을 볼 때마다 기뻤다. 마치 온 세상을 다 얻은 것 같았다.

릭은 웨스트필드 중학교에 진학했을 때 딱 한 가지만 빼고는 모든 면에서 동급생들과 대등하게 적응해 나갔다. 딱 한 가지란 굳이 설명할 것도 없이 체육이었다. 릭은 장애 청소년 스포츠 팀에서 활동했는데 가끔 뇌성마비 친구들과 어울려 수영도 했다. 나를 닮아서인지 릭은 스포츠광이었다. 집에서도 동생들이 운동하면 반드시 끼곤 했다.

하지만 학교 체육은 릭에게 버거운 것이었다. 체육 시간에 반 아이들이 체육관에 가서 크로케를 하거나 트랙을 돌거나 피구를 할 때면 릭은 도우미가 미는 휠체어를 타고 도서관으로 향했다. 그러고는 체육 시간이 끝날 때까지 책을 읽거나 숙제를 했다. 아이들이 돌아올 때까지 교실에서 기다릴 때도 있었다. 그런데 다행스럽게도 체육 시간의 그 같은 외톨이 생활은 오래 하지 않아도 되었다. 체육 교사인 스티브 사토리 씨 덕분이었다.

사토리 선생은 출석부에 올라 있는 학생들 중 하나가 체육 시간에 자꾸 빠지자 이를 이상하게 여겼다고 했다. 그는 한 아이가 수업에 참가하지 않는 것만 알았을 뿐 릭이 누군지도 몰랐다는 것이다. 물론 릭이 장애라는 사실도 전혀 눈치채지 못했다고 했다.

아무튼 어느 날 사토리 선생이 주디에게 전화를 걸어 아이가 수업을 빼먹는다고 했다. 그러면서 아이가 무단결석하게 놔두면 안 된다는 식으로 훈계를 했다. 주디는 릭이 체육 수업을 빼먹을 수밖에 없는 사정을 설명했다. 그러고는 릭의 신체 조건으로는 다른 아이들과 함께 체육 수업에 참가할 수 없으므로 양해해 달라고 부탁했다. 우리는 릭이 체육 수업을 못 받는 걸 아쉬워하지 않았다. 릭이 학교에 받아들여진 것만으로도 감지덕지할 판이었기 때문이다.

그런데 사토리 선생의 말은 뜻밖이었다. 그는 약간 화난 목소리로 장애는 결석의 핑계가 되지 못한다고 말했다. 사토리 선생은 우리에게 두 가지 중 하나를 택하라고 요구했다. 릭을 체육 시간에 나오게 하든가, 그렇지 않으면 주디가 릭 대신 나오라는 것이었다. 주디는 릭을 정상인과 똑같이 취급하겠다는 사토리 선생의 말에 반대를 할 수도, 체육 시간에 대신 나갈 수도 없었다. 결국 릭의 도우미가 도서관이 아닌 체육관을 향해 휠체어를 밀고 가야 했다. 그런데 의외의 상황이 펼쳐졌다.

사토리 선생은 아이들이 모두 참가한 체육 수업의 중심에 릭을 두었다. 그는 릭을 위해 새로운 수업 방식을 고안해 냈다. 그것은 릭이 참가한 가운데 아이들이 운동을 즐기는 방식이었다.

사토리 선생은 릭을 무척 좋아해서 둘은 금세 친해졌다. 릭도 사토리 선생을 진심으로 존경했다. 사토리 선생은 릭에게 조언자이자 친구였다. 릭은 저녁에 학교에서 돌아오면 체육 시간에 대한 이야기만 늘어놓았다. 우리는 릭이 외톨이로 남지 않고 아이들의 친구로 받아들여졌다는 사실에 흥분했다. 행복해하는 릭의 모습을 보니 그렇게 기쁠 수가 없었다. 릭을 학교에 보내기 위해 끊임없이 애를 쓴 보람이 있었다.

어느 날 오후, 사토리 선생이 전화를 걸어와 자신이 지도하는 웨스트필드 주립대학 농구 팀 경기에 릭을 데려가도 되겠냐고 물었다. 릭은 몇 명의 반 아이와 함께 사토리 선생의 특별 손님 자격으로 거기에 가는 것이라고 했다. 나는 릭이 거기에 가면 치어리더를 만날 수 있을 거라고 생각했다. 사토리 선생과 우리 부부는 열다섯 살이 된 릭이 여자아이들에게 관심이 있다는 걸 알고 있었다. 따라서 이것은 보너스 같은 기회라는 생각이 들었다. 우리는 흔쾌히 허락했다. 그 무렵 사토리 선생은 우리 가족의 한 사람이나 마찬가지였다. 우리가 가도 좋다고 하자 릭은 흥분을 감추지 못했다. 아마 안 된다고 거절했으면 받아들이지 않았을 것이다. 나중에 릭은, 우리가 거절했다면 수단 방법을 가리지 않고 거기에 갔을 거라고 말했다. 릭에게 그 농구 경기는 꿈 같은 것이었다.

만일 그때 무슨 일이라도 생겨서 릭이 사토리 선생과 함께 농구 경기에 못 갔더라면 어떻게 되었을까? 나는 지금도 그것이 궁금하다. 그 사건은 우리의 삶을 크게 바꾸어 놓았다. 릭과 나의 관계를 완전히 다른 차원의 것으로 만들어 놓았다. 그때까지 릭이 어딘가에 가기 전에 그만큼 들뜬 모습을 본 적이 없었다. 우리는 릭을 사토리 선생의 밴에 태웠고 밴은 즉시 웨스트필드 주립대학으로 향했다. 사토리 선생은 릭이 로커 룸에서 선수들을 만나보고 연습도 구경할 수 있도록 경기 한 시간 전까지 도착할 예정이었다.

그날 저녁 주디와 나는 릭이 즐거운 시간을 보낼 것으로 믿었지만 우리 없이 처음으로 멀리 외출한 데 대해 약간 초조해하고 있었다. 아무튼 여러 면에서 그날은 특별하게 느껴졌다. 우리는 릭이 성장해 가는 것을 한눈에 알 수 있었다. 그동안 많은 사람들이 릭은 절대 자라지 않을 거라고 말했다. 그런 말을 자주 들었기 때문에 릭의 성장이 더욱 확실하게 느껴졌다. 릭이 그토록 빨리 성장하는 데 대해 유감스러웠던 점은 단 한 가지였다. 그것은 내가 릭의 동생들과 함께했던 일들을 릭과는 마음껏 할 수 없었다는 점이다. 물론 릭의 장애 때문인데 나는 릭이 그 점을 충분히 이해했다고 믿는다. 내게는 릭과 함께할 수 있는 다른 특별한 일을 찾아내야만 하는 것이 늘 부담이었다. 그런 의미에서 농구 경기는 그런 부담을 크게 덜어 주는 것이었다.

그날 저녁, 경기를 마친 사토리 선생이 차를 몰고 돌아왔을 때 릭의 표정은 무척 밝았다. 입이 귀에 걸려 있었다고 표현하고 싶을 정도였다. 릭은 집 안에 들어오자 특수 컴퓨터 앞으로 향했다. 사토리 선생이 우리에게 경기에 대한 이야기를 들려주는 동안 릭은 열심히 금속 바를 움직였다. 사토리 선생은 릭이 정말로 뜻깊은 하루를 보냈다고 말했다. 선수들과 치어리더들도 만났다고 했다. 릭은 기념으로 선수들의 사인도 몇 장 받아왔다.

사토리 선생은 릭의 외출이 기대했던 것 이상으로 성공적이었다며 정기적으로 릭을 데리고 다니고 싶다고 말했다. 사토리 선생이 말하는 동안 릭은 머리로 금속 바를 움직이면서 컴퓨터의 모니터 화면에 집중하고 있었다. 얼굴을 보니 무척 흥분한 것 같았다. 내게 무언가 하고 싶은 말이 있는 게 분명했다. 나는 릭에게 다가가서 모니터 화면을 들여다보았다. 릭은 두기라는 사람을 위한 자선 달리기 대회에 대해 글을 쓰고 있었다. 릭이 글자를 만드는 동안 나는 사토리 선생에게 두기가 누구냐고 물었다.

두기는 지미 바나코스라는 사람의 애칭이었다. 지미는 웨스트필드 주립대학의 운동선수였다. 열아홉 살의 지미는 활발한 성격의 대학생으로 웨스트필드 주립대학에서 육상 및 라크로스* 선수로 유명했다. 그런데 1977년 어느 봄날, 라크로스 경기 도중 다른 선수와 부딪친 뒤부터 모든 게 달라져 버렸다. 지미는 목이 부러졌고 목 아래의 몸이 마비되었다. 운동선수였던 지미는 졸지에 장애인이 되어 버렸다. 릭은 농구 경기가 열리는 체육관에서 지미에 대해 알게 되었다. 사토리 선생이 릭의 휠체어를 밀고 체육관에 들어섰을 때 지미를 위한 달리기 대회의 포스터를 보았던 것이다.

포스터에는 "지미를 위해 달립시다!"라는 글이 적혀 있었다. 사토리 선생은 일찍부터 지미를 알고 있었는데 그처럼 재능 있는 선수가 사고를 당한 게 안타깝다고 말했다.

---

* 하키와 비슷한 구기 운동.

대학 측에서 지미의 병원비를 보태기 위해 마련하는 8킬로미터 자선 달리기 대회는 일주일 뒤 토요일에 열릴 예정이었다. 나는 내 마음을 들여다보듯 릭의 심정을 훤히 알고 있었다. 릭이 어떻게 해서든 그 행사에 참가하고 싶어 한다는 걸 눈치챘을 때 마침 릭이 타이핑을 끝냈다. 거기에는 이렇게 쓰여 있었다.

"아빠, 달리기 대회에 나가고 싶어요."

나는 고개를 끄덕이며 사토리 선생이 찬성한다면 얼마든지 좋다고 했다. 릭은 다시 맹렬히 글자를 입력하기 시작했다. 그런데 릭이 쓴 글을 읽는 순간 갑자기 가슴이 뭉클했다.

"전 아빠와 달리고 싶어요."

릭은 사토리 선생과 참가하고 싶은 게 아니라 나와 함께 달리기를 원했다. 나는 그렇게 말해준 아들이 더없이 자랑스러웠다.

나는 릭에게 그렇게 하겠다고 약속했다. 릭과 함께 대회에 참가하면 자연스럽게 지미를 도울 수 있을 것이다. 릭 역시 지미를 자기 처지와 비슷한 사람으로 생각해서 적극적으로 돕고 싶어 했다. 나는 누군가를 돕고 싶어 하는 내 아들 릭이 정말 자랑스러웠다. 지미는 분명 제대로 움직이지 않는 몸 때문에 감옥 같은 생활을 할 것이고, 그 가족은 우리처럼 엄청난 치료비에 허덕이고 있을 것이다. 나는 다른 사람에게 연민과 동정을 느끼는 릭이 너무도 대견스러웠다.

그런데 대회에 나가기로 약속은 했지만 이만저만 걱정이 아니었다. 그날 밤 나는 자리에 누운 채 어떻게 하면 아들과 8킬로미터를 완주해낼 수 있을까 하고 한참 동안 고민했다. 휠체어에 매인 릭은 뇌성마비

장애인이고 나는 서른일곱 살의 아저씨였다. 내가 하는 운동이란 집 주변에서 가끔 조깅을 하거나 짬이 날 때 하키 경기를 하는 게 고작이었다. 달리기는 내 분야가 아니었다.

대회 날이 가까워지자 더욱 초조했다. 나는 운동화부터 구입했다. 그때 릭의 휠체어를 어떻게 개조할 생각이었는지 정확하게 기억나지 않는다. 1977년 당시, 릭의 휠체어는 쇼핑 카트와 어린이용 키다리 의자를 섞어 놓은 듯한 모양이었다. 그것은 릭의 몸에 맞추어 정교하게 만들어지긴 했지만 볼품이 없었다. 더욱이 달리는 데는 적합하지 않은 물건이었다.

그래도 어쨌든 나는 일단 아들을 위해 달리기를 하기로 마음먹었다. 비록 내 몸은 언제 운동을 했나 싶게 비만으로 망가져 있었지만 아들 릭은 강인한 의지를 가지고 있었다. 릭은 새로운 변화를 원했고 나는 아버지로서 릭에게서 그 기회를 빼앗을 순 없었다. 처음으로 참가하는 달리기 대회가 끝날 때까지 까맣게 몰랐지만 우리는 그때 함께할 수 있는 특별한 기회를 얻었다. 그 달리기는 그때까지 함께했던 그 어떤 일과도 비교할 수 없을 만큼 우리 사이를 더욱 끈끈하게 맺어 주었다.

09

마침내 아들과 함께 달리다

아들의 휠체어 손잡이를 잡고 난생 처음으로 달리기 대회의 출발선에 섰을 때
아침 햇살은 더없이 밝았고 기분 또한 그지없이 좋았다.
고등학교 시절 미식축구 경기 시작 직전에 느꼈던 기분 그대로였다.

1977년 10월 22일 토요일, 지미 바나코스 자선
달리기 대회가 열리는 날 날씨는 화창했다. 전형적인 매사추세츠의
아름다운 가을날이었다. 자선 달리기 대회는 그날 아침 첫 번째로 열
리는 행사였다. 우리 가족은 평소보다 더 일찍 일어났다. 모두 축제에
참가할 생각에 들떠 있었다. 우리는 애써 평온하려고 했지만 쉽지 않
았다. 모든 것이 달라 보였다. 마치 자선 달리기 대회가 우리 가족 모
두에게 새로운 출발을 의미하는 것 같았다.

나는 가볍게 아침 식사를 했다. 8킬로미터를 뛰는 동안 위장이 어
떻게 될지 모르기 때문에 적게 먹는 것이 좋을 듯싶었다. 릭은 나보다
에너지를 더 많이 소모할 것 같아 보통 때처럼 먹였다. 그런데 걱정되
는 게 한두 가지가 아니었다. 먼저 내가 뒤에서 휠체어를 밀며 달릴 텐

데 릭이 과연 그렇게 오랫동안 앉아 있을 수 있을지 걱정이었다. 길바닥도 그리 평탄하지 않은 것 같았다. 혹시라도 릭이 지쳐서 밑으로 굴러 떨어지지 않을까? 나는 어떨까? 과연 완주는 할 수 있을까? 이런저런 걱정에 마음이 어수선했지만 어쩔 수 없었다.

나는 아들과 나의 중요한 날을 위해 소매 없는 티셔츠와 반바지를 입었다. 그리고 새 운동화의 끈을 조여 맸다. 당시만 해도 나는 보통의 운동화와 러닝화의 차이를 알지 못했다. 모양이나 착화감에는 신경도 안 쓰고 운동화 한 켤레를 할인된 가격에 샀던 것이다.

태양이 벌써 가을의 나뭇잎들 위로 떠오르고 있었다. 라디오에서는 기온이 섭씨 15도 이상 될 거라고 예보했다. 달리기를 하면 곧 더워지겠지만 아침에는 조금 추웠으므로 릭에게 지퍼 달린 운동복을 입히고 무릎에 담요를 둘러 주었다. 물병도 준비했다. 릭의 동생들은 지루해질 때를 대비해 축구공을 챙겼다. 우리 가족은 밴에 올라타 대회 장소로 향했다.

웨스트필드 주립대학 체육관 주차장은 사람들로 시끌벅적했다. 대회 참가자들의 모습이 보였다. 그들은 가슴에 번호표를 달고 있었다. 가족으로 보이는 사람들이 선수들을 격려하면서 달리기에 이어 열리는 퍼레이드를 위해 경찰이 만들어 놓은 길을 따라 모여들기 시작했다. 치어리더들은 응원용 도구를 흔들고, 지미 바나코스의 친구들은 참가자들을 격려하는 글이 적힌 표지판을 올렸다 내렸다 했다. 그런데 휠체어 참가자는 릭 한 명뿐이었다. 아무리 둘러보아도 릭의 휠체어뿐이었다.

우리는 사토리 선생을 찾기 위해 인파를 헤치고 다녔다. 그는 이미 우리를 참가자 명단에 올려놓았다. 우리는 참가자를 확인하는 곳에서 사토리 선생을 만났다. 그의 옆에는 부인도 와 있었다. 우리는 그 자리에서 부인을 소개받았다. 그녀는 기념사진을 찍기 위해 목에 카메라를 걸고 있었다. 사토리 선생이 우리에게 참가 번호표를 건네주었다. 그런데 번호가 00이었다. 우리는 그것을 보고 모두 웃었다. 롭과 러스는 그 번호가 우리 두 사람을 의미할 뿐만 아니라 앞니 두 개가 빠진 릭을 상징하는 것 같다고 했다. 릭은 이를 심하게 가는 버릇이 있어서 잇몸에 은으로 된 보형물이 부착되어 있었다. 아마 그것이 없었다면 이가 죄다 빠졌을 것이다.

어쨌든 우리는 00이 다른 모든 참가자보다 앞선 번호라는 사실에 자부심을 느꼈다. 나는 번호표를 내 셔츠에 달지 않고 릭의 휠체어 위에 붙여 놓았다. 우리가 한팀이라는 것을 모든 사람이 알아볼 수 있도록 하기 위해서였다.

이윽고 릭과 나는 출발선에 서기 위해 사람들을 헤치고 앞으로 나아갔다. 사람들의 시선이 우리 부자에게 쏠리는 걸 느낄 수 있었다. 대체 무엇을 하려고 이 자리에 왔냐는 식의 의아해하는 눈빛을 의식하지 않을 수 없었다. 대회 주최 측에서는 우리의 참가에 대해 아무런 문제도 제기하지 않았다. 사토리 선생이 충분히 설명한 덕분이었다. 사토리 선생은 이 대회가 릭에게 얼마나 중요한지, 그리고 릭이 얼마나 참가하고 싶어 하는지 설명하면서 운영진을 설득했다.

우리는 다른 참가자들과 마찬가지로 참가비를 내고 등록했다. 따라서 문제 될 게 전혀 없었다. 그런데 사람들은 우리가 그리 오래 뛰지 못하고 지레 포기할 거라는 듯한 표정으로 우리를 바라보았다. 나는 그들에게 당당하고 싶었다. 하지만 출발 시각이 코앞에 다가오자 조금은 불안했다. 문득 이 레이스가 우리에게는 아무래도 감당하기 벅찰 거라는 생각이 들었다. 또 준비도 제대로 안 된 무모한 도전이라는 생각도 들었다. 그런 생각이 들 때마다 나는 릭을 바라보았다. 그러고는 스스로를 다잡았다.

"8킬로미터를 다 뛰실 건가요?"

출발선에 서기 전 인사를 나누는 자리에서 사토리 선생의 부인이 물었다.

"그럼요. 다 뛸 겁니다."

나는 주저 없이 대답했다. 주디는 웃으면서 첫 번째 코너까지 갔다 돌아올 것 같다고 말했다.

"아니, 우리는 완주할 거야. 릭은 절대 첫 번째 코너에서 멈추지 않을 거라고. 나도 그렇고 말이야."

지금에 와서 하는 말이지만 그때 나는 용감해 보이려고 애썼다. 사실 우리가 어디까지 갈 수 있을지 영 자신이 없었다. 그러나 도중에 그만두지는 말자고 다짐했다.

아들의 휠체어 손잡이를 잡고 난생 처음으로 달리기 대회의 출발선에 섰을 때 아침 햇살은 더없이 밝았고 기분 또한 그지없이 좋았다. 고등학교 시절 미식축구 경기 시작 직전에 느꼈던 기분 그대로였다. 팀 동료들과 로커 룸에 있으면 관중의 흥을 돋우는 치어리더들과 관중들의 함성이 들렸다. 그러나 이제 그런 함성은 들리지 않았다. 그것은 20년 전, 내가 아주 날렵했던 시절의 일이었다. 나는 스스로 자랑스러웠던 운동선수로서의 모습과 조금도 비슷하지 않은 뚱보 아저씨일 뿐이었다. 하지만 그런 것에 크게 불만은 없었다.

나는 출발선에 서 있는 30명 정도의 참가자를 둘러보았다. 모두 튼튼하고 날렵해 보였다. 다들 패기만만했다. 얼굴마다 반드시 우승하겠다는 의지가 담겨 있었다. 그런 그들을 보자 운동을 하지 않고 보낸 지난 세월이 부담으로 느껴졌다. 그러면서 또 아들이 걱정되었다. 아들은 지금 우리가 무엇을 하려는지 알고나 있을까?

하지만 릭은 그때까지 흔들림이 없어 보였다. 그 순간 나는 릭이 진심으로 달리고 싶어 하는지 다시 한 번 확인하고 싶었다. 나는 휠체어 앞에 무릎을 꿇고 앉아 릭에게 정말로 이 경주를 하고 싶은지 물었다.

"네가 원하는 한 우리는 달릴 거야. 하지만 그만둘 수도 있어. 지금 그만둬도 괜찮아. 이건 누가 강요한 일이 아니야."

릭은 고개를 저었다. 달리겠다는 뜻이었다. 릭은 관중 틈에 서 있는 반 친구들과 선생님들을 바라보면서 계속 미소 지었다. 나는 그때 다짐했다. 릭을 절대로 실망시키지 말아야겠다고. 이것은 릭이 해야만 하는 일이고, 릭을 위해 내가 해야만 하는 일이었다. 나는 일어서서 몸을 곧게 폈다. 그러고는 다리의 긴장을 풀며 달릴 준비를 했다.

이윽고 메가폰을 통해 출발 신호가 떨어졌다. 우리는 마침내 출발했다. 좀 더 정확히 말하자면 다른 30명의 선수 뒤에서 출발했다. 하지만 우리는 분명히 달리고 있었다.

휠체어를 밀면서 달리는 게 쉽지 않다는 건 익히 알고 있었다. 밀면서 걷는 것도 때로는 힘에 부쳤으니까. 그런데 막상 달려 보니 보통 힘이 드는 게 아니었다. 얼마 달리지도 않았는데 숨이 찼다. 하지만 릭은 즐거워했다. 표정을 볼 수는 없었지만 팔을 뻗어 주먹을 흔드는 모습으로 알 수 있었다. 그것은 '아빠, 더 빨리 달려요! 더 빨리요!'라는 신호이기도 했다.

나는 빨리 달리려고 했지만 쉽지 않았다. 물론 너무 서두를 필요는 없었다. 속도를 조절하면서 달려야 완주할 수 있을 터였다. 나는 우리를 앞질러 가는 선수들을 의식하지 않으려고 애썼다. 달린 지 5분도 안 된 것 같은데 대부분의 선수들이 시야에서 사라져 버렸다. 그저 서너 명만 보일 뿐이었다. 나는 일정한 속도로 계속 달렸다. 손에 땀이 배 휠체어의 고무 손잡이에서 자꾸 손이 미끄러졌다. 손잡이를 놓치지 않도록 나는 바짝 신경을 써야 했다.

문제는 또 있었다. 경주로의 중앙선 쪽이 약간 높아서 우리는 자꾸 도로 가장자리로 흘러갔고 그때마다 휠체어 한쪽이 들리곤 했다. 그 때문에 몇 번이나 도로를 벗어나 잡초가 우거진 배수구에 빠질 뻔했다. 휠체어가 도로에서 벗어나지 않도록 하는 것도 무척 힘들었다.

땀을 뻘뻘 흘리는 중년 남자와 장애인 아들, 아마 두 사람이 비틀거리며 달리는 모습은 누구에게나 구경거리였을 것이다. 달리면서 가끔 우리를 신기한 듯 바라보는 사람들의 시선이 느껴졌다. 우리를 응원해 주는 사람들도 있었다. 가족과 친구들이 우리의 이름을 부르며 격려하는 소리가 길가에서 들려왔다. 하지만 그 외의 사람들은 우리를 빤히 바라보거나 손가락질을 하며 이렇게 소리쳤다.

"와아, 저것 좀 봐!"

사람들의 시선과 말소리는 일종의 기폭제 역할을 했다. 나는 그것을 계속 달리라는 신호로 받아들였다. 나로서는 사람들에게 우리도 달릴 수 있다는 것을 증명해 보여야 했다. 하지만 중간 지점쯤 도달했을 때 점점 고통이 몰려오기 시작했다. 차가운 아침 공기가 폐 깊숙이 파고들 때마다 숨 쉬기가 힘들었다. 나는 되도록 코로 호흡하려고 애썼다. 운동화가 새것인 탓에 발도 아팠다. 게다가 발뒤꿈치에 물집이 잡혔는지 무척 쓰라렸다. 다리도 젤리처럼 흐느적흐느적 맥이 풀려 금방이라도 주저앉을 것만 같았다. 그나마 휠체어를 잡고 있어 몸을 지탱할 수 있는 게 다행이다 싶었다.

경주로에는 우리뿐이었다. 다른 선수들은 그림자도 보이지 않았다. 그들은 우리를 한참 앞질러 달릴 터였다. 이미 몇 명은 결승선을 넘었을 것이다. 다른 선수들이 어찌 되었든 우리는 달리고 또 달렸다. 그런데 달려도 달려도 달려야 할 거리가 계속 남아 있었다. 나는 몇 번이나 이를 악물었다.

얼마나 지났을까. 마침내 저 멀리 결승선이 눈에 들어왔다. 순간 꿈을 꾸는 기분이었다. 주디와 릭의 동생들, 그리고 친구들의 모습이 어렴풋이 보였다.

그들은 우리가 마지막 몇 미터를 달리는 동안 펄쩍펄쩍 뛰면서 릭과 나를 응원했다. 사토리 부인은 카메라를 들고 있다가 우리가 결승선을 넘는 순간 셔터를 눌렀다. 눈물이 솟았다. 참을 수가 없었다. 우리가 완주했다는 게 현실 같지 않았다. 그러나 우리는 기어코 완주했다.

"우리가 해냈다, 릭!"

나는 숨을 헐떡거리며 말했다. 주디와 아이들, 사토리 선생 가족이 우리에게 달려와 내 말을 되풀이했다.

"그래요, 해냈어요! 완주했다고요!"

모두 믿을 수 없다는 표정이었다. 내가 무릎 위로 몸을 숙인 채 숨을 고르고 있을 때 릭이 나를 올려다보았다. 그 얼굴에는 사랑과 감사의 마음이 가득한 특유의 미소가 번져 있었다. 달리기가 고통스럽기는 했지만 릭의 미소를 대하니 그런 고통쯤은 아무것도 아니라는 생각이 들었다. 릭의 미소는 고통을 보람으로 느끼게 하고도 남았다.

릭은 무척 행복해 보였다. 나 또한 릭을 바라보며 행복해하고 있을 때였다.

"보세요, 아빠와 형은 꼴찌가 아니에요!"

롭이 소리쳤다.

"저 사람보다 아빠와 형이 먼저 들어왔어요!"

고개를 들어보니 한 선수가 막 결승선을 넘고 있었다. 그는 분명히 우리보다 늦게 들어왔다. 결국 우리는 완주만 한 게 아니라 꼴찌로 들어온 것도 아니었다.

릭은 집에 오자마자 특수 컴퓨터, 즉 '터프츠 쌍방향 의사소통 장치' 쪽으로 가고 싶어 했다. 나는 낮잠을 자고 싶었다. 너무 피곤했다.

나는 주디가 점심을 준비하러 나가고, 아이들이 자기들 방으로 들어가자 마루에 기절하듯 쓰러졌다. 온몸이 욱신욱신 쑤셨다. 난생 처음 겪는 근육통이었다. 나는 천장을 바라보며 릭과 해낸 일을 자랑스러워하는 한편, 내 몸이 얼마나 망가졌는지 절실히 깨달았다.

릭은 컴퓨터 앞에서 우리가 한 일에 대해 느낀 점을 내게 말해주고 싶어 안달이 나 있었다. 릭의 머리 쪽 금속 바에서 똑딱거리는 소리가 그치자 나는 릭이 내게 무슨 말을 했는지 알고 싶었다. 간신히 등을 떼고 일어나서 거의 기다시피 해 아들의 어깨 너머로 고개를 내밀었다. 나는 아들이 쓴 글을 읽고 왈칵 눈물을 쏟았다.

"아빠, 달리고 있을 때 저는 장애인이 아닌 것 같았어요."

다리 근육이 도려내는 듯 아팠다. 그래서인지 달리기로 장애를 잊을 수 있었다는 릭과 반대로 나는 마치 장애인이 된 듯한 기분이 들었다.

하지만 그런 건 아무것도 아니었다. 나는 무조건 릭을 힘껏 끌어안았다. 그리고 내 안의 모든 진심을 담아 말했다.

"릭, 사랑한다."

이어서 이렇게 덧붙였다.

"릭, 우리는 앞으로도 계속 함께 달릴 수 있을 거야."

하지만 처음 출전한 달리기 대회의 후유증은 지독하고 끈질겼다. 대회 이후 사흘 동안 피가 섞인 소변을 보았고 몇 주 동안은 제대로 걷지도 못했다. 몸 상태가 영 좋지 않았다. 밤에는 끙끙 앓느라 잠을 거의 이루지 못했다. 몸은 그렇게 힘들었지만 열다섯 살 아들의 가슴 뭉클한 말을 떠올리면 금세 구름에 앉아 있는 듯 기분이 좋아졌다.

릭과 나는 이제 한팀이었다. 달리기 대회 이후 우리는 진짜 선수가 되기 위해 노력했다.

우선 나는 러닝화에 적응하기와 운동 일정을 짜는 일부터 시작했다. 앞으로 계속 뛰려면 열심히 훈련하는 길밖에 없었다. 나는 직장 생활과 아이들의 학교생활 사이에서 달리기 훈련을 위한 시간을 짜냈다. 일정이 늘 맞아떨어지는 게 아니어서 내가 뛸 수 있는 시간에 릭이 숙제나 다른 일을 하는 때도 있으므로 창의성을 발휘할 필요가 있었다. 나는 50킬로그램짜리 시멘트 한 포대를 사서 릭의 쇼핑 카트형 휠체어에 실었다. 그리고 매일 그것을 밀면서 뛰었다.

몇 차례 연습해 보니 개선할 점이 있었다. 먼저 일반 휠체어를 밀고 8킬로미터를 뛰어 보고 나서 시멘트 포대가 사람을 대체할 수 없다는 걸 알았다. 릭의 휠체어를 달리기에 좀 더 알맞게 개조해야 할 필요가 있었다. 더 빨리 달릴 수 있는 휠체어가 있어야 하루라도 빨리 대회에 나갈 수 있을 터였다. 나는 나름대로 몇 가지 아이디어를 내 새롭게 휠체어를 만들어서 하나씩 시험해 보았다. 심지어 터프츠 대학의 옛 친구를 찾아가 자문을 구하기도 했다. 서너 가지 형태의 휠체어를 만들어 시험해 보았지만 마음에 딱 맞는 건 없었다. 어떤 것은 심하게 흔들렸고, 또 어떤 것은 시끄럽게 삐걱거렸다. 타이어가 약해서 금세 갈라지는 것도 있었다.

릭의 휠체어 때문에 벌어진 이런저런 일들을 떠올리면 웃지 않을 수 없다. 언젠가는 휴가를 갔을 때 우리가 첫 레이스에서 사용했던 쇼핑 카트형 휠체어의 바퀴 하나가 뚝 떨어져 나갔다. 우리는 대형 마트에서 카트 바퀴를 하나 사려고 했지만 팔지 않는다는 대답만 듣고 나왔다. 어쩔 도리가 없었다. 우리는 날이 어두워질 때를 기다렸다가 마트 주차장으로 가서 쇼핑 카트 한 대를 몰래 밴에 싣고는 줄행랑을 쳤다. 그러나 쇼핑 카트 바퀴는 임시변통일 뿐이었다. 아무래도 달리기에 적합하지 않았다. 더 나은 휠체어를 개발하려면 좀 더 연구가 필요했다.

우리는 릭이 열일곱 살 되던 1979년에 뉴햄프셔로 휴가를 갔다가 한 남자를 만났다. 남자는 릭의 휠체어에 대해 우리가 겪는 문제를 충분히 이해한다면서 도움을 주겠다고 했다. 낯선 사람이 도와준다니 그렇게 반가울 수가 없었다. 그는 릭의 몸에 맞는 보조 의자를 만들었는데 덕분에 릭이 휠체어에서 굴러떨어지지 않을까 하는 걱정을 크게 줄일 수 있었다. 살다 보면 참으로 고마운 일이 많이 생긴다.

그 무렵 주디는 릭을 위한 치료법을 배우기 위해 뉴햄프셔 그린필드에 있는 재활센터를 정기적으로 찾아가곤 했다. 그런데 운 좋게도 그곳의 한 기술자가 기존의 쇼핑 카트형보다 공기 저항이 적고 달리기에도 적합한 휠체어를 개발해 주었다. 기술자가 새 휠체어를 개발하는 동안 나는 그것에 맞는 자전거 타이어를 구했다.

몇몇 자원봉사자의 도움과 내 아이디어를 합쳐 35달러라는 적은 비용으로, 기술자가 만든 레이스용 휠체어는 요즘의 유모차와 모양이 흡사했다. 양쪽에 큰 자전거 바퀴가 달려 있고 그 앞에 그보다 작은 바퀴가 달려 있는 형태였다. 의자도 릭의 몸에 딱 맞게 새로이 만들어졌다. 이제 달리는 중에 릭이 굴러떨어질 위험은 거의 없었다.

여하튼 우리는 릭의 휠체어를 만들기까지 갖가지 아이디어를 동원하고 수차례 시험을 했다. 새로 개발한 휠체어에 대해 특허를 신청했더라면 나는 아마 지금쯤 큰 부자가 되었을 것이다.

지미 바나코스 자선 달리기 대회 이후 우리 나름대로 훈련을 하고 릭에게 맞는 휠체어를 마련하는 데 꼬박 3년이라는 시간이 걸렸다. 그때쯤 되자 대회에 나갈 만하다는 생각이 들었다. 본격적인 대회를 위한 마음의 준비가 되었던 것이다. 물론 지미 바나코스 자선 달리기 대회는 우리에게 더없이 소중한 경험이었다. 그것은 특히 릭과 나의 유대를 더욱 강하게 만든 대회였다.

나는 요즘도 가끔 그 대회에서 찍은 사진을 보곤 한다. 사토리 부인이 찍은 사진에서 릭은 가장 기분이 좋을 때의 표정을 짓고 있다. 머리카락을 휘날리며 앞니 두 개가 빠진 잇몸을 드러낸 채 활짝 웃고 있다. 내가 미는 휠체어의 오른쪽 바퀴가 지면으로부터 조금 올라가는 바람에 릭은 마치 금방이라도 하늘로 날아갈 것처럼 보인다. 우리의 00번 호표는 나와 릭의 얼굴 사이 휠체어 손잡이 위에 붙어 있다. 나는 이 사진들을 볼 때마다 가만히 미소를 짓는다. 릭이 내 인생에 찾아와 주어서 얼마나 고마운지 모르겠다. 처음으로 아들과 내가 한팀이 되어 뛰었던 그 레이스를 나는 한 장면도 잊을 수 없다. 그 레이스 이후 우리는 멈추지 않고 달려왔고 지금도 달리고 있다.

몇 년 전, 한 달리기 대회에 출전했을 때의 일이다. 릭과 함께 레이스를 마치고 쉬고 있을 때 한 남자가 다가와서 자신이 지미 바나코스의 고등학교 친구라고 했다. 나는 그에게 지미는 지금 어디서 어떻게 지내냐고 물었다. 그보다 앞서 몇 년 전에 지미가 가족과 함께 플로리다로 이사한 것을 알고 있었기 때문이다. 지미의 친구는 한동안 잠자코 있다가 지미는 2005년 폐렴에서 비롯된 발작으로 죽었다며 슬픈 소식을 전하게 되어 유감이라고 했다. 의사들이 5년을 버티지 못할 거라고 말했지만 지미는 마비된 채 더 오래 버텼다는 것이다. 지미는 웨스트필드 주립대학에서 명예 학위를 받았고 짧게나마 결혼 생활도 했다. 그리고 사망하기 며칠 전까지도 책을 집필했고 웨스트필드 주립대학 스포츠 감독들과 연락하며 지내고 있었다. 지미는 스포츠 선수를 기리는 명예의 전당에도 이름을 올렸다.

지미 바나코스 달리기 대회는 아직도 해마다 열리고 있다. 웨스트필드 주립대학 당국은 지미를 기리기 위해 지미 바나코스 컵을 만들었다. 그 컵은 여러 종목에 걸친 교내 스포츠 팀들의 한 해 동안의 성적을 근거로 우승 팀에게 주어진다.

지미가 끔찍한 사고를 당하기 전이든 그 후든 모든 사람이 그를 사랑했다. 릭과 마찬가지로 지미도 사람을 끄는 성격이었고 그런 만큼 누구와도 잘 어울렸다. 80대의 미망인인 그의 어머니 툴라는 오랫동안 지미가 그녀에게 그랬듯 지미에게 삶의 원동력이 되어 주었다. 그녀는 지미를 위해 새로운 치료법과 수술법을 찾아 미국 전 지역을 돌아다녔다. 심지어 실험적인 시술을 받기 위해 외국으로 날아가기도 했다.

그날 나는 지미의 친구에게 지미가 나와 릭에게 얼마나 큰 영향을 준 존재였는지 말해주었다. 릭이 그 자선 달리기 대회에 참가했던 건 장애가 있어도 삶은 계속된다는 걸 지미에게 보여주고 싶어서였다는 사실도 알려주었다.

　가끔 나는 지미가 릭에 대해, 그리고 자신과 릭의 미래에 대해 어떻게 생각하고 있었는지 궁금하다. 지미의 이야기가 우리의 삶에 얼마나 큰 영향을 끼쳤는지에 대해 지미가 과연 알고 있었는지도 궁금하다. 지미와 그의 삶은 우리에게 큰 영감을 주었다. 하지만 안타깝게도 릭과 나는 지미를 개인적으로 만날 기회를 갖지 못했다. 이 자리를 빌려 그의 명복을 빈다.

10

끝없는 도전

스피링필드 10K 이후 우리는 줄곧 레이스에 참가했다.
특히 1980년의 주말은 온통 달리기로 채워졌다.
거의 매주 우리는 장소를 가리지 않고 레이스에 나갔다.

첫 번째 달리기 대회의 참가를 계기로 나 딕 호이트와 아들 릭 호이트는 '팀 호이트'라는 이름을 쓰기 시작했다. 첫 대회에 참가하고 나서 3년이 지난 뒤 팀 호이트는 새로운 레이스에 나설 준비가 되어 있었다. 그 무렵 우리는 매사추세츠 주 스프링필드 근교에서 매년 열리는 10K에 대한 이야기를 들었다. 그것은 글렌디 축제라는 행사 중에 그리스식으로 열리는 마라톤 대회였다. 그 이름부터가 매력적이어서 우리는 스프링필드 10K를 마라톤 분야에 입문하는 계기로 삼기로 했다.

대회 당일, 새로 개발한 특수 의자에 앉은 릭과 오랜 훈련으로 장거리 달리기에 웬만큼 자신이 붙은 내 앞에 미처 예상치 못한 장애물이 나타났다. 지미 바나코스 자선 달리기 때보다 훨씬 더 많은 사람들을 헤치고 나아가자 프로선수들이 눈에 띄었다. 나는 우리가 환영받지 못하고 있다는 사실을 눈치챘다. 참가자 등록을 맡은 담당자들은 우리를 혼란스러운 표정으로 바라보았다. 그들은 서류를 뒤적이며 마치 우리가 자신들 앞에 서 있지도 않은 것처럼 멋대로 수군거렸다. 우리가 참가 신청을 하는 것조차 꺼리는 것 같았다. 뜻밖의 일에 나는 놀랐고 조금은 당황했다. 학교 밖의 활동에서 참가 허락을 받지 못한 것은 그때가 처음이었다. 대회에 참가하기 위해 그동안 우리가 기울인 노력에 생각이 미치자 억울한 생각도 들었다. 참가를 못하다니, 그것은 결코 용납할 수 없는 일이었다.

주최 측으로부터 다른 참가자들에 이르기까지, 스프링필드 10K에 모인 사람들은 모두 우리가 달리는 걸 원치 않는 것 같았다. 아니 원치 않는 게 분명했다. 대회 조직 위원들은 절차상의 문제를 들먹이며 우리를 외면하려고 했다. 그들은 연령에 따라 그룹을 나누기 때문에 곤란하다는 것이었다. 릭의 나이에 맞춰야 할지, 내 나이에 맞춰야 할지 모르겠다며 난감한 표정을 지었다. 훗날 다른 대회에서도 이 문제는 끈질기게 우리를 괴롭혔다.

나는 조직 위원들과 한참 동안 이야기를 나누었다. 그 결과 나는 내 연령 그룹에 속하고, 릭은 릭 나이의 그룹에 속하는 것으로 결론이 났다. 그런데 어느 부문에서 뛰느냐도 문제였다. 참가자 등록 담당자들의 눈에 비친 문제는 그것 한 가지였다. 우리는 어디에도 속할 수 없었다. 릭은 스스로 휠체어를 움직일 수 없으므로 다른 휠체어 부문 참가자들과 겨루는 건 불공정한 일일 터였다. 만일 비장애인 선수들과 경쟁한다면 릭과 릭의 휠체어가 다른 선수들이 뛰는 데 방해가 될 것이었다. 그들은 그 점을 염두에 두고 있었다. 사정이 이렇다 보니 참가 신청서를 채우는 간단한 일조차 우리에게는 복잡다단한 일대 거사였다.

내가 좀처럼 물러설 기미를 보이지 않자 담당자들은 한쪽으로 가서 자기들끼리 이야기를 나누었다. 내 의지를 꺾을 수 없다는 걸 분명하게 안 모양이었다. 나는 운동선수가 되고 싶어도 그 꿈을 이룰 길이 없는 릭을 위해 뛰려는 것이었다. 나만의 즐거움을 얻자고 뛰려는 게 아니었다. 나는 그저 아들에게 팔다리를 빌려 주는 존재일 뿐이었다. 내 곁에는 아들이 있었다. 나는 아들을 위해 담당자들이 나를 좌절시키도록 내버려 두지 않을 작정이었다. 내 끈질긴 설득에 담당자들은 결국 두 손을 들었다. 우리는 각자의 연령 그룹에 속하는 것으로 등록을 마쳤다. 하지만 참가의 어려움은 거기서 끝나지 않았다.

참가자들 사이에서 우리를 못마땅해하는 분위기가 역력했다. 릭이 레이스에 참가하는 걸 찬성하는 사람은 한 명도 없었다. 모든 참가자들이 우리를 10K와는 아무런 상관이 없는 존재로 보았다. 아무도 우리에게 말을 걸지 않았다. 우리와 같은 그룹에 들고 싶어 하지도 않았다. 심지어 몇몇 참가자는 왜 혼자서는 휠체어에 제대로 앉지도 못하고 말조차 못하는 아이를 레이스에 참가시키려고 하느냐며 내게 대놓고 따지기까지 했다. 나로서는 그런 그들을 비난할 수가 없었다. 사람들은 대체로 장애인에 대해 잘 모르기도 하거니와 우리와 같은 경우를 본 적도 없기 때문이었다. 릭에게 전염병이라도 있는 양 멀찌감치 떨어져 있으려 해도 그걸 비난할 수 없었다. 실제로 사람들은 릭에게서 병균이라도 옮는 줄 알고 슬금슬금 피했다. 당시만 해도 장애인에 대한 시선이 심하게 왜곡되어 있었다. 장애인은 무조건 기피 대상이었다. 지금 릭과 내가 장애인에 대한 편견을 말끔히 없애려고 애쓰는 것도 그런 아픈 과거를 겪었기 때문이다. 비록 오랜 시간이 걸렸지만 요즘엔 장애인에 대한 생각이 눈에 띄게 달라져 기쁘게 생각한다.

우리는 다행히도 일찍부터 장애인을 거부하거나 기피하는 시선에 익숙해져 있었다. 그래서 다른 참가자들이 뭐라고 하든 개의치 않았다.

스프링필드 대회의 출발선에서 대기하고 있을 때의 기분은 3년 전 자선 달리기 때와 사뭇 달랐다. 참가자가 300명도 넘었기 때문에 마치 사람의 바다에 잠겨 있는 것 같았다. 그래도 크게 주눅이 들지는 않았다. 비록 마흔 살의 중년이지만 나는 3년 전보다 강해졌고 컨디션도 좋았다. 릭도 좋아 보였다. 나는 출발 신호를 기다리면서 혼잣말로 중얼거렸다.

"릭, 우리는 할 수 있어."

릭과 나, 팀 호이트는 달릴 태세를 갖추었다. 마침내 신호가 떨어졌고 우리는 출발했다. 그동안의 고된 노력과 철저한 준비의 효과가 금세 나타났다. 무엇보다 뛰는 게 전보다 훨씬 수월했다. 릭의 새 휠체어도 기대했던 대로 잘 움직여 주었다. 타이어도 도로에 밀착되어 적어도 휠체어가 코스에서 벗어나는 일은 없을 것 같았다. 기분 역시 최고였다. 하루 종일이라도 달릴 수 있을 것 같았다. 10킬로미터쯤 달리는 것 정도는 얼마든지 소화할 자신이 있었다. 가족은 팀 호이트를 과소평가했는지 몰라도 내 자신감은 거짓이 아니었다.

나는 신이 나서 경쾌하게 달렸다. 바닥을 박차고 휠체어를 밀며 앞으로 쭉쭉 나갔다. 마치 도로 위로 부드럽게 미끄러지는 듯한 기분이었다. 신이 나게 달리다 보니 어느새 5킬로미터를 넘었고 또 다른 5킬로미터도 금세 지나갔다.

가족과 몇몇 친구가 응원하러 와 주었지만 그들은 우리가 완주할 줄 예상하지 못한 모양이었다. 우리가 마침내 결승선을 통과했을 때 가족은 아무도 보이지 않았다. 별로 기대를 하지 않았던 터라 다들 거리의 가게로 구경을 하러 갔다고 했다.

우리는 38분 30초로 300명 중에서 150명을 제치고 결승선을 통과했다. 나중에 현장으로 돌아온 주디와 아이들이 열렬히 축하해 주었다. 나는 기록에 크게 만족했다. 릭도 만족한 것 같았다. 릭은 특유의 활짝 웃는 얼굴로 나를 바라보았다. 나는 이마의 땀을 닦아내고 우리의 첫 번째 공식 레이스를 끝마친 날의 나머지 시간을 어떻게 보낼지 가족과 의논했다.

그때 선수 한 명이 내게 다가왔다. 선수들에게 냉대를 받은 터라 나는 약간 놀랐다. 그는 피트 위스네프스키라고 자신을 소개했다. 그러고는 우리가 얼마나 대단한 일을 해냈는지 알려주고 싶어서 왔다고 말했다. 피트는 조금 말이 많았지만 친근한 인상을 주는 사람이었다. 그는 우리가, 지속적인 훈련 끝에 결승선을 통과할 자격을 얻은 여느 선수들과 다르지 않다고 말했다. 기분 좋은 칭찬이었다. 피트는 오랫동안 달리기를 해온데다 매사추세츠의 마라톤이 어떻게 돌아가는지 훤히 알고 있었다. 그때부터 그와 나는 친구가 되었다. 그 후로 훈련도 함께했다. 그는 나보다 빠른 기록을 가지고 있어 내 근력과 속도를 향상시키는 데 큰 도움이 되었다.

스프링필드 10K 이후 우리는 줄곧 레이스에 참가했다. 특히 1980년의 주말은 온통 달리기로 채워졌다. 거의 매주 우리는 장소를 가리지 않고 레이스에 나갔다.

토요일이면 릭과 나는 다른 날보다 일찍 일어났다. 그러고는 밴에 경주용 휠체어를 싣고 곧장 떠났다. 가끔 매사추세츠 주 밖에서 열리는 레이스에도 나가 보았다. 우리의 새 친구인 피트 위스네프스키도 함께 가곤 했다. 피트는 우리에게 보다 긴 레이스에 나가 보라고 권하기도 했다.

우리는 토요일과 일요일에 각각 한 번씩 대회에 나갔다. 일주일에 세 개의 대회에 참가하기도 했다. 우리는 멈추고 싶어도 멈출 수 없게 가속이 붙어 버렸다. 릭이 모든 달리기의 원동력이었다. 레이스가 끝날 때마다 릭은 집에 돌아와 컴퓨터를 통해 물었다.

"다음 대회는 언제죠?"

나는 릭이 경쟁을 좋아하는 게 약간 마음에 걸렸다. 릭은 가끔 레이스 도중에 우리가 추월할 수 있을 듯한 선수가 앞서 달리고 있으면 흥분한 나머지 몸을 뒤척거렸다. 그때마다 나는 휠체어가 뒤집힐 수 있다고 소리치며 릭을 다독였다. 그러면 릭도 행동을 자제하고 나를 격려했다. 달리는 동안 내 숨소리가 거칠다 싶으면 릭은 고개를 돌려

'침착해요, 아빠'라는 뜻의 표정을 지어 속도를 조절시켰다.

우리는 더없이 좋은 팀이었다. 레이스를 거듭할수록 사람들은 우리를 경쟁자로 받아들였다. 사실 우리는 위협적일 정도는 아니었지만 결코 만만하게 볼 팀은 아니었다. 그러나 사람들이 그렇게 볼수록 우리는 더 치열하게 달려야 했다.

우리가 팀 호이트라는 이름을 내걸고 본격적으로 경쟁 대열에 뛰어들자 신문과 잡지에 우리의 기사가 나기 시작했다. 그런데 내게 곱지 않은 시선을 보내는 사람들이 적지 않았다. 나는 장애인 가족을 둔 사람들로부터 항의성 편지를 받았다. 왜 장애아를 온갖 레이스에 끌고 다니냐는 것이었다. 하지만 그것은 모르고 하는 소리였다. 그들은 릭이야말로 나를 온갖 레이스에 끌고 다니는 사람이란 사실을 모르고 있었다. 달리고 싶어 하는 사람은 내가 아니라 릭이었다. 아들이 달리고 싶어 하기 때문에 나는 아버지로서 휠체어를 미는 것뿐이었다.

1980년에 우리는 일주일에 세 개의 대회에 출전하곤 했는데 매회 달리고 나서 경기에 대해 분석해 보았다. 우리는 뛰면 뛸수록 강해졌다. 마치 기록을 경신하듯 세 번째 경기에서 가장 좋은 기록을 냈다. 친구 피트의 말처럼 5킬로미터나 10킬로미터보다 훨씬 긴 레이스도 소화할 수 있을 것 같았다. 내 생각을 말하자 피트도 동의했다. 이제는 장거리를 달려야 한다고 했다. 그때 우리는 마라톤 중의 마라톤이라고 할 수 있는 대회를 떠올렸다. 그것은 바로 보스턴 마라톤이었다.

1980년의 늦은 가을, 나는 보스턴육상협회(BAA)에 참가 신청서를 보냈다. 2주일 뒤에 답장이 왔다. 신청서는 거절되었다. 우리는 정식 참가자로 뛸 수 없으며 휠체어 부문에도 참가할 수 없다는 것이었다. 한마디로 자격이 안 된다는 얘기였다. 나는 놀라거나 당황하지 않았다. 이미 스프링필드 10K에서 비슷한 경험을 했기 때문이었다. 아무래도 조직위원회 측의 태도가 누그러질 때까지 끈질기게 매달리는 수밖에 없을 것 같았다.

나는 첫 번째 신청서를 보낸 뒤부터 대회가 열리는 4월까지 열두 번도 넘게 전화를 걸고 편지를 보냈다. 대답은 항상 같았다. 어느 부문의 자격 조건도 안 되므로 참가할 수 없다는 것이었다. 하지만 담당자들은 결국 한발 물러섰는데 그것은 귀찮게 구는 나를 떼어내기 위해서였던 것 같다. 그들은 우리가 뛸 수는 있지만 번호 없이 휠체어 참가자들 뒤에서 달려야 한다고 했다. 말하자면 비공식으로, 참가비를 안 내고 그냥 뛰는 '도둑 마라톤'을 하라는 것이었다.

열외자로 뛴다는 것이 달갑지 않았지만 어쩔 수 없었다. 그것만이 유일한 선택인 듯했다. 나로서는 보스턴 마라톤을 절대 포기할 수 없었다. 릭을 위해서라도 반드시 대회에 나가야만 했다. 더욱이 보스턴 대회는 고향에서 열리는 경기였다.

릭과 나는 대회에 나가기 위한 준비를 하나둘 해나가기 시작했다. 대회가 열리는 날이 다가오자 나는 훈련 강도를 높였다. 평소보다 더 먼 거리를 더 오래 뛰었다. 릭이 학교에 가느라 함께 훈련할 수 없을 때는 내 믿음직스러운 시멘트 포대와 연습했다. 그런데 마라톤을 끝까지 완주하려면 그 전에 20킬로미터보다 더 긴 거리의 대회에 참가해 봐야 좋을 것 같았다.

언제나처럼 우리의 달리기 동료인 피트가 해결책을 내놓았다. 그는 뉴욕 주 올버니에서 열리는 30킬로미터 단축 마라톤 대회를 소개했다. 그것은 보스턴 대회보다 한 달 앞서 열렸다. 연습을 하기에 좋은 기회였다. 나는 릭에게 30킬로미터를 소화할 수 있으면 정식 마라톤 거리인 42.195킬로미터도 뛸 수 있을 거라고 말했다. 몇 킬로미터 더 뛰는 것뿐이니까 자신이 있었다. 우리는 뉴욕으로 눈을 돌렸다.

올버니 달리기 대회가 열리는 날의 날씨는 끔찍했다. 뉴욕 북부의 3월 날씨가 어떤지는 대충 예상했지만 눈발이 휘날리는 가운데 무척 추웠다. 하지만 우리는 얼마든지 이겨낼 수 있었다. 만일 이 대회에서 실패한다면 보스턴은 물 건너간 것이나 마찬가지일 터였다.

대회가 열리는 날 아침, 나는 릭의 몸을 옷으로 여러 겹 감싸고 그 위에 운동복을 입혔다. 그러고는 모자와 장갑, 선글라스를 씌웠다. 옷의 무게만 해도 10킬로그램 정도는 될 터이므로 릭이 추위를 타지는 않을 것 같았다.

보스턴 4채널의 기자 배리 놀란이 올버니로 우리를 따라왔다. '보스턴 마라톤 이야기'라는 타이틀의 콘테스트에서 입상한 어느 여성의 글을 읽고 따라온 것이었다. 그 여성은 우리가 보스턴 마라톤에 나가기 전, 팀 호이트에 대한 이야기를 써서 받은 상으로 하와이 여행을 떠났다.

올버니 대회가 열리기 전에 나는 배리 기자에게 우리는 킬로미터당 4분 20초의 페이스를 목표로 한다고 말했다. 그는 놀란 얼굴로 나를 바라보았다. 도저히 믿을 수 없다는 표정이었다. 하지만 우리는 열심히 훈련해 왔다. 그러므로 눈이 오거나 바람이 불거나 혹은 흐리거나 화창하거나 상관없이 그 목표를 이룰 수 있다고 생각했다.

팀 호이트는 보스턴 마라톤을 앞두고 우리 자신에게 할 수 있다는 것을 증명해 보여야 했다. 추운 날씨 속의 30킬로미터는 결코 만만한 거리가 아니었다. 그러나 한 단계 도약하기 위해서는 달려야 했다. 주디를 비롯해 롭과 러스도 우리와 동행했다.

그들은 릭과 내가 달리는 동안 밴을 타고 따라오면서 응원했다. 나는 가족이 보일 때마다 손을 흔들었고 더욱 힘을 내 달렸다. 올버니 대회에는 1300명의 선수가 참가했는데 우리는 900명을 따돌리고 2시간 6분의 기록으로 결승선을 밟았다.

배리 기자는 흥분한 목소리로 우리에게 킬로미터당 4분 20초 페이스의 목표를 달성했다고 알려주었다. 그러면서 다음 목표가 무엇이냐고 물었다. 나는 망설임 없이 말했다.

"그야 당연히 보스턴 마라톤 완주죠."

우리는 올버니 대회를 성공적으로 완주함으로써 우리의 능력에 대한 믿음을 더욱 확고히 다졌다. 하지만 보스턴에 가면 이런저런 저항에 맞서야 할 터였다. 열외자로 뛰는 것이 불만스럽지만 어쩔 수 없었다. 우리 자신이나 다른 사람들에게 우리의 존재를 증명해 보여야 했다. 마라톤에 관련된 사람들이 릭과 나를 홀대하던 시절을 생각하면 지금도 마음이 언짢지만 당시는 참기 힘들 만큼 고통스러웠다. 우리를 대하는 그들의 태도는 우리가 숱한 레이스를 벌이고 많은 시간을 투자한 뒤에야 조금씩 달라졌다.

지금도 마찬가지지만 나는 사람들을 움직이는 릭의 능력을 믿었다. 우리에게 필요한 것은 한 가지였다. 누구든 상관없이 릭에게 다가와서 말을 걸고 릭을 한 인간으로 보아주는 것뿐이었다. 언젠가부터 마라토너들과 마라톤 팬들은 우리가 진지하게 경쟁하고 있다는 사실을 인정하기 시작했다. 정상인 또는 자기 신체를 일부나마 의지대로 움직일 수 있는 사람들에게만 허락된 스포츠에 참가하는 것이 릭에게는 이 세상 전부를 얻는 것이나 마찬가지라는 사실도 인정하기 시작했다.

나는 아들을 위해 어떤 저항이나 장애물도 당당히 물리치자고 스스로에게 다짐하고는 보스턴으로 향했다.

1981년 4월 20일, 우리는 출발 지점인 홉킨턴에 도착했다. 대회 시작 4시간 전이었다. 그런데도 무척 긴장되었다. 전에는 이렇게까지 긴장한 적이 없었다. 나는 이번 대회가 릭과 내게 얼마나 중요한지 잘 알고 있었다. 우리는 3시간 완주를 목표로 잡았다.

나는 릭의 휠체어 의자를 꼼꼼히 점검했다. 그리고 몸 상태는 어떻고 기분은 어떤지 수도 없이 되물어서 릭을 거의 미치게 만들었다. 나는 대회 운영진 앞에서 될 수 있는 한 저자세를 유지하려고 애썼다. 솔직히 마지막 순간에 그들에게 퇴짜를 맞을까 봐 두려웠다.

마침내 경기가 곧 시작되니 준비하라는 안내 방송이 나왔다. 우리는 출발선에 섰다. 나는 릭에게 양쪽 손잡이를 단단히 잡으라고 일렀다. 정식 참가자든 아니든 우리는 보스턴 마라톤의 출발선에 선 것이었다. 수많은 선수들 틈에 섞여 관중의 함성을 듣는 것은 지금 생각해도 기적 같은 일이었다. 내가 한 번도 본 적 없는 대규모의 관중이었다. 나는 잔뜩 들떠 있었다. 그 기분은 30킬로미터 정도 달릴 때까지 계속 유지되었다.

그런데 35킬로미터쯤부터 벽을 느끼기 시작했다. 분명 그것은 내가 넘어야 할 벽이었다. 발은 불이 붙은 듯 화끈거렸고 가슴은 송곳으로 쑤시는 듯 아팠다. 팔에도 통증이 느껴졌다. 금방이라도 출발 전에 마신 물까지 몽땅 토할 것 같았다.

날씨는 매섭게 추워서 바람이 몰아칠 때마다 몸 전체가 얼어붙는 것 같았다. 통증이 너무 심해 잠깐씩 걷지 않을 수 없었다. 이미 3시간 기록 달성은 내 의지 밖의 일이었다. 그런데 이게 웬일인가. 놀랍게도 다른 선수들이 우리를 격려해 주었다. 우리 곁을 지나가면서 "힘내요!" 하고 소리치는 선수가 있는가 하면 어떤 선수는 손을 뻗어 내 등을 두드렸다. 비록 등에 닿은 손이 1톤의 무게로 느껴지기는 했지만 불끈 힘이 솟았다.

마라토너들을 응원하던 사람들 중 상당수도 릭과 나를 응원했다. 여기저기서 박수갈채가 터져 나오는 가운데 릭은 신이 나서 의자를 탁탁 쳤다.

마침내 우리는 코플리 광장에 있는 결승점을 통과했다. 우리의 첫 마라톤 기록은 3시간 18분, 킬로미터당 4분 40초의 페이스였다. 추워서 벌벌 떨리는데다 지칠 대로 지친 우리는 목표를 이루지 못한 데 대해 조금 실망했다. 하지만 완주에는 성공했다. 어쨌든 꿈에 그리던 보스턴 마라톤을 완주한 것이다.

"릭, 우리가 또 해냈다. 기분 어때?"

아들의 어깨를 툭 치며 묻자 릭이 담요 아래서 몸을 뒤채며 해맑게 웃었다. 당연히 기분 최고라는 뜻이었다.

마라톤이 끝난 뒤 얼마 지나지 않아서 배리 놀란 기자가 보스턴 4채널을 통해 우리 이야기를 속보로 전했다. 그 방송 덕분에 우리는 더욱 유명해졌다. 릭과 나는 쏟아지는 찬사로 인해 더한층 용기를 얻었다.

나는 방송을 통해 릭과 릭의 휠체어, 그리고 특수 컴퓨터인 '터프츠 쌍방향 의사소통 장치'에 대해 이야기했다. 그 결과 터프츠 의료센터는 정재계의 주목을 받아 재정 지원을 받게 되었다.

릭과 나는 하룻밤 사이에 유명인사가 되었다. 우리는 사람들의 빗발치는 관심에 한동안 어리둥절했다. 나는 그 같은 폭발적인 관심으로 인해 앞으로 보스턴 마라톤을 포함해 다른 여러 대회에 참가하는 게 좀 수월해졌으면 하고 바랐다.

보스턴 마라톤이 끝난 뒤 우리는 곧바로 다시 훈련에 돌입했다. 그리고 또 다른 대회 참가 계획을 세웠다. 하지만 사실 나는 언제나 보스턴 마라톤을 염두에 두고 있었다. 이듬해에는 열외가 아닌 정식 선수로서 더 빠르고, 더 멋지게 달리고 싶었다.

배리 기자는 내게 보스턴 대회에 다시 나갈 것인지 물었다. 나는 이렇게 장담했다.

"물론 다음 해에도 나갈 것이고, 꼭 3시간 안에 완주할 겁니다."

그것은 내 자신과도 지켜야 할 하나의 약속이었다.

11

보스턴 마라톤

우리는 1984년 보스턴 마라톤에서 2시간 50분 5초의 기록을 세웠다.
앞으로도 우리는 보스턴 마라톤에 정식 선수로 당당히 참가할 것이다.
세상에 이보다 더 기분 좋은 일은 없을 것 같았다.

비공식으로 참가한 첫 번째 레이스 이후, 릭과 나는 보스턴 대회에 스물일곱 차례나 나갔다. 보스턴 마라톤은 우리가 경쟁 부문에서 뛰기 시작한 이래 거의 빠뜨리지 않고 참가한 유일한 대회였다.

보스턴 대회는 우리에게 매우 중요했다. 우리가 놓친 단 두 번은 2003년 내가 심장발작을 일으킨 지 얼마 안 되었을 때와 2007년 릭이 수술 후 회복 중일 때뿐이었다. 그만큼 우리는 보스턴 마라톤 대회에 참가하는 것을 좋아했고, 참가하는 것 자체를 영광으로 생각했다.

우리가 보스턴 마라톤을 좋아하고 해마다 참가하는 이유는 세계에서 가장 오랜 역사를 지닌 마라톤이어서가 아니었다. 그리스에 기원을 둔 탓에 신비스러운 분위기를 풍기기 때문도 아니고, 해마다 모여 드는 엄청난 관중 때문도 아니었다. 미국 혁명의 첫 번째 전투를 기념 하는 애국 기념일의 열광 때문도 아니었다. 물론 이 모든 것이 흥미로 운 일이고, 마라톤의 흥을 돋우는 요소로 작용하는 게 사실이다. 그러 나 우리가 보스턴 대회를 좋아하는 이유는 아주 단순하다. 바로 우리 고향의 대회이기 때문이다.

보스턴 대회는 우리가 완주한 최초의 마라톤인 만큼 자연스럽게 우 리의 가슴 한복판을 차지하고 있다. 이 대회는 우리 아이들이 태어나 고 자란 곳에서 엎어지면 코 닿을 정도로 가까운 데서 열린다. 릭과 나 는 보스턴 마라톤에 출전하면서 비로소 체육인이 된 듯한 기분이 들 었다. 세계에서 가장 권위 있는 마라톤에 참가하는 데서 얻는 기쁨은 말로 표현할 수 없는 것이었다. 하지만 그런 기쁨을 얻기까지는 꽤 오 랜 시간이 걸렸다.

몇 년 전, 달리기와 관련된 잡지인 《러너스 월드》에 보스턴육상협 회의 대변인 잭 플레밍의 인터뷰가 실렸다. 그는 릭과 내가 어떻게 보 스턴 마라톤에 정식으로 참가하게 되었는지 묻는 기자의 질문에 이렇 게 대답했다.

"그들은 탁월한 수준의 선수들 못지않게 보스턴 대회의 정신을 제 대로 구현한 사람들입니다. 게다가 전형적인 뉴잉글랜드 남자들이지 요. 사람들은 그들을 진정으로 좋아했고 그들에게 열광했습니다."

인터뷰 기사를 읽으면서 나는 우리가 환영받고 있다고 확신했다. 그리고 보스턴 마라톤 참가자로서의 소속감 같은 것도 느꼈다. 사람들이 우리를 받아들이도록 하기 위해 그동안 릭과 내가 기울인 노력을 생각하니 가슴이 벅찼다.

우리가 보스턴 대회에 매년 참가하는 또 다른 이유는 릭과 내가 선수로서 자격을 갖추었을 뿐 아니라 사람들에게 사랑 받고 있다고 느끼는 것이 기쁘기 때문이다. 사람들은 우리를 만나고 싶어 했다. 우리에게 감동을 받았다는 이야기를 하고 싶어 했다. 한 번도 본 적이 없는 낯선 사람이 경기 전에 우리에게 다가와서 악수를 청하는 일이 흔하게 일어났다. 등을 두드리면서 이렇게 말하는 사람도 있었다.

"해마다 당신들이 달리는 걸 기대하고 있어요. 당신들이 보이지 않으면 그건 보스턴 마라톤이 아니지요."

그런 말을 들으면 보스턴 마라토너로서 자긍심이 느껴졌고 가슴이 뭉클했다. 지금까지 수많은 사람들이 우리의 사진을 찍고 우리에게 행운을 빌어 주었다. 참으로 고마운 일이다.

보스턴 대회에서 빼놓을 수 없는 것은 마라톤 경기 전에 열리는 박람회다. 며칠 동안 열리는 박람회에는 마라톤 관련 물품 전시 공간도 마련되어 있다. 우리는 박람회를 통해 지구 곳곳에서 온 사람들을 만나기도 한다. 우리가 박람회를 좋아하는 건 이 때문인데, 이는 매년 팀 호이트 부스를 여는 이유이기도 하다. 우리는 부스를 찾아오는 수많은 사람들을 만나는 게 즐겁다. 그들은 우리와 함께 도전과 성공에 대한 이야기를 나누고 싶어 한다. 아버지와 아들, 어머니와 딸, 남편과 부인이 찾아와서 달리기를 통해 어떻게 서로 간의 결속이 든든해졌는지 말해주기도 한다. 물론 릭과 나도 그들과 같다. 나는 가끔 사람들에게서 우리의 모습을 본다. 그럴 때면 우리가 그들의 삶에 변화를 일으키고 있는 것처럼 느껴진다.

지금까지 수백 번의 레이스에 참가하고 수백 킬로미터를 뛰었지만 보스턴 마라톤은 해마다 참가하고 싶은 우리가 가장 좋아하는 대회다. 보스턴 대회를 통해 릭과 나는 아주 특별한 관계로 발전할 수 있었다. 우리는 단순한 부자 관계가 아니다. 우리의 관계는 함께 달리는 걸 둘 다 좋아한다는 사실에 바탕을 둔 것이다. 언젠가 팬이라는 사람에게서 만일 1년에 한 번만 달려야 한다면 어느 대회에 참가할 거냐는 질문을 받은 적이 있었다. 나는 주저하지 않고 보스턴 대회라고 대답했다. 보스턴 대회에서 달리는 것은 우리의 운명이다. 하지만 사람들이 이 점을 인정하기까지는 시간이 좀 걸렸다.

1981년 첫 보스턴 마라톤 출전 이후, 나는 이듬해부터는 비공식이 아니라 정식 참가자로 달리겠다고 스스로에게 맹세했다. 그리고 곧바로 그 맹세를 지키기 위한 작업에 들어갔다. 하지만 모든 일이 그렇듯 마음먹은 대로 되지는 않았다. 첫 보스턴 마라톤에 출전한 뒤부터 다음 보스턴 대회 전까지 릭과 나는 50회 넘게 다른 대회를 완주하며 바쁜 시간을 보냈다. 그러는 한편 보스턴육상협회에 수차례 편지를 보내 정식으로 참가할 수 있도록 허가해 달라고 요청했다. 우리가 정식 참가자들 사이에 낄 능력과 자격이 충분하다는 증거를 첨부해 협회 관계자들을 설득하기도 했다. 그러나 이런저런 장거리 레이스에서 단 한 번의 부상도 없이 성공적으로 완주한 증거를 보냈는데도 대답은 한결같았다. 참가할 수 없다는 것이었다.

나는 보스턴 대회 총책임자인 윌 클로니와도 접촉했다. 그는 동정적인 태도를 보였지만 그 이상은 흔들리지 않았다. 자기로서는 규칙을 바꾸면서까지 우리를 정식으로 참가하게 해줄 방법이 없다는 것이었다. 그의 입장을 이해할 수는 있었다. 그러나 나는 규칙이란 필요에 따라 조정될 수 있다는 걸 일찌감치 터득했다. 우리에게는 적어도 한 번쯤은 규칙을 바꾸려는 시도를 할 권리가 있다고 생각했다. 릭과 나는 실망스러운 대답에도 아랑곳하지 않고 평소와 다름없이 훈련에 임했다. 우리의 노력이 결국은 보상받으리라고 확신했기 때문이다.

불행히도 1982년에는 보상을 받지 못했다. 우리는 다시 한 번 고향에서의 대회를 열외자로 뛰어야 했다. 하지만 한 가지는 이루었다. 2시간 59분, 그러니까 3시간 안에 완주했던 것이다. 더욱이 언론에서 우리에게 많은 관심을 보였다. 보스턴육상협회 관계자들도 우리가 달성한 기록에 놀라워하며 축하해 주었다. 각 언론사 기자들이 내게 와서 인터뷰를 했다.

그때 한 기자가 나에게 이렇게 물었다.

"경기에 혼자 나와 달리면 아주 좋은 기록을 낼 것 같은데요. 혹시 그런 생각은 해보지 않았나요?"

그의 질문에 나는 약간 충격을 받았다. 그런 제안을 들은 것은 그때가 처음이었다. 혼자서 달리다니, 그런 생각은 한 번도 한 적이 없었다. 물론 정식 참가자로 다른 선수들과 경쟁하며 사람들의 관심을 받는 것도 기분 좋은 일일 터였다. 하지만 아들 없이 달리는 건 아무런 의미가 없었다. 릭이 없다면 나는 달리기는커녕 두 팔을 어디에 두어야 할지도 몰라 쩔쩔맸을 것이다. 내가 달리기를 하는 가장 큰 이유는 아들 릭 때문이었다.

나는 기자에게 웃으며 말했다.

"난 아들 없이는 달리지 않습니다."

릭과 나는 우리가 누리는 것과 같은 기회를 얻지 못한 다른 장애인들을 위해서도 달렸다. 우리는 늘 세상의 관심을 불러일으키려고 애써 왔지만 앞으로도 계속 그러기 위해 노력할 작정이다.

계속되는 훈련과 함께 이곳저곳 레이스를 쫓아다니다 보니 1년이란 세월이 또 지나갔다. 1983년, 보스턴 마라톤 시즌이 다시 찾아왔을 때 릭은 웨스트필드 고등학교의 졸업반이 되어 있었다. 그 무렵 주디는 특수교육학 석사 학위를 취득했다. 그리고 롭은 독립해 살면서 좋은 직장을 얻었고, 러스는 고등학교에서 잘나가는 레슬링 선수로 활약하고 있었다.

릭과 나도 변함없이 계속 달렸다. 우리는 어느 정도의 명성과 함께 대중의 지지도 얻었지만 여전히 보스턴육상협회를 설득해야만 했다.

관계자들의 대답은 1년 전과 똑같았다. 릭과 나는 비공식으로만 뛸 수 있었다. 더구나 릭이 달리는 것도 아니고, 릭 혼자서 휠체어를 움직일 수도 없으므로 팀 호이트의 선수는 나뿐이라는 것이었다. 그야말로 좌절할 수밖에 없는 대답이었다. 어떻게 해서든 대회에서 뛸 수 있다는 점에서는 일단 받아들여진 셈이지만 자꾸 열외에 머무는 데 진력이 났다. 무엇보다 배제된다는 느낌이 싫었다. 릭은 친구들과 가족이 응원해 주는 한 이렇게 하든 저렇게 하든 상관없다고 했다. 사실 그들의 응원과 격려야말로 해마다 릭이 고대하는 것이었다.

릭의 긍정적인 태도를 흡족하게 생각했지만 나로서는 정식 선수로 인정받는 게 중요했다. 그것은 장애인들이 정상인들보다 여러 면에서 모자라거나 못하지 않다는 점을 사람들이 깨닫도록 하기 위해 우리가 반드시 넘어야 할 산이었다. 내 눈에 릭은 한 사람의 당당한 체육인이었다. 릭에게는 스스로 원하는 한 무엇이든 될 수 있고, 무엇이든 할 수 있는 능력이 있었다. 나는 이 세상 어떤 아버지보다 아들의 능력을 믿었다.

언론은 우리 편이었다. 그래서 나는 보스턴육상협회와 타협할 수 있었다. 하지만 1983년 대회에서 달라지기를 기대하는 건 무리였다. 어쨌든 관계자들은 우리도 다음번에는 공식 참가자가 될 수 있다고 했다. 그것은 우리가 자격 요건을 완벽하게 갖추는 한 희망적인 소식이지만 그에 따른 조건이 있었다. 결국 그 말은 우리가 공식 참가자 자격을 얻을 수 있도록 더 빨리 달려야 한다는 것을 뜻했다. 그리고 그것은 내 연령 기준(3시간 10분)이 아니라 릭의 연령 기준에 맞는 것이어야 했다. 그러니까 보스턴 대회에 정식으로 참가하려면 다른 공인 마라톤 대회에서 2시간 50분 안에 완주해야 하고, 20세 참가자에게 요구되는 조건을 갖추어야 한다는 얘기였다. 가만 보니 협회 관계자들은 우리가 절대로 해낼 수 없을 거라고 확신하고 있었다.

"그래? 그렇게 생각한다면 릭과 함께 다시 그 생각을 바꾸도록 해주지."

나는 오기가 생겼다. 그들의 생각이 잘못되었다는 걸 증명하기 위해 나는 이를 악물고 더 열심히 뛰었다. 그 정도에서 멈출 릭과 내가 아니었다.

그해 우리는 보스턴 대회에서 이전의 기록을 깼다. 이번에는 2시간 58분이었다. 공식 참가 자격을 얻기에는 부족하지만 가능성이 있는 기록이었다. 우리는 가능성을 더욱 높이기 위해 분주히 뛰어다녔다.

릭과 나는 참가할 수 있는 한 그 어떤 대회든 가리지 않고 나갔다. 여기저기서 대회 운영자들이 우리를 초청했다. 우리에 대한 이야기가 퍼지면서 얼마나 많은 초청장이 날아오는지 다 응할 수 없을 정도였다. 나는 장거리, 단거리, 자선 경기, 후원 경기 등 여러 대회에 나가 릭과 함께 달리면서 이 모든 것은 보스턴 대회를 위한 준비라고 생각했다.

당시 릭은 학교에 다니고 있었고, 나는 정규직으로 일하고 있었다. 학교와 직장, 레이스 참가의 균형을 잡기가 쉽지 않았지만 릭과 나는 그때그때의 상황에 맞춰 잘 조절해 나갔다. 하루빨리 2시간 50분이라는 자격 요건을 갖추고 싶었다.

그런데 마침 좋은 기회가 찾아왔다. 우리의 친구 피트 위스네프스키가 워싱턴 D.C.에서 열리는 마린컵스(해병대) 마라톤 대회에 출전할 것을 제안했다. 그것은 출전 선수들이 많은데다 훌륭한 코스가 있는 레이스였다. 한겨울이 아니라 가을에 열리는 대회라서 2시간 50분 안에 완주할 수 있을 것 같다는 생각도 들었다.

1983년 10월, 할로윈 축제가 시작되기 전의 워싱턴 D.C.의 주말 날씨는 좋지 않았다. 비가 내리는데다 추웠다. 하지만 같은 해 보스턴에서 달렸을 때와 비교하면 좋은 날씨였다. 우리로서는 날씨에 감사해야 할 판이었다. 날씨 덕인지 목표를 달성할 것 같은 기분이 들었다. 그래도 몹시 긴장이 되었다. 릭은 여느 때와 마찬가지로 훌륭한 동료답게 긴장을 풀어 주었다.

대회 당일 아침, 릭을 준비시키기 위해 방으로 갔을 때였다. 릭은 동생들의 도움을 받아 면도를 끝낸 뒤 용케 구한 해병대 옷을 입고는 거수경례를 하고 있었다. 나는 그 모습을 보고 환하게 웃었다. 릭은 긴장을 푸는 법을 잘 아는데다 이완이 필요한 시점을 정확히 알아차리곤 했다.

나는 해병대 복장의 릭을 바라보며 한바탕 웃고 나서 마라톤 복장으로 갈아입혔다. 그러고는 휠체어의 모든 부분을 세밀히 점검한 뒤 마라톤에 참가하기 위해 길을 나섰다. 곳곳에 역사적 기념물이 서 있는 가운데 애국적인 분위기가 풍기는 코스를 달릴 생각을 하니 가슴이 벅차올랐다. 마린컵스는 미국에서 다섯 번째, 세계에서 열 번째로 큰 대회다. 또 마린컵스는 우승자에게 상금이 없는 대회 중 가장 큰 대회로 유명하다.

출발 지점에 도착하자 그야말로 인산인해였다. 레이스를 지켜보기 위해 수많은 사람이 모여 있었다. 우리는 비장애인들과 섞여 있는 몇몇 휠체어 참가자들 곁에 자리를 잡았다.

이윽고 출발 신호가 떨어졌다. 나는 힘차게 출발했고, 우리는 처음 16킬로미터를 한 시간에 주파했다. 목표를 달성하기에 충분한 속도였다. 우리는 속도를 조절하려 애쓰면서 달렸다.

마침내 저 멀리 결승선이 보였다. 나는 차마 시계를 볼 수 없었다. 그런데 어느 순간, 릭이 허공에 대고 팔을 아래위로 흔들기 시작했다. 우리가 결승선을 통과하자 우레와 같은 박수 소리가 터져 나왔던 것이다. 결승선을 통과하면서 박수 소리를 들은 건 그때가 처음이었다. 나는 우리가 성공했음을 깨달았다.

마린컵스 마라톤에서의 공식 기록은 2시간 45분 30초였다. 《허트 헬시 리빙》지의 2007년 여름호 기사에서 더그 도널드슨은 우리에 대해 이렇게 묘사했다.

"이 2인조 팀은 2006년 뉴욕 마라톤에서 랜스 암스트롱이 달린 것보다 더 빨리 달렸다. 마라톤에서 3시간 미만의 기록은 전문 선수들이 수년간 훈련해야만 얻을 수 있는 기록이다."

나는 자신의 능력에 대해 떠벌리기를 좋아하는 사람은 아니지만 마린컵스 마라톤 대회에서 아주 대단한 일을 해냈다는 자부심을 느꼈다. 수많은 사람들이 우리에게 다가와 축하해 주었다. 그것은 정말 멋진 경험이었다. 보스턴 마라톤 대회에서 네 번이나 우승한 바 있으며 내가 존경하는 영웅들 중 한 사람인 빌 로저스도 《피플 위클리》지의 기자에게 이렇게 말했다.

"호이트 부자는 세계 수준의 선수입니다. 그들의 경기는 무척 감동적입니다. 마라톤계의 모든 사람이 그들의 경기를 보고 감동을 받았을 겁니다."

존경하는 선수의 찬사에 하늘을 날 듯 기뻤지만 나는 짐짓 들뜬 마음을 가라앉히고 보스턴 대회를 준비했다. 보스턴육상협회가 요구하는 것보다 거의 5분이나 앞섰기 때문에 정식 참가 자격을 얻을 게 분명했다. 나는 집으로 돌아오자마자 신청서의 빈칸을 채웠다. 릭에게도 X 자로 서명하게 했다.

곧 보스턴육상협회로부터 허가가 나왔다. 마침내 얻은 정식 참가 자격이었다. 우리는 그날 무척 흥분했다. 팀 호이트가 또 하나의 커다란 장애물을 넘은 날이었기 때문이다.

보스턴 마라톤 참가 자격을 얻자 전보다 더 많은 사람들이 우리와 이야기하고 싶어 했다. 당연히 1984년은 팀 호이트에게 대단히 중요한 해가 되었다. 미국 전역에 방송되는 텔레비전 쇼 프로그램인 '아워 매거진'에서는 1984년 보스턴 대회 직전에 우리를 소개했다. 그 프로그램 덕분에 보스턴에 사는 사람치고 우리를 모르는 이가 거의 없을 정도였다. 그날 대회에 참가한 사람들은 모두 우리를 알아보았다.

보스턴육상협회 관계자들도 그 프로그램을 본 모양이었다. 그들은 우리가 그동안 어떻게 지냈는지 훤히 알고 있었다. 나는 마라톤 대회가 열리기 전 박람회 기간에 정식 참가 번호를 받기 위해 등록 센터에 갔다가 보스턴육상협회 관계자들을 만났다. 그들은 나를 보자 행사 홍보를 도와 달라고 부탁했다. 이게 무슨 말인가. 그들이 오히려 도와 달라니! 생각할수록 아이러니한 일이지만 나는 기꺼이 그들을 돕기로 했다.

우리는 이제 더 이상 열외자가 아니었다. 말로 다 표현할 수 없을 정도로 기뻤다. 사람들에게 관심 받는 걸 좋아하는 릭은 마치 유명인사가 된 기분이라고 했다. 그해의 보스턴 마라톤은 두고두고 기억할 만한 대회였다. 우리가 정식 참가자가 되었다는 새로운 자각은 큰 변화를 가져왔다. 뛰어난 선수들과 함께 달리는 것은 정말 특별한 경험이었다.

릭과 나는 1984년 보스턴 마라톤 대회에서 2시간 50분 5초의 기록을 세웠다. 우리는 앞으로도 보스턴 마라톤에 정식 선수로 당당히 참가할 터였다. 생각할수록 흥분되는 일이었다. 세상에 이보다 더 기분 좋은 일은 없을 것 같았다.

보스턴 마라톤에 정식으로 참가한 그해, 우리는 다른 것도 이루었다. 릭이 고등학교를 무사히 졸업한 것이다. 보통 사람에게 고등학교 졸업은 대단하지 않을 수 있지만 릭에게는 특별한 것이었다. 우리는 다음 단계, 즉 대학 진학과 독립에 대한 계획을 세웠다.

릭은 이제 어엿한 젊은이가 되었다. 릭이 자라온 과정은 한 편의 감명 깊은 드라마였다. 내 앞에 있는 아들이 어느새 한 사람의 성인이 되어 있었다. 그리고 나의 가장 가까운 친구가 되어 있었다.

우리 가족에 대해 아는 사람은 우리가 얼마나 먼 길을 달려왔는지 분명하게 알 터였다. 릭의 고등학교 졸업식 날, 나는 잠시 지난날을 돌이켜 보았다. 릭이 태어난 이래 우리가 이루었던 모든 것이 하나하나 떠올랐다. 그 하나하나가 우리에게는 참으로 소중하고 특별한 것이었다.

보스턴 마라톤을 계기로 릭과 나는 한층 성숙해졌다. 우리와 달리기의 관계도 새로운 성격을 띠었다. 이제 우리는 진짜 마라토너였다. 더 이상 아마추어도, 비공식 참가자도 아니었다.

1996년 보스턴 대회 100주년 기념일에 대회 조직위원회 측은 우리에게 명예 '100주년 영웅'이란 칭호를 주었다. 그처럼 우리 자신이 축하 행사의 일부가 되고, 우리가 그토록 공들인 대회에서 정식 선수로 인정받은 것은 지금 생각해 봐도 대단히 멋진 일이었다.

그러나 1984년 당시의 우리는 여전히 갈 길이 먼 여행자나 마찬가지였다. 릭과 나는 더 달려야 했고, 더 많은 보스턴 대회를 완주해야만 했다. 하나의 목표를 이룬 다음에는 더 장대한 모험의 여정이 기다리고 있으리란 걸 우리는 잘 알고 있었다.

12

철인3종경기 중독자

"아빠, 우리 철인3종경기에 출전해요. 부탁이에요."
아무리 생각해도 철인3종경기는 우리에게 버거운 도전 같았다.
그런데도 릭은 끈질기게 졸라댔다.

보스턴 마라톤에서 좋은 기록을 낸 뒤 우리 가족은 릭의 대학 진학을 놓고 한참 동안 의논한 끝에 보스턴 대학을 선택했다. 그것은 보스턴에서 거둔 성공을 기념하는 뜻에서도 적절한 선택 같았다.

릭은 곧 보스턴 대학에 입학했다. 그리고 대학 생활에 잘 적응해 나갔다. 그 무렵 나는 철인3종경기 선수가 되려고 마음먹고 있었다. 보스턴 마라톤의 참가 자격 요건을 충족시키기 위해 마린컵스 마라톤에 나가기 직전 다른 대회에 참가했는데, 그것이 계기가 되어 철인3종경기에 마음이 끌렸다.

팰머스 11.4킬로미터 레이스는 우리가 좋아하는 대회 중 하나였다. 우리는 매년 그 대회에 참가하려고 애썼다. 우리가 노리고 훈련해

온 보스턴에 비하면 단거리에 소규모의 소풍 같은 것이었지만 그래도 즐겁고 유익한 대회였다. 사실 그것은 우리가 살던 곳의 뒷동네쯤 되는데다 처갓집도 가까운 곳에서 열리기 때문에 대회에 참가할 때마다 집에 온 듯 편안한 느낌이 들곤 했다. 대회 분위기도 좋았다. 마치 가족 모임 같은 분위기였다. 보스턴 대회도 마찬가지지만 팰머스 레이스는 고향에서 열리는 대회인 만큼 우리는 언제나 열렬한 환영을 받았다.

1983년 8월, 팰머스 대회에 참가하고 나서부터 우리는 인기를 끌기 시작했다. 참가할 때마다 팬들이 모여들었다. 아무튼 1983년 8월에 열린 대회에서 한 선수가 다가와 우리에게 이렇게 말했다.

"딕 호이트와 릭 호이트 씨죠? 만나서 반가워요. 당신들 얘기를 들은 적이 있어요."

그는 데이브 맥길리브레이라는 사람으로 보스턴에서 스포츠 관련 사업을 하고 있었다. 데이브는 그때의 만남으로 평생의 친구가 되었다. 당시 그는 철인3종경기 선수였는데 미국 북동부에서 그 종목의 선구자로 통했다. 데이브는 그동안 우리가 해온 일에 대해 경의를 표한다고 말했다. 그러고는 이렇게 덧붙였다.

"당신은 훌륭한 철인3종경기 선수가 될 수 있어요. 한번 시도해 봐요."

처음에는 그의 제안을 웃어넘겼다.

"철인3종경기라면 헤엄도 쳐야 하지 않나요?"

내가 물었다. 그때만 해도 철인3종경기는 아무나 하는 게 아니라고 생각하고 있었다. 그런데 데이브는 무척 진지했고 끈질겼다. 나는 릭이 함께 참가할 수 있을 경우에만 철인3종경기에 나가겠다고 못 박았다. 그것으로 그날의 이야기는 일단락되었다. 데이브는 휠체어에 앉은 릭을 잠시 바라보고는 돌아서서 가 버렸다.

그 뒤 1년이 흘렀고 우리는 또 팰머스 대회에 출전했다. 그런데 이번에도 데이브가 우리에게 와서 말했다.

"작년보다 몸이 더 좋아진 것 같은데요. 이봐요, 딕. 이제 마라톤은 정복했으니까 철인3종경기를 노려봐요. 충분히 할 수 있으니까요."

"아들 릭과 함께 참가할 수 있다면 하겠어요."

나는 주저 없이 1년 전과 똑같은 대답을 했다. 그러자 그는 놀랍게도 나 혼자가 아닌 팀 호이트가 철인3종경기에 출전하기를 원한다고 말했다.

데이브가 말한 것은 매사추세츠 주 메드퍼드에서 열리는 '베이 스테이트 철인3종경기'로 그가 후원하는 대회였다. 그는 릭과 내가 함께 쓸 수 있는 장비를 고안해 내면 자신이 마련해 줄 수 있을 거라고 했다. 나는 그 말에 홀딱 넘어갔다. 아들과 함께 철인3종경기에 출전하는 모습을 상상하자 괜히 가슴이 벅차올랐다.

릭에게는 철인3종경기 출전에 대해 물어볼 필요가 없었다. 1년 전 데이브를 처음 만난 뒤 릭은 내게 컴퓨터로 몇 번이나 졸랐다.

"아빠, 우리 철인3종경기에 출전해요. 부탁이에요."

릭은 진정으로 철인3종경기에 출전하고 싶어 했다. 하지만 릭을 어떻게 자전거에 태워야 할지, 그리고 어떻게 물속에 집어넣어야 할지 알 수가 없었다. 뒤따르는 위험도 많을 것 같았다. 내게도 문제가 있었다. 나는 여섯 살 때 이후로 자전거를 타본 적이 없었다. 수영도 할 줄 몰랐다.

아무리 생각해도 철인3종경기는 우리에게 버거운 도전 같았다. 한 번도 시도해 본 적이 없는 일을 한다는 게 쉽지 않아 보였다. 그런데도 릭은 끈질기게 졸라댔다.

결국 우리는 데이브가 후원하는 철인3종경기에 출전하기로 그와 약속했다. 그가 우리를 선수로 등록시켜 주기만 하면 나머지는 내가 알아서 할 거라고 말했다. 데이브가 아니었으면 우리는 철인3종경기 출전을 시도조차 하지 않았을 것이다.

나는 데이브에게 릭과 내게 알맞은 장비가 무엇인지 생각해 보겠다고 했다. 철인3종경기는 달리기뿐만 아니라 수영과 자전거 타기도 포함되기 때문에 장비를 마련하는 것이 급선무였다.

경기에 출전하기까지 9개월 정도 남아 있었다. 준비 기간이 빠듯했다. 그런 터에 나는 승진을 해서 보스턴 외곽에 있는 웰슬리로 전근될 판이었다. 더욱이 주디는 웨스트필드를 좋아했고, 셋째인 러스는 아직 고등학교에 다니고 있었다.

승진과 전근 외에 여러 복잡한 일이 있었지만 새로운 분야를 개척하려는 릭과 나의 의지는 확고했다. 철인3종경기에 출전하기로 마음먹은 이상 마냥 주저할 수는 없었다. 나는 수영부터 배우기로 했다. 그러기 위해서는 호숫가에 있는 집을 사야 할 것 같았다. 그렇지 않아도 나와 주디는 호숫가의 집을 꿈꾸어 왔다. 나는 몇 년 뒤의 은퇴를 고려

하고 있었기 때문에 호숫가로 이사하는 게 좋을 것이라고 가족을 설득했다.

얼마 후 우리는 매사추세츠 주 홀랜드에 있는 집을 찾아냈다. 그곳은 언덕을 중심으로 시골 길이 길게 나 있어 자전거 훈련을 하기에 안성맞춤이었다. 집 뒤에는 해밀턴이라는 이름의 작고 예쁜 호수가 있었다. 따라서 뒷마당에 수영장이 있는 것이나 마찬가지였다. 집은 낡은데다 수리할 곳이 많았지만 오랫동안 석공 일을 해온 내가 팔을 걷으면 금세 말끔해질 터였다.

호숫가에 있는 집을 구입하자 모든 일이 순조로울 것처럼 보였다. 그러나 철인3종경기는 마라톤과 다른 운동이었다. 호숫가 집을 사겠다고 발표했을 때 아이들은 내게 수영을 못한다는 사실을 일깨워 주었다. 수영 하나만으로도 벅찬 도전이 될 것 같았다. 고등학교 시절에 수영 선수였던 롭은 수영이 쉽지 않은데다 달리기와 크게 다르다고 했다. 나는 곧 롭의 말이 옳다는 걸 깨달았다.

이사하고 며칠이 지난 뒤, 나는 시험 삼아 호수에 들어가 보았다. 그런데 물에 뛰어들자마자 가라앉아 버렸다. 시험 삼아 해본 것치고는 가혹했다. 그야말로 있는 힘을 다해 움직이려고 애썼지만 팔과 다리가 말을 듣지 않았다. 발버둥을 쳐도 소용이 없었다. 나는 몇 번이나 물을 마신 뒤에야 간신히 물 밖으로 고개를 내밀었다. 그러고는 좀 더 얕은 곳에서 다시 시도했다. 하지만 어떻게 물을 헤쳐 나가면서 숨을 참거나 들이쉬어야 하는지 알 수가 없었다. 통증을 참으면서 한 걸음 한 걸음 내딛는 달리기와는 달라도 한참 달랐다. 다시 한 번 수영이 생각 외로 만만치 않다는 걸 깨달았다.

롭은 물속으로 따라 들어와 호흡법에 대해 설명했다. 팔과 다리를 어떻게 움직여야 몸이 뜨는지 직접 보여주기도 했다. 하지만 롭이 애써 가르쳐 주어도 다른 일에서와 마찬가지로 나는 지지부진한 상태에 머물러 있었다. 좀처럼 나아지지 않았다.

나는 여름 내내 물속에서 살다시피 했다. 그런데 자꾸 연습을 하자 몸이 조금씩 뜨고 앞으로 나아가기 시작했다. 처음엔 5초도 못 참던 숨도 조금 오래 참아졌다.

가을이 되면서 호수의 물이 차가워졌으므로 나는 처음으로 잠수복처럼 생긴 전신 수영복을 샀다. 그리고 매사추세츠에 겨울이 오자 지역 YMCA 실내 수영장 코스를 돌며 연습했다.

몇 개월 동안 꾸준히 연습한 결과 나는 웬만큼 물에 익숙해지고 헤엄도 제법 칠 수 있게 되었다. 문제는 릭이었다. 릭을 데리고 수영을 해야 하는데 그 방법이 떠오르지 않았다. 릭을 운반 수단에 태워서 끌 수밖에 없었다. 그런데 언뜻 생각나는 건 보트뿐이었다. 나는 어떤 보트가 좋을지 몰라 며칠 동안 고민했다. 그러다 어느 날인가 호수에서 어떤 사람이 고무보트를 저어 가는 모습을 보았다.

"그래, 고무보트야!"

나는 고무보트가 해답임을 깨달았다. 고무보트는 보통의 배나 카누보다 가벼운데다 가장자리가 높아서 안전할 터였다. 릭이 젖지도 않을 것이었다.

고무보트는 쉽게 구해졌다. 내가 철인3종경기에서 아들을 태울 보트를 구한다는 소문을 듣고는 팰머스 요트 클럽의 한 친구가 2.7미터 길이의 새 보트를 보내주었다. 마음에 쏙 들었다. 내 몸과 보트를 끈으로 연결하면 될 것 같았다. 그런데 아무 끈이나 쓰면 위험할 것 같았다. 무엇보다 질겨야 했다. 나는 이것저것 시험한 끝에 밧줄과 중고 낙하산 끈을 택했다.

이제 남은 건 릭을 고무보트에 편안하게 태우는 일뿐이었다. 우선 보트 바닥에 나무판을 깔아 보았다. 그러자 보트가 무거워져 조종하기도 어려웠다. 그때 마침 캘리포니아에 사는 주디의 여동생이 콩자루를 만들어 보내왔다. 그것은 딱딱하지 않고 무겁지도 않아 보트에 깔기에 아주 좋았다. 운이 좋았는지 뜻밖의 콩자루로 인해 하나의 문제가 해결되었다.

수영 쪽이 해결되자 나는 다시 자전거 타기에 도전했다. 자전거 타기는 수영보다 훨씬 빨리 늘었다. 하지만 이번에도 릭을 어떻게 해야 할지 난감했다. 앞에서 끌든지 내 앞에 두고 뒤에서 밀든지 방법을 찾아야 했다.

나는 매사추세츠 롱메도우에서 경주용 자전거와 장비 만드는 기술자를 찾아냈다. 그러고는 내가 생각하는 장비의 모양을 말해주었다. 기술자는 내 생각대로 만들 수 있겠다고 했다. 하지만 비용이 만만찮았다. 4000달러가 넘을 것 같았다. 그뿐 아니라 스프링필드의 정형외과에 의뢰해서 릭에게 딱 맞고, 타고 있는 동안 안전한 특수 의자도 만들어야 했다.

주디는 비용이 많이 드는 것도 문제지만 경기가 너무 위험하다며 말렸다. 우리는 그런 주디를 설득해야 했다. 그러나 이미 철인3종경기에 참가 신청을 한 상태라서 주디도 크게 고집을 부리지는 않았다. 결국 주디는 우리의 뜻대로 하도록 내버려 두었다.

경기 일주일 전이 되어서야 철인3종경기에 처녀 출전할 장비가 갖추어졌다. 그러니까 대회를 며칠 앞두고서야 릭을 고무보트에 태우고 연습을 하게 되었던 것이다.

초여름인데도 호수는 보트와 수상스키를 타는 사람들로 가득했다. 그런데 그들이 만들어 내는 물살 때문에 걱정이었다. 내 목표는 가장자리를 따라 호수를 한 바퀴 도는 것이었다. 주디와 내 동생인 필립이 릭을 보트 안에 앉히는 걸 도와주었다. 두 사람은 모터보트에 타고 우리를 따라오면서 다른 배들이 방해하지 않도록 막겠다고 했다.

나는 물에 들어가자마자 혼자 이른 아침에 수영하는 것과 완전히 다르다는 걸 깨달았다. 우선 바람이 거센데다 파도도 셌다. 다른 배들이 만들어 내는 물살도 방해가 되었다. 팔과 다리를 부지런히 움직였지만 앞으로 나아가는 게 쉽지 않았다. 첨벙거리는 물소리만 요란할 뿐 한 시간 정도를 느릿느릿 나아갔다. 수영하는 내내 뒤에 연결한 보트에서 릭의 웃음소리가 들렸다. 나는 가끔 릭이 콩자루에 잘 기대어 있는지, 보트에 물이 차지는 않았는지 확인하기 위해 돌아보았다. 릭은 콩자루에 기댄 채 누워서 마냥 즐거워하고 있었다.

릭은 두려움을 몰랐다. 만일 하늘을 나는 비행기에서 뛰어내려야 한다면 망설이지 않고 누구보다도 먼저 뛰어내릴 것이다. 릭은 항상 새로운 경험을 좋아했다. 당시 릭은 청년 시절의 절정기라고 할 수 있는 20대 초반, 여느 젊은이와 마찬가지로 모험을 찾고 있었다. 무슨 일에든 겁을 먹는 것은 언제나 나였다. 나는 릭이 어떻게 경기를 감당해 나갈지 걱정이었다. 수영 연습은 그런대로 성공적이어서 코앞에 다가온 철인3종경기의 수영 구간에 대해서는 희망을 가질 수 있었다. 하지만 새 자전거를 시험해 보지도 못한 상황이었다. 맞춤 주문한 의자가 아직 도착하지 않았던 것이다. 의자는 경기 하루 전 토요일에 배달되었다. 결국 시험을 해보지도 못한 채 시합에 참가할 수밖에 없었다.

우리에게 철인3종경기는 모든 예상을 뛰어넘는 의외의 경험이었다. 경기는 1985년 아버지날에 메드퍼드의 스폿 폰드에서 시작되었다. 그것은 아버지날의 축하 행사 중 하나로 열렸는데 그때가 1회 대회였다.

대개 초보자들은 500미터를 약간 웃도는 정도의 수영, 19.3킬로미터의 자전거 코스, 5킬로미터 달리기로 구성되는 단축 경기에 출전한다. 데이브가 주최하는 베이 스테이트 철인3종경기는 1.6킬로미터의 수영, 64.3킬로미터의 자전거 코스, 16킬로미터의 달리기로 구성되었다. 16킬로미터 달리기는 어려울 게 없었다. 걱정되는 건 달리기에 앞서 거쳐야 하는 수영과 자전거 구간이었다. 우리는 일반 철인3종경기 선수들처럼 속도계가 달린 자전거를 갖추고 즉시 출발할 수 있는 처지가 아니었다. 한 구간을 끝낼 때마다 사전 준비를 해야 했다. 고무보트에 공기를 주입하고, 내 자전거와 릭의 의자를 준비하고, 달리기에 앞서 바퀴 위치도 바꿔야 했다.

첫 철인3종경기는 시험 출전이 되리란 걸 각오하고 있었다. 그러나 막상 수영복을 입고 릭을 보트에 앉히자 흥분되기 시작했다. 첫 마라톤 때와는 다른 느낌이었다. 비록 우리에게 쏠리는 차가운 시선과 '대체 저 사람들 뭐 하자는 거야?'라는 식의 수군거림은 여전했지만 나는 많은 사람들이 우리를 알고 있다는 걸 느꼈다. 팀 호이트는 보스턴 마라톤을 정복한 악바리 팀이었다. 데이브는 선수들이 모이자 관중에게 릭과 내가 철인3종경기에 처음 출전한다고 알렸다. 그러고는 필요한 경우 다른 참가자들이 도움을 주기를 바란다고 말했다.

그의 응원에 힘이 솟았다. 주위의 선수들이 짐을 내리고 장비를 정리하는 우리를 진지한 표정으로 바라보았다. 그들은 우리의 결연한 몸놀림을 보고 자기들의 경쟁자로 생각하는 것 같았다. 다행히 사람들은 우리를 그들과 대등한 참가자로 보았다. 그런 시선을 의식하자 진짜 선수가 된 듯한 기분이 들었다.

그날의 날씨는 무더웠지만 스폿 폰드의 물은 차가웠다. 나는 릭을 끌고 물에 들어간 순간 바싹 긴장했다. 어쩌자고 이런 일에 뛰어들었나 싶은 생각도 들었다. 다 큰 아들을 보트에 태운 채 끌면서 1.6킬로미터를 헤엄친다는 게 아무래도 미친 짓 같았다. 더구나 나는 작년에야 겨우 수영을 배운 초심자였다. 하지만 고개를 돌려 릭의 들뜬 모습을 보니 용기가 생겼다. 아버지, 그리고 팀 동료로서의 책임감도 느껴졌다. 어쨌든 최선을 다해야만 했다.

마침내 출발 신호가 울렸고 경기가 시작되었다. 처음에는 다른 선수들의 움직임 때문에 물살이 일어 보트가 심하게 출렁거렸다. 우리는 선수들의 한가운데에 있었다. 나는 릭의 보트와 다른 선수들이 부딪치지 않도록 신경을 쓰며 헤엄을 쳤다. 다행히 모든 선수들이 협조해 주어 부딪치는 일은 일어나지 않았다. 얼마 동안 나아가자 물살이 잔잔해졌다. 나는 차차 속도를 내기 시작했다.

철인3종경기의 수영 구간은 그다지 어렵지 않았다. 배들로 북적이던 여름날의 호수에서 헤엄치는 것보다 훨씬 쉬웠다. 우리는 한 시간도 안 되어 수영을 끝냈다. 연습 때보다 기록이 좋았다. 기대한 것보다 확실히 나은 기록이었다. 나는 전신 수영복을 벗고 릭을 고무보트에서 내린 뒤 구명조끼를 벗겨 주었다. 그러는 내내 릭은 활짝 웃고 있었다.

이제는 다 큰 아들을 아직 시험해 보지도 않은 자전거에 태우고 오직 내 힘으로 180미터가량 되는 모랫길을 지나야 했다. 조금은 걱정이 되었다. 그렇지 않아도 자전거 코스가 가장 어려울 거라고 생각하고 있었다. 그러나 개헤엄을 쳤을지언정 보트를 뒤엎지 않고 1.6킬로미터 수영 구간을 통과한 마당에 못할 건 없다는 생각이 들었다. 단지 자전거와 휠체어가 합쳐진 새 장비를 시험조차 못해 보았다는 사실이 마음에 걸릴 뿐이었다.

자전거 코스는 언덕이 많았다. 바람도 강했다. 무더운 6월의 날씨는 64.3킬로미터를 자전거로 달리기에 결코 좋은 조건이 아니었다. 내가 끄는 휠체어가 앞뒤로 흔들리는 걸 느낄 수는 있었지만, 나와 거의 2미터나 떨어져 있었기 때문에 릭이 혹시 굴러떨어지지 않았는지 수시로 확인해야만 했다. 뒤를 돌아볼 때마다 릭이 얼마나 좋아하는지 한눈에 알 수 있었다. 얼굴에 세찬 바람을 맞으며 달리는 기분은 그 무엇과도 비교할 수 없을 정도로 좋았다. 굳이 뒤돌아보지 않아도 릭 또한 나만큼 흥분해 있을 게 뻔했다.

하지만 시험해 보지 않은 새 장비이므로 무조건 기분대로 달려서는 안 될 것 같았다. 나는 신경을 써서 자전거의 속도를 조절했다. 뒤에서는 계속 릭의 흥얼거리는 소리가 들려왔다. 나는 릭이 흥얼거리고 있는 동안은 뒤쪽 장비에 아무런 문제가 없다고 믿었다.

다른 선수들이 지나가면서 엄지를 들어 보이며 우리를 격려해 주었다. 그들의 그런 몸짓 하나가 내게는 큰 위안이 되었다. 하지만 나는 달리기 코스에 와서야 겨우 마음을 놓을 수 있었다.

우리는 일사불란하게 움직였다. 먼저 자전거에서 의자를 분리했다. 그리고 의자 뒤에 달린 바퀴를 앞에 부착한 뒤 러닝화의 끈을 바짝 조이고 출발했다. 이제부터는 우리의 전문 분야였다. 16킬로미터 달리기는 식은 죽 먹기나 마찬가지였다. 우리는 1시간 5분 만에 끝냈다.

철인3종경기를 마치는 데 4시간이나 걸렸다. 그래도 우리는 완주했다. 첫 레이스 때와 똑같이 꼴찌에 가깝게 들어왔지만 꼴찌는 아니었다. 우리의 불리한 조건을 고려하면 괜찮은 결과였다.

데이브는 결승선에서 기다리고 있다가 첫 출전에 대한 소감을 물었다. 나는 웃으며 농담했다.

"릭이 낮잠만 안 잤어도 좀 더 빨리 들어왔을 텐데, 조금 아쉽네."

사실 우리는 기분이 무척 좋았다. 관중과 선수들도 협조적이었다. 그해에 신기록을 세우며 우승한 스코트 틴리가 우리를 축하해 주었다. 나는 나중에서야 우리가 유명인사와 악수를 나누었다는 사실을 알게 되었다. 틴리는 지난해 하와이 철인3종경기의 우승자였다.

나는 시상식 무대에서 몇 마디 해 달라는 요청을 받았다. 팀 호이트의 진정한 승자인 내 아들 릭에게 공개적으로 영광을 돌릴 수 있는 최초의 기회였다. 나는 당당하게 마이크 앞에 섰다. 그러고는 이렇게 말했다.

"만일 릭이 없었다면 저는 지금쯤 140킬로그램이나 되는 육중한 몸을 이끌고 어딘가의 술집을 어슬렁대고 있었을 겁니다."

사람들이 웃음을 터뜨렸다. 하지만 그건 사실이었다. 릭이 없었다면 그때의 나는 없었을 것이고, 물론 지금의 나도 없을 것이다. 아무튼 우리는 처음 출전한 철인3종경기를 기분 좋게 해냈다. 그리고 경기를 즐겼다. 결과적으로 우리는 그 경기에 낚인 셈이었다. 그 뒤로 릭과 나는 철인3종경기 중독자가 되었기 때문이다. 나는 아들의 행복한 얼굴을 바라보며 다음의 철인3종경기가 어디에서 열리는지 빨리 알아봐야겠다고 생각했다.

13

아이언맨, 팀 호이트

결승선이 눈앞에 다가오자 황홀한 기분이었다. 얼마나 황홀한지 큰 소리로 외치고 싶었다.
이 순간을 위해 우리가 그동안 얼마나 애썼는지 생각하자 말할 수 없이 뿌듯했다.
찔끔 눈물이 날 정도였다.

첫 철인3종경기에 참가하고 난 뒤 릭과 나는 그 경기에 완전히 매료되었다. 우리는 스케줄에 차질이 없는 한 어떤 철인3종경기든 가리지 않고 출전했다.

1986년에는 릭의 막내 동생인 러스까지 부추겨서 우리와 대결을 벌이도록 했다. 새삼 놀랄 일도 아니지만 나와 릭이 러스를 이겼다. 그러나 단 몇 분 차이의 승리였다. 러스는 수영에서만큼은 나를 능가하는 실력을 갖추었지만 마라톤 구역에서는 내 상대가 되지 못했다. 그점은 우리 모두 인정하는 사실이었다. 릭과 나는 그동안 달리기를 충분히 연습한데다 세계 기록과 몇 분 차이가 나지 않을 정도의 마라톤 기록을 보유하고 있었다. 말하자면 달리기에서 러스는 물을 벗어난 고기였고, 릭과 나는 물 만난 고기였다.

우리는 자전거 경주에서도 어느 누구에게 뒤지지 않을 만큼 노련한 선수였다. 그즈음 릭과 나는 이미 철인3종경기의 베테랑이 되어 있었다. 그런데다 일정이 꽉 차서 이듬해 주말까지 그 어떤 경기든 출전하고 싶어도 할 수가 없을 정도였다.

린 폰 어트에게서 전화가 온 것은 그해 이른 봄이었다. 캐나다 철인연맹 운영위원인 그녀는 8월 말에 열리는 풀코스 캐나다 철인3종경기에 우리를 초청했다.

철인3종경기에 참가하는 선수라면 누구나 '아이언맨(철인)'이란 칭호를 염두에 둔다. 아이언맨이란 칭호는 풀코스를 제한 시간 안에 완주한 사람에게만 주어진다. 따라서 경기에 참가하는 한 최고의 가치를 두는 게 바로 그 칭호다.

캐나다 철인3종경기는 지형이 익숙지 않은데다 달려야 하는 구간도 무척 긴 풀코스였다. 그때까지 참가해 온 어떤 철인3종경기보다 어려워 보였다. 나는 매번 경기를 마칠 때마다 더 큰 규모의 철인3종경기에 도전하는 것이 어떻겠냐고 릭과 여러 차례 이야기를 나누었다. 하지만 우리가 철인이 될 준비가 되었는지에 대해서는 확신이 서지 않았다. 나는 린의 초청을 받아들여야 할지 말아야 할지 고민했다.

"설마 놀리시는 건 아니죠?"

얼른 판단이 서지 않아서 나는 일부러 그렇게 물었다. 린은 우리가 출전하겠다면 모든 경비를 기꺼이 부담해 주겠다고 했다. 그녀의 태도는 진지했다. 그냥 지나칠 수만은 없는 기회라는 생각이 들었다.

처음에 릭은 내가 그 제안을 받아들인 것을 의아하게 생각했다고 한다. 그렇게 생각할 만했다. 3.9킬로미터를 헤엄쳐 가는 것만도 쉽지 않을 터였다. 그런 터에 180.2킬로미터의 자전거 구간을 지나 잇따르는 42.195킬로미터 마라톤 풀코스를 뛴다는 건 아무래도 무리일 것 같았다. 이전의 단축 철인3종경기와는 차원이 달랐다.

주위 사람들 중엔 우리가 그런 대회에 나가는 건 미친 짓이라고 말하는 이도 있었다. 내가 생각해도 미친 짓 같았다. 하지만 그 당시 우리에게는 XRE 엔지니어링사가 특수 제작해 준 2인용 자전거가 있었다. 과학의 힘을 빌린 수영 장비도 갖추고 있었다. 나는 릭과 함께 곰곰이 생각해 보았다. 물론 우리의 결론은 뻔했다. 의식하지 못하는 새 8월 31일이 되었고, 우리는 브리티시 콜롬비아 펜틱턴의 오카나간 호수에 가 있었다.

우리에게는 국제 규모의 첫 철인3종경기 참가였는데, 아쉽게도 이 경기에서 제한된 17시간 안에 들어오지는 못했다. 하지만 끝까지 경기를 다 마쳤고 꼴찌 완주자도 아니었다. 우리는 멋진 팡파르 세례를 받으며 결승선을 통과했다. 영화 〈불의 전차〉의 음악이 경기장 스피커를 통해 흘러나온 것은 새벽 한 시가 다 되어서였다. 역시 철인이 된다는 건 무척 힘든 일이었다. 나는 기진맥진한 채 금방이라도 주저앉을 것처럼 헉헉거렸다. 릭은 탈수 증세로 무척 힘들어했다.

캐나다 철인3종경기는 험난한 코스 때문에 세계에서 가장 힘든 경기 중 하나로 꼽힌다. 하지만 나는 그 사실을 뒤늦게 알았다. 나는 경기 중에 장애물이 나타나는 걸 피하지 않는 편이다. 오히려 장애물이나 험난한 지형을 뚫고 나가는 것을 좋아했다. 그런 탓에 경기 전에 코스를 확인해 보는 일이 거의 없었다.

펜틱턴에서 있었던 일이다. 우리에 관한 특집 기사 준비로 우리의 첫 철인3종경기를 취재하던 《퍼레이드》지 기자 몇 명이 경기 전날 코스를 돌아보겠다고 나갔다. 몇 시간 뒤 돌아온 기자들이 전한 말은 이러했다.

"자전거 구간은 도저히 감당할 수 없겠던데요."

그것은 릭과 내가 경기를 시작하기 7시간 전의 상황이었다. 나는 우리가 그 코스를 감당할 수 없을 거라는 기자들의 말을 귀담아듣지 않았다. 그런 말은 전에도 수없이 들었기 때문이다.

하지만 캐나다 철인3종경기는 기자들 말대로 정말 만만치 않았다. 경기 코스인 리히터 패스는 우리가 자전거로 올라 본 곳 중에서 가장 경사가 가파른 산악 지역이었다. 그곳을 지날 때 우리는 지칠 대로 지쳤지만 끝내 포기하지 않았다.

릭은 평소와 다름없는 유머 감각을 발휘해 모든 코스를 잘 넘겼다. 릭이 경기 직전에 인디언 모호크족 머리 모양을 뽐내기에, 나는 머리에 붙어 있는 나머지 머리카락 때문에 공기 저항을 좀 받지 않겠냐고 농담을 했다.

대회가 끝나고 몇 주가 지난 뒤 《피플》지에 캐나다에서 있었던 릭과 나에 대한 이야기가 실렸다. 독자들의 반응은 굉장했다. 우리의 팬이 급속하게 증가하는 것이 확연히 보일 정도였다. 팬들은 우리가 경기했던 모습만으로도 우리를 지지하고 칭찬했다. 하루에도 수백 통의 편지가 날아왔다. 각종 경기 단체에서도 우리를 주목하고 있다는 연락이 왔다.

"다음에는 어떤 일이 일어날 것 같니, 릭? 우리가 이걸 다 감당해 낼 수 있을까?"

캐나다에서 돌아오고 나서 며칠 뒤 아들에게 이렇게 물었던 기억이 난다. 《피플》지에 기사가 나온 지 얼마 지나지도 않았는데 우리를 격려하고 지지하는 팬이 생각 외로 많아서 놀라지 않을 수 없었던 것이다. 릭은 평소와 다름없이 미소 띤 얼굴로 그 모든 것을 받아들였다. 릭 역시 사람들이 보여주는 긍정적인 관심에 즐거워했고, 앞으로 마주하게 될 모험에 당당히 뛰어들 태세를 갖추고 있었다.

캐나다 철인3종경기는 우리에게 정말 험난한 도전이었다. 지금까지 시도해 본 것 중에서 가장 힘든 도전이었던 것 같다. 하지만 그것은 우리에게 더 큰 도전에 대한 갈증을 불러일으켜 준 대회이기도 했다. 그 무렵 내가 염두에 두었던 것은 거물급 철인들이 참가하는 하와이 철인3종경기였다.

하와이 철인3종경기는 최고의 철인3종경기 선수들이 출전하는 세계 대회인 만큼 몸과 마음을 극한으로 시험하는 대회다. 세계적으로 수천 개가 넘는 철인3종경기가 있지만 하와이는 그중에서도 최고로 꼽힌다. 말하자면 미식축구의 슈퍼볼이나 테니스의 윔블던 대회, 야구의 월드시리즈나 뚜르 드 프랑스 사이클 대회와 어깨를 나란히 하는 철인3종경기라고 할 수 있다.

매년 수천 명의 선수가 '하와이 아이언맨 월드챔피언십' 참가를 열망하는 것만 보아도 얼마나 대단한 대회인지 알 수 있을 것이다. 하지만 원하는 선수들이 모두 참가할 수는 없다. 하와이 코나에서 벌어지는 이 대회는 출발선 앞에 설 수 있는 선수가 1800명으로 제한되어 있기 때문이다.

하와이 철인3종경기는 가장 가혹하게 인간의 인내심을 시험하는 경기라고 할 수 있다. 하와이는 수온이 따뜻해서 전신 수영복이 허용되지 않는다. 따라서 부력으로 인해 얻는 부가적인 이득도 없다. 사이클 힐 구간은 바람이 세게 부는데다 언덕 한쪽이 잘려 나간 듯 경사가 가파르다. 빅 아일랜드 해안을 따라 펼쳐진 마라톤 구간도 만만찮기는 마찬가지다. 무엇보다 용암층을 가로지르는 바람이 뒤쪽에서 불어오기 때문에 뜨거운 열기와 싸우지 않으면 안 된다.

하와이 철인3종경기는 릭과 내가 달리기를 시작하던 해에 시작되었다. 그래서 나는 이 철인3종경기에 특별한 애착을 느꼈다. 하와이 철인3종경기는 1977년 호놀룰루에서 열린 계주 경기 시상식에 모인 사람들에게서 비롯되었다. 그들은 이미 섬에서 열리는 세 가지 주요 경기, 즉 바다 수영과 용암 지대에서의 자전거 타기, 그리고 섬의 해안을 따라 달리는 마라톤에 대해 이야기하고 있었다. 그때 미 해군 중령인 존 콜린스가 세 가지를 결합한 3종경기를 하루 동안 쉬지 않고 벌이는 대회를 만들어 보자고 제안했다. 철인3종경기는 이렇게 해서 시작되었다. 콜린스 중령은 계주 경기 시상식에서 철인3종경기 창설을 알리고 이렇게 선포했다.

"첫 번째로 완주하는 사람이 누구든 우리는 그를 철인이라고 부를 겁니다."

콜린스 중령이 했다는 말은 내게 특별한 의미로 다가왔다. 철인은 시작한 일을 끝까지 완수하는 사람을 일컫는다. 첫 번째 주자가 되지 못할 수도 있고, 앞서 결승선을 통과한 사람보다 늦을 수도 있다. 그래도 풀코스를 완주해 냈다면 철인이다. 콜린스 중령의 말은 우리 호이트 부자 팀의 정신과 정확히 일치했다. 그래서 우리는 그가 창설한 하와이 철인3종경기에 출전하기로 마음을 먹었다.

하와이 대회 정도 되는 국제 규모의 철인3종경기에 나가기 위해서는 자격을 검증받아야 한다. 그리고 자격을 갖추려면 공인된 철인3종경기에서 연령대별 출전권을 따내든지, 추첨권을 얻든지, 더 드문 경우긴 하지만 대회 특별 초청을 받든지 해야 한다.

릭과 나는 단단히 마음먹고 참가 시도를 해보기로 했다. 먼저 참가 신청에 대한 준비를 하는 동안 하이애니스 철인3종경기 같은 풀코스 대회를 찾아서 계속 달렸다.

하이애니스 대회에서는 수영 구간이 비교적 수월했다. 그때까지 어떤 철인3종경기에 나가든 우리에게 가장 부담이 되었던 것이 수영 구간이었다. 우리는 캐나다 경기에서보다 30분이나 빠른 1시간 50분의 기록을 세웠다. 자전거로는 평지 코스를 달려 8시간 안에 들어왔는데, 이는 캐나다의 리히터 패스를 통과한 기록을 2시간이나 단축한 것이었다. 하이애니스 대회에서 목표로 정한 시간은 12시간이었는데 그 정도면 하와이 철인3종경기에서 주목을 받을 것이라고 생각했다.

하지만 우리는 13시간 45분에 레이스를 마쳤다. 원한 만큼의 빠른 기록은 아니지만 그래도 1년 전 첫 번째 철인3종경기에 참가했을 때보다 4시간이나 단축한 셈이었다.

우리는 1년 동안 철인3종경기 풀코스 한 번과 하프코스 한 번, 올림픽 코스 세 번, 바베이도스 마라톤을 포함한 마라톤 풀코스 다섯 번, 하프코스 세 번, 단거리 레이스 열다섯 번을 소화했다.

나는 1988년 1월, 그해 하와이 철인3종경기 참가 허락을 받으려고 조직위원회에 편지를 보냈다. 비록 하이애니스 대회에서 연령대별 출전권을 따내지는 못했지만, 그래도 우리의 경기 능력이 강하다는 걸 보여주면 하와이 철인3종경기 조직위원회로부터 특별초대를 받을 수 있지 않을까 기대했던 것이다. 나는 편지에 펜틱턴과 하이애니스에서의 경기력과 기록을 강조하면서 우리의 이력과 능력에 대해 자세하게 적었다. 우리의 경험과 철인3종경기에 대한 열정, 그리고 세계적인 하와이 대회에 우리가 어떤 형태로든 공헌할 수 있다는 점도 강조했다. 그러면서 대회에 참가하게 된다면 우리에게는 그보다 더 큰 영광이 없을 거라고 덧붙였다.

하와이에서 답장이 날아온 건 여덟 번 연속으로 보스턴 마라톤을 준비하던 무렵이었다. 참가 신청을 거부한다는 내용이었다. 대회 조직위원들은 수영 구간이 우리에게 너무 위험할 거라고 걱정했다. 나는 그들의 거부를 무덤덤하게 받아들였다. 전에도 이런 식의 거절을 수없이 당해 보았기 때문에 우리가 원하는 대로 될 거라고는 기대하지 않았다.

나는 재빨리 답장을 썼다. 우리는 항상 위험에 철저하게 대비한다는 점을 강조하고, 그때까지 호수든 바다든 가리지 않고 이런저런 철인3종경기의 수영 구간을 거뜬히 소화해 왔다고 설명했다. 나는 답장을 보내고 나서 릭과 함께 각종 레이스에 참가하기 위해 캘리포니아에서 매사추세츠까지 누비고 다녔다. 우리가 한창 바쁘게 돌아다닐 때 하와이 철인3종경기 조직위원회에서 우리의 두 번째 호소에 대한 답신을 보내왔다. 대답은 전과 같았다. 안전상의 이유로 출전권을 줄 수 없는 점을 유감스럽게 생각한다는 것이었다.

쉽게 물러설 팀 호이트가 아니었다. 나는 인맥을 이용하기로 했다. 먼저 아내 주디가 나섰다. 주디는 유명한 대회에 팀 호이트가 참가하면 하와이 홍보에 도움이 될 거라고 하와이 주 상원의원을 설득했다. 직접 만나 설득한 것은 아니고 몇 년 전 '특수교육 개혁법 제766조'를 시행할 때 매사추세츠 주 하원의원들과 일하며 쌓은 교분을 활용한 것이다.

작전은 성공적이었다. 하와이 주 상원의원은 주디의 말을 수긍하고, 우리의 참가 문제를 결정하는 발레리 실크에게 연락을 취했다. 다른 한편에서는 철인3종경기 조직위원회 위원들과 친밀한 교분을 맺고 있는 데이브 맥길리브레이가 우리를 거들었다.

그러자 놀랍게도 참가 허락이 떨어졌다. 그것도 초청 형식이었다. 우리는 '1988년 아이언맨 월드챔피언십 하와이 대회'에 참가해 달라는 공식 초청을 받았다. 하지만 초청에는 경고가 뒤따랐다. 발레리는 우리에게 벅찬 경기가 될 거라며 우리가 그때까지 겪어본 적이 없는 육체적. 정신적 한계에 부딪칠 거라고 경고했다. 물론 그런 식의 경고가 우리 부자를 막을 수는 없었다. 우리는 곧장 하와이로 날아가기로 했다.

전에도 기후가 따뜻한 곳이나 지대가 험난한 지역에서 여러 차례 경기를 하기는 했지만 하와이는 차원이 달랐다. 이질적이라고 표현해도 좋을 만큼 환경이 달랐다. 새로운 환경에 적응하고 익숙해지기까지 상당한 시간이 걸릴 것 같았다. 거친 해류에 맞서 헤엄을 치거나 험난한 용암 지대를 자전거로 통과하거나 열대 지방의 뜨거운 포장도로를 달리는 것이 우리가 매일 하는 훈련은 분명 아니었다. 하와이 여정은 우리에게 하나의 시험이었다.

먼저 모든 장비를 잘 관리해야 했다. 비행기로 이동하기 위해 장비를 정리하고 공기를 주입할 수 있는 보트와 자전거, 경주용 휠체어를 점검하는 것만으로도 벅찬 일이었다. 게다가 하와이는 릭에게 너무 멀었다. 그렇게 멀리 여행을 한다는 게 릭에게는 버거워 보였다.

릭은 장시간 비행기 안에 갇혀 있는 걸 굉장히 불편해했다. 릭과 함께 비행기를 탈 때마다 나는 계속 릭의 상태를 확인해야 했는데, 근육이 경직되면 무릎에 어떤 처치를 하든 몸이 의자 아래로 미끄러지기 일쑤였다. 그래서 릭의 몸이 제대로 자리에 붙어 있도록 수시로 일으켜 세워야 했다.

매사추세츠와 하와이의 시차도 문제였다. 시차가 많이 나는 바람에 근육 이완제를 복용하는 것에서부터 화장실 가는 시간을 조정하는 것에 이르기까지 우리의 스케줄은 엉망이 되고 말았다. 그런 모든 과정을 소화하는 것이 정말 힘들었다. 하지만 릭과 나는 하와이로 가서 세계적으로 유명한 대회에 참가하는 것이 얼마나 가치 있는 일인지 잘 알고 있었다.

우리는 철인3종경기가 열리기 열흘 전에 하와이에 도착했다. 하와이 방문은 처음이라서 도착 후 며칠 동안은 관광객처럼 즐기며 보냈다. 숙소를 정하고 섬 여러 곳을 구경하면서 따뜻한 기후에도 적응했다. 하와이 여행에는 릭의 동생들과 주디도 동참했다. 둘째 롭은 어릴 적 소꿉친구에서 연인으로 발전한 메리 코너스와 몇 달 전에 결혼식을 올린 뒤 신부와 함께 우리를 따라왔다.

웬만큼 여독이 풀리자 릭과 나는 엄격한 훈련 스케줄을 소화하기 시작했다. 해류를 따라 수영을 하거나 바람이 가장 세게 불 때 자전거 훈련을 했다. 어느 날은 롭과 러스가 합류해 수영 실력을 겨루기도 했다. 우리는 3.9킬로미터 전 구간을 함께 헤엄쳤다. 대회 날이 다가올수록 릭과 나는 훈련 강도를 높였다. 가족은 우리가 훈련하는 모습을 보며 흥분된 목소리로 응원해 주었다.

오리엔테이션에서 대회 조직위원회 측은 수분 섭취의 중요성을 거듭 강조했다. 그리고 지금까지 규칙적으로 해온 훈련 습관을 지켜야지 막판에 변화를 주어서는 안 된다고 경고했다. 나는 수분 섭취의 중요성을 제대로 이해했다. 하지만 두 번째 주의사항은 대충 귓등으로 흘려들었다.

드디어 경기가 열리는 날, 나는 감격에 휩싸였다. 세계에서 가장 뛰어난 철인3종경기 선수들이 주위를 에워싸고 있었고, 나는 파도 속에서 태양이 서서히 떠오르는 가운데 경기 시작을 알리는 신호를 기다리고 있었다. 그 아침 7시의 광경은 그야말로 장관이었다. 그때의 내

기분은 믿을 수 없을 만큼 짜릿했다. 공기를 넣어 부풀린 보트의 쿠션 위에 팔다리를 쭉 펴고 누워 있는 릭도 기분이 좋기는 마찬가지였다.

나는 약 2000명에 이르는 참가자들에게서 약간 떨어진 위치에 자리를 잡았다. 이윽고 출반 신호가 울렸다. 수많은 선수들이 팔다리를 휘젓는 바람에 수면 위로 거품과 물살이 일었다. 나는 릭이 탄 보트를 끌고 힘차게 헤엄쳐 나갔다.

우리는 1시간도 채 걸리지 않아서 하프웨이 지점에 도착했는데 그때까지는 컨디션이 상당히 좋았다. 다만 뱃속이 약간 불편했다. 나는 그 이유를 시간이 조금 지난 뒤에야 알게 되었다.

대회 조직위원들이 말한 주의사항을 어긴 것이 화근이었다. 그것은 결정적인 실수였다. 모든 것을 평소의 훈련 습관에 맞추어 하지 않고 변화를 주었던 것이다. 경기 전날 나는 대회를 후원하는 게토레이사 직원들에게서 게토레이를 받았다. 그것은 말하자면 홍보용 시음 음료인 셈이었다. 어쨌거나 나는 그때까지 경기 시작 전에 게토레이를 마셔본 적이 없었다. 수분 섭취를 위한 음료로도 마신 적이 없었다. 그런데 수분 섭취를 강조한 오리엔테이션을 생각하면서 게토레이를 계속 마셨다. 경기 전날 밤 족히 4리터는 됨 직한 게토레이를 들이켰을 뿐 아니라 경기 당일 아침에도 몇 병을 더 마셨다. 경기 시작 전에 마시는 게 아니라 경기 중이나 끝난 뒤에 음료를 마셔야 한다는 사실을 그때는 까맣게 몰랐던 것이다. 수영을 시작하고 1시간이 조금 지나자 음료를 과잉 섭취한 것이 탈을 일으켰다.

우선 몸에 쥐가 났는데 전에는 한 번도 겪어본 적이 없는 일이었다.

나는 가라앉지 않으려고 애를 썼다. 그러는 동안 짜디짠 바닷물을 들이켰고 곧 청록색 액체를 게워냈다. 나는 제한 시간을 염두에 두고 열심히 헤엄쳤다. 그러나 그것은 헤엄을 치는 게 아니라 발버둥치는 것이었다.

결국 안전보트에 있던 직원이 곤경에 처한 나를 보고 달려와서 해안가로 견인해 주었다. 너무나 실망스러웠다. 릭을 비롯해 모든 사람에게 실망만 안겨준 것 같았다. 일단 시작한 경기는 끝까지 완주한다는 따위의 말도 할 수 없게 되고 말았다. 해안가로 올라온 순간에는 정말이지 바다로 다시 뛰어들어 매사추세츠의 집까지 헤엄쳐 가고 싶은 마음이 굴뚝같았다.

다행히 가족이 나를 위로하고 감싸 주었다. 그런데 이튿날 발레리 실크와 철인3종경기 조직위원장인 데비 베이커를 만난 자리에서 놀랄 만한 일이 일어났다. 두 사람이 내년에 다시 도전해 보라며 우리를 격려해 주었던 것이다. 그들은 우리가 반드시 해낼 거라는 확신을 품고 있었다. 물론 우리야 두 말할 나위도 없이 해낼 자신이 있었다.

그 이듬해 나는 물에서 보내는 시간과 자전거 타는 시간의 양을 대폭 늘렸다. 훈련의 강도도 높였다. 그 외의 모든 조건도 완벽하게 돌아가고 있었다. 우리에게는 미국 항공사와 XRE사라는 고마운 스폰서가 생겼고, 하와이의 호텔 측에서는 무료 숙박을 제공해 주겠다고 했다. 내가 할 일은 오로지 육체적 한계를 이겨내는 것뿐이었다. 나는 한 번 호되게 당한 경험이 있었으므로 경기 전에는 물을 제외한 어떤 음료도 피했다.

1989년 하와이 코나에서 열린 '아이언맨 월드챔피언십'은 두고두
고 기억할 만한 경기였다. 경기 당일 오전 우리는 수영 구간을 1시간
54분에 돌파했다. 자전거 구간은 산 쪽에서 매섭게 불어오는 바람 때
문에 꽤 힘들었다. 릭과 나는 넘어지지나 않을까 싶어 헬멧을 착용했
다. 햇볕에 그을릴까 봐 미리 선블록도 발랐다.

자전거 구간은 8시간이 채 걸리지 않은 상태에서 완주했다. 마라톤
구간에서는 녹초가 되어 금방이라도 쓰러질 것 같았다. 더워도 더워
도 그렇게 더울 수가 없었다.

그러나 결승선이 눈앞에 다가오자 황홀한 기분이었다. 얼마나 황홀
한지 큰 소리로 외치고 싶었다. 수많은 관중이 지켜보는 가운데 장내
아나운서가 우리의 도착을 알리고 있었다. 몸속에서 아드레날린이 마
구 솟구치는 것 같았다. 이 순간을 위해 우리가 그동안 얼마나 애썼는
지를 생각하자 말할 수 없이 뿌듯한 기분이 들었다. 행복에 겨워 찔끔
눈물이 솟구칠 정도였다. 릭 역시 마찬가지로 감격해서 마구 손을 흔
들어대고 있었다.

모든 것은 아들 덕이었다. 아들은 모든 경기에서 내 소중한 동료였
다. 아들과 함께 경기를 하고 있다고 의식하면 내부에서 알 수 없는 힘
이 솟아나 더 빠르게 뛸 수 있었다. 어쩌면 그 힘은 아들의 몸에서 나와
내 몸으로 전해지는 것인지도 몰랐다. 아니 그것은 아들에게서 나오는
힘이 분명했다. 그 힘 덕에 우리는 그날 마침내 철인이 될 수 있었다.

ABC 방송에서는 우리의 모든 대회 일정을 소개하고, 릭과 나의 여
정을 한 편의 멋진 영화로 만들어 냈다. 그 프로그램이 방영되었을 때

의 반응은 그야말로 폭발적이었다. 해설을 맡은 아나운서는 열렬히 응원하는 관중과 우리를 향해 던져진 화환과 꽃다발, 그리고 눈물이 그렁그렁 맺힌 가족과 그 앞의 결승선을 넘는 우리에 대해서 이렇게 말했다.

"27년 전, 호이트 부자는 오늘 이 순간까지 이어진 기나긴 여정을 시작했습니다. 이 길을 걸으며 두 사람은 현실에 당당히 맞서 싸웠습니다. 이들은 지극한 사랑으로 질곡의 삶을 가능성의 삶으로 바꿔 놓았습니다."

그때 나는 이루 말할 수 없이 멋진 선물을 받았다는 걸 깨달았다. 나 개인에게는 아들을 통해 얻은 기쁨이라는 선물이 있었다. 그리고 장애인에 관해, 그저 마음을 쏟기만 하면 이루어 낼 수 있는 모든 것에 관해 새로운 인식을 전할 수 있는 기회라는 선물도 있었다. 철인3종 경기 창설 위원장인 존 콜린스 중령의 말을 빌리자면, 우리는 우리가 시작한 일을 끝까지 완수한 사람들이었다.

ABC 방송에 소개된 뒤에도 우리는 몇 달 동안 여러 텔레비전 방송국과 인터뷰를 했다. 신문과 잡지에도 우리에 관한 기사가 수없이 실렸고, 우리는 '올해의 체육인 상' 후보에도 올랐다. 그때 작가이자 기자인 게리 캘러한은 지역 신문인 《보스턴 헤럴드》를 통해 '올해의 체육인 상'이 아닌 '10년 체육인 상'으로 격상시켜서 수여해야 한다는 주장을 펴기도 했다. 나는 대단한 영예를 안은 기쁨보다 황송한 마음이 들었다. 나로서는 최고의 선수들과 함께 기량을 겨루고 완주할 수 있는 기회가 주어진 것만으로도 고마울 뿐이었다.

1989년 이후로 우리는 1999년 '하와이 아이언맨 월드챔피언십'에 출천해 끝까지 완주했다. 하와이 철인3종경기 역사상 팀 호이트처럼 아버지와 아들로 구성된 팀이 출전한 예는 없었다. 우리 이전에는 그 어느 부자도 팀을 이루어 대회에 참가하겠다는 시도를 하지 않았다. 오늘날까지 수영 구간에서 다른 사람을 끌고 경기를 치렀던 사람도 없었다. 그런 의미에서도 릭과 나는 독특한 팀이었다.

쉰 번째 생일을 코앞에 두었을 무렵, 나는 우리가 얻은 것이 너무나 많다는 걸 새삼 깨달았다. 우리 앞길에는 더 많은 이정표들이 세워질 터였다. 나는 릭과 내가 이제 철인을 넘어 무엇을 더 이룰 수 있을지 궁금했다.

14
미 대륙 횡단기

마침내 우리는 미 대륙 횡단에 나섰다. 1992년 여름,
러스와 아내 주디는 캠핑카를 타고 우리의 뒤를 따랐다.
릭과 나는 산타모니카에서 보스턴까지 6070킬로미터에 이르는 거리를 45일 동안 달렸다.

공식적으로 철인이 되었지만 여기서 멈출 이유는 없었다. 나는 몇 년 전부터 아들과 모험을 함께하는 것이 운명이라는 생각을 해왔다. 그 모험은 신체적 능력을 요구하는 것일수록 좋았다. 우리는 모습을 드러내는 대부분의 장애물에 대해서는 만반의 준비가 되어 있었다. 그리고 우리에게는 그것을 입증해 보일 능력이 있었다.

나는 무슨 일이 있어도 아들 릭을 저버리지 않겠다는 결연한 의지를 가지고 살아왔다. 릭은 건강한 몸을 가지고 태어난 보통 사람들은 결코 상상도 못할 역경과 맞서 싸워왔다. 3.9킬로미터의 바다 수영과 180.2킬로미터의 자전거 타기, 그리고 42.195킬로미터의 마라톤이 우리를 꺾을 수 없다면 그 무엇도 우리를 꺾을 수 없을 터였다. 우리에게 충분한 시간이 있고 필요한 훈련만 받는다면 에베레스트 산도 정복할 수 있을 것 같았다. 그 정도로 릭과 나는 새로운 도전과 열정에 관심이 많았고 자신감도 충분했다.

10년 넘게 각종 레이스를 펼치고 난 뒤에 발견한 릭의 모습은 결코 내 뒤에 붙어 다니는 장애인이 아니었다. 그 자체로 환하게 빛나는 별과 같은 존재였다. 릭과 나는 5킬로미터 달리기든 마라톤이든 철인3종경기든, 그 모든 경기를 삶의 의미를 재발견하게 해 주는 짜릿한 도전으로 여겼다. 그것들은 우리에게 극복해야 할 장애물이 아니었다. 모든 경기는 릭과 나의 유대감을 한층 강화시키는 계기로 작용했다.

10년 넘게 성취감을 느끼며 각종 레이스에 참가하고 나자 앞으로 어떤 일들이 우리를 기다리고 있을지 기대가 되었다. 우리는 캐나다 철인3종경기와 하와이 철인3종경기를 정복했다. 정복이라는 말이 도전적으로 들릴 수도 있겠지만 어쨌든 릭과 나는 철인이었다. 그럼 이제부터는 무엇에 도전해야 할까?

우리의 1980년대는 숨 가쁜 나날의 연속이었다. 철인이 되기까지, 그리고 철인이 된 뒤에도 우리는 미국 북동부 지역을 가로지르는 마라톤을 하거나 철인3종경기를 하는 등 미국에서 벌어지는 각종 레이스에 출전해 왔다.

우리는 워싱턴 D.C.에서 미식축구의 영웅인 빈스 롬바르디를 기리는 명예의 전당에 이름을 올리기도 했다. 또한 그곳에서 농구 선수 패트릭 어윙, 코미디언 밥 홉, 미식축구 선수 마이크 딧카 같은 유명인사들을 만났다. 나는 밥 홉과 악수를 나누고 골프 경기에 대해 우스갯소리를 주고받기도 했다.

릭과 나는 체육 분야의 지도자에게 주는 상도 받았는데, 주최 측에서 시상식 참석을 위해 비행기 편까지 마련해 주는 바람에 캘리포니아 롱비치를 구경했다.

우리는 철인3종경기 하프코스에도 몇 번 참가했다. 대회 임원들이 위험하다며 수영 구간을 취소했던 밀워키 철인3종경기 하프코스에도 나간 적이 있었다.

바베이도스에서 열리는 경기에도 초청을 받아 참가했다. 그때 매사추세츠 주의 고향은 한겨울이었지만 중앙아메리카의 바베이도스는 따뜻했다. 바베이도스를 시작으로 우리는 외국으로 진출하기 시작했다.

우리는 엘살바도르 전국 철인3종경기에도 참석했다. 그곳의 대회 위원장은 우리가 모든 구간을 완주하자 중남미 사람들이 벌채할 때 쓰는 칼인 마체테와 두 개의 금메달을 상으로 주었다. 우리는 그 대회를 통해 이국 문화도 체험할 수 있었다. 가난한 삶 속에서 흥이 날 일이 거의 없어 보이는 그곳 사람들의 생활을 생각하면 우리는 더없이 따뜻한 환대를 받은 셈이었다. 나는 마체테를 집에 전시해 놓았는데 그 칼을 볼 때마다 그곳 풍경이 떠오르곤 한다. 그 칼은 내가 자기 연민 같은 허약한 감정에 빠질 때마다 세상을 좀 더 넓고 바르게 보아야겠다는 생각을 갖게 한다.

릭과 나는 지금까지 수많은 곳에 가 보았다. 미국의 여러 주와 매사추세츠에서 멀리 떨어진 외국 땅도 밟아 보았다. 우리는 미국 각지를 비행기로 오갔고, 참가한 경기가 너무 많아서 언제부터인가 일일이

기억하지 못할 정도가 되었다. 경기의 이름을 낱낱이 나열하려면 기록을 찾아봐야 할 것이다. 우리에게는 여러 곳에서 행한 수없이 많은 경기 기록이 있다. 우리는 시간을 들여 그것을 공식화하고 또 다른 도전에 나설 계획을 세웠다. 그것은 바로 미국 대륙을 횡단하는 일이었다. 그 일은 또한 장애인에 대한 일반인의 인식이 바뀌도록 돕는 데 큰 역할을 할 거라는 별도의 계산도 있었다.

나는 릭과 파트너가 되어 수영을 하고, 달리고, 자전거를 타면서 미국 대륙을 횡단하려고 했다. 그런데 호수든 저수지든 수영 연습을 할 만한 곳을 확보하기가 너무 어려웠다. 그나마 자전거 타기와 달리기는 여행 중에도 지속적으로 할 수 있었다. 실제로 우리는 그 두 가지 훈련을 하루도 빠뜨리지 않고 계속했다.

릭과 나는 서부 해안에서 동부 해안까지 뻗은 긴 코스를 염두에 두었다. 그다지 어려워 보이지 않았다. 서부와 동부를 가로지르려는 것은 개인적인 성취나 자기만족을 위해서가 아니었다. 거기에는 우리 나름의 목적이 있었다.

1992년, 우리는 철인3종경기로 인해 받은 전국적인 관심에 힘입어 '호이트 펀드'를 설립했다. 이것은 장애인들의 삶과 사회 활동을 고양시킬 목적으로 세워진 자선단체였다. 전국적으로 상세하게 보도된 우리의 미국 대륙 횡단은 '호이트 펀드'를 소개하고 공개적인 기금 모금을 통해 더 많은 지원을 끌어들이기에 좋은 방법으로 여겨졌다.*

---

* 2005년 우리는 '호이트 펀드'라는 이름을 비영리 '호이트 재단'으로 바꾸었다.

릭은 미 대륙 횡단에 대한 기대로 거의 흥분할 지경에 이르렀다. 그때는 릭이 특수교육 분야의 학사 과정을 마칠 무렵이었다. 미 대륙을 횡단하려는 릭의 목적 중에는 장애인이 실제로는 얼마나 유능한 사람들인지 알리는 것도 포함되어 있었다. 몇몇 인터뷰에서도 밝혔듯이 릭은 단순히 능력을 과시하기 위해 횡단 여행을 하는 것에는 관심이 없었다. 릭의 관심은 어떻게 하면 '호이트 펀드'로 사람들의 시선을 끌어들일 수 있을까 하는 것이었다. 릭은 또 장애를 가진 사람들이 일찍이 이룬 적이 없는 그 무언가를 해보이고 싶어 했다. 한마디로 말해 불가능은 없다는 사실을 보여주고 싶었던 것이다.

달리기와 자전거로 미 대륙 횡단 여행을 하려면 여러 차례의 기획과 협상은 물론이고 스폰서도 확보해야 했다. 그런데 아무리 계산해도 여행 경비가 충분하지 않았다. 아내와 나는 집을 담보로 7만 달러를 충당하기로 했다. 언뜻 분별없는 짓처럼 보일 수도 있지만 나는 무슨 일이든 일단 마음먹으면 관철시켜야 직성이 풀리는 사람이다. 더구나 그것은 아들에게 의미 있는 중요한 일이었다.

결국 우리는 미 대륙 횡단에 나섰다. 1992년 여름, 러스와 아내 주디는 캠핑카를 타고 우리의 뒤를 따랐다. 릭과 나는 산타모니카에서 보스턴까지 6070킬로미터에 이르는 거리를 한 달 보름 동안 달렸다.

대륙 횡단은 가족끼리 떠난 여행 중 가장 고된 것이었다. 그래도 가족과 함께여서 대체로 좋은 여행이었다. 특히 러스가 동행한 게 다행스런 일이었다. 그 아이가 큰 도움이 되어 주었다. 롭은 우리의 손자를 비롯해 딸린 식구를 돌보고 직장 일을 하느라 집에 남아야 했다.

우리는 여행 중에 많은 것을 보았다. 모든 것이 놀라움 그 자체였다. 로스앤젤레스에서는 로드니 킹 사건 때문에 일어난 흑인 폭동으로 불에 타 골조만 앙상하게 남은 건물들을 자전거를 타고 지나가면서 보았다. 네바다 사막에서는 발에 물집이 잡혀 고생한 기억밖에 없는데, 유타에서 본 눈 덮인 산은 그야말로 장관이었다. 우리는 로키산을 하루 만에 올랐고, 네브래스카 평원을 지날 때는 번개를 뚫고 달렸다. 여행 중에 릭은 네브래스카 주 방위군에서 명예 대령에 임명되었다.

7월 4일에는 일리노이 주 페루에 가 있었는데 우리의 모습이 '와이드 월드 오브 스포츠'를 통해 생방송으로 중계되기도 했다. 워싱턴 D.C. 링컨 기념관에 들렀을 때는 큰 감동을 받았다. 두 아들 때문이었다. 기념관 계단 입구에 휠체어 진입로가 없어서 러스가 릭을 안고 기념관 꼭대기까지 이어진 계단을 올라갔다. 릭이 가까이에서 링컨 대통령상을 직접 보게 하기 위해서였는데, 아버지인 나로서는 그렇게 뿌듯할 수가 없었다. 릭과 러스 둘 다 어느새 멋진 청년으로 자라 있었다. 우리는 45일 동안 6070킬로미터를 달린 뒤 아름다운 도시이자 우리의 고향인 보스턴으로 돌아왔다.

미 대륙 횡단이 신나는 여행이기는 했지만 중간중간 두려운 순간도 있었다. 캠핑카와 연락하기 위해 가져간 무전기가 먹통인데다 캠핑카가 몇 차례나 시야에서 사라지곤 했다. 게다가 자전거 길을 잘못 들어 모르는 곳에서 한참 헤매기도 했다. 내비게이션 같은 기계라도 있으면 문제가 없겠지만 정말 어디로 가야 할지 막막했다. 그렇게 길을 잃을 때마다 우리는 오래된 지도와 직감을 믿어야 했다.

어느 날인가는 몸이 하는 말에 귀를 기울이지 않은 탓에 열병에 걸려 기절하기도 했다. 릭과 함께 정신을 차리고 보니 자전거가 뒤집힌 채 내 옆에 넘어져 있었다. 다치지 않은 것만 해도 천만다행이었다.

사막에서 자다가 일어났을 때는 지독한 추위 때문에 고생했다. 사막에서의 이른 아침이 얼마나 추운지 잘 몰랐던 것이다. 릭은 추위로 몸이 굳어서 음식을 섭취할 수 없는 지경에 빠지기도 했다. 고도가 높은 곳에서는 숨 쉬기가 어려웠다. 우리는 중간중간 휴식을 취해야 했다. 계획에는 없는 휴식이었지만 어쩔 수가 없었다.

메릴랜드 근처에서는 갑자기 쏟아지는 폭우로 인해 자전거 바퀴가 미끄러졌다. 그 바람에 자전거와 자전거에 붙어 있는 모든 것들이 심하게 망가졌고 릭은 도로 위로 나자빠졌다. 릭의 헬멧도 두 동강이 나 버렸다. 그런데 놀랍게도 약간의 타박상을 입고 잠시 오한을 겪기는 했지만 우리 둘 다 멀쩡했다. 우리는 몇 차례나 당황스러운 상황에 놓였으나 나름대로 페이스를 잘 유지했다.

보스턴에 도착한 것은 7월 23일이었다. 예정보다 조금 빨리 도착했다. 미 대륙 횡단은 정말 해볼 만한 가치가 있는 유익한 여행이었다. 우리는 하루도 쉬지 않고 달려서 모든 여정을 마쳤다. 횡단 여행을 떠나기 전 함께 이야기를 나누었던 장거리 달리기 선수들과 자전거 선수들이 불가능하다고 했던 일이었다. 그들은 우리가 여행을 떠날 경우, 체력을 회복하기 위해 매주 하루나 이틀씩 쉬어야 한다고 충고했다. 계속 달리면 20일쯤 지났을 때 힘이 다 빠져 실패한다는 것이었다. 하지만 나는 하루도 쉬지 않고 달릴 작정이었고, 그렇게 하다 보면

45일 만에 미국 대륙을 완벽하게 횡단할 수 있을 거라고 생각했다. 자전거를 타고 달리든 그냥 달리든 계속 달리면 더욱 강해질 것이라고도 믿었다. 결국 45일을 쉬지 않고 달려 횡단 여행을 마치려 했던 무모한 발상은 현실이 되었다.

우리가 보스턴에 도착했을 때, 그야말로 성대하고 따뜻한 환영식이 우리를 기다리고 있었다. 그 환영식 덕에 여독이 일순간에 확 풀리는 것 같았다. 온몸이 얼 것 같은 아침 추위에 벌벌 떨던 일이며, 발에 물집이 잡혀 쓰라렸던 일, 밤마다 마사지를 해도 관절이 욱신거리던 일 등이 충분히 감수할 만한 가치 있는 일로 여겨지기도 했다. 팬들이 구름처럼 모인 가운데 ABC 방송국은 항구로 가는 우리의 마지막 여정을 촬영했다. 머리 위에는 우리의 보스턴 도착을 환영하는 현수막이 걸려 있었다. 보스턴 시장과 매사추세츠 주지사가 우리를 환영해 주었다. 두 사람은 우리를 위해 연설했다. 그러고는 그날을 '딕과 릭 호이트의 날'이라고 부르겠다고 선언한 뒤 릭에게 매사추세츠의 주기(州旗)를 건넸다.

우리는 우리를 응원하고 성원하는 사람들에게 에워싸인 채 부둣가로 달려갔다. 장애인에 대한 새로운 인식을 심어주고 불가능은 없다는 걸 보여주려는 의도에서였다. 우리는 두 대양이 합쳐지는 모습을 연출했다. 즉 횡단 여행을 떠날 때 샴페인 병에 담아온 태평양의 물을 대서양에 부은 것이다.

그 다음 날은 보스턴 레드삭스 팀의 경기가 있었다. 전국적으로 텔레비전 중계가 되는 그 시합이 열리기 전 우리더러 짧은 연설을 해 달라는 부탁이 왔다. 못할 것도 없었다.

우리는 메리어트 롱 워프 부두에서부터 달리기 시작해 보스턴을 거쳐 레드삭스 팀의 홈구장인 펜웨이파크 안으로 들어갔다. 그러고는 우리를 환영하는 관중을 향해 4분 정도의 짧은 연설을 했다.

우리가 '호이트 펀드'를 위해 100만 달러를 모금하려는 애초의 목표는 달성하지 못했지만 그래도 멋진 일을 해냈다는 생각이 들었다. 우리는 미국과 전 세계의 사람들에게, 우리를 보고 있거나 우리의 이야기를 들은 모든 사람들에게 장애가 꼭 한계만은 아니란 걸 보여주었다는 생각도 들었다.

횡단 여행 내내 훌륭한 스포츠맨이자 조용하면서도 한결같은 내 파트너였던 릭은 집에 돌아오자 우리의 여정에 대한 느낌을 표현하기 시작했다. 아들은 잠시 여행을 되돌아보며 정리하는 듯하더니 컴퓨터에 이렇게 기록했다.

"저는 미국의 아름다움에 놀랐어요. 미국 대륙을 횡단하면서 만났던 사람들의 아름다움에도 놀랐고요. 국가인 〈아름다운 아메리카〉가 어떤 의미의 노래인지 이제는 알 것 같아요. 새로운 삶을 찾아 이 땅을 처음으로 횡단했던 사람들을 전보다 훨씬 더 많이 존경하게 되었어요."

정말 멋진 말이었다. 나라면 그렇게 멋지게 표현하지 못했을 것이다. 우리에게 또 하나의 이정표가 된 미국 대륙 횡단은 영원히 잊지 못할 여행이 될 터였다.

1990년대 중반을 기점으로 계산해 보니 우리가 경기에 참가하면서 보낸 세월이 거의 20년이나 되었다. 릭과 나는 어떤 아버지와 아들도 상상할 수 없을 만큼 많은 일을 함께 보았고, 함께 겪었다.

우리는 사막을 건넜고 바다를 헤엄쳤으며 여러 사람과 악수를 나누었다. 그리고 경련성 사지 마비 장애인과 쇠약한 한 아버지에서 단거리 달리기 선수로, 마라토너로, 철인3종경기 선수로, 진짜 철인으로 탈바꿈했다. 우리의 옷장과 서랍은 대회 기념 티셔츠로 꽉 차 있다. 우리는 상장, 트로피, 메달, 그리고 시민들의 존경을 받거나 공로가 뛰어난 사람에게 주는 열쇠인 '키 투 더 시티'를 받는 영예를 얻었다.

릭과 나는 미 대륙을 가로지르며 달렸고, 펜웨이파크 베이스 주위를 한 바퀴 돌면서 수많은 사람들에게 우리의 승리를 알렸다. 릭과 나를 연결한 끈은 우리가 달리는 동안에 더욱 질겨졌다. 아들과 나는 사람들이 우리에게 품었던 기대 이상으로 많은 것들을 이루어 냈다.

2008년 10월 11일, 하와이 코나의 '2008 포드 아이언맨 월드챔피언십'에서 우리는 철인 명예의 전당에 이름을 올렸다. 그때 릭은 무대로 올라가 컴퓨터를 이용해 준비한 연설을 했다. 아들은 오랜 시간을 거쳐 우리가 지나왔던 이정표들에 관해 이야기했다. 정말 감동적이었다. 릭은 관중석에 앉은 수많은 사람들을 웃기기도 하고 울리기도 했다. 그리고 마지막으로 이렇게 질문하면서 연설을 마쳤다.

"그런데 말예요, 저는 어떤 종류의 식물이죠?"

물론 릭은 식물도, 식물인간도 아니었다. 당당한 인간이었다.

릭이 연설을 마칠 즈음 난데없이 폭풍우가 불어닥쳤다. 주최 측이 마지막 상을 수여할 때는 물 폭탄 같은 비가 쏟아져 여기저기 물웅덩이가 생겼다. 그때 어떤 사람이 릭과 릭의 특수 컴퓨터를 감쌀 수 있도록 커다란 비닐 봉투를 주었다.

우리는 몸이 흠뻑 젖은 채 물웅덩이를 피하면서 호텔로 달려갔다. 비가 내리는데도 많은 사람들이 우리에게 악수를 청했고 축하의 말을 건넸다. 그랬다. 우리는 철인 명예의 전당에 이름이 오른 스타였다. 그래서일까, 우리는 많은 사람들의 악수와 축하를 받으면서 빗속을 질주하는 와중에도 여유 있게 활짝 웃었다.

2009년에 릭과 나는 우리의 1000번째 경기인 보스턴 마라톤에 참가했다. 우리는 보스턴 마라톤이 1000번째 경기가 되기를 기대하며 기다렸기 때문에 그 어느 때보다도 단단히 준비해 놓았다.

1993년을 돌이켜 보면 당시 우리는 뿌듯한 성취감을 느끼며 수십 차례의 경기에 출전했지만 릭에게는 혼자서 마쳐야 할 것이 한 가지 있었다. 그것은 아마도 아들의 인생에서 가장 큰 이정표가 되었을 테고, 또 온전히 자신의 힘만으로 이루어 낸 업적일 터였다. 의사들이 식물인간이라고만 생각했던 아이, 나의 큰아들 릭이 대학 졸업을 앞두고 있었던 것이다.

● 세계 각지에서 팀 호이트에게 보내온 편지 1

친애하는 딕과 릭에게

　2006년 6월에 제 몇몇 친구를 포함해 많은 사람이 끔찍한 교통 사고를 당했습니다. 적지 않은 사람이 죽었고, 살아남은 사람들도 심각한 부상을 당했습니다. 일곱 살 먹은 한 소년은 허리 아래가 마비되었고 무릎 밑으로 한쪽 다리를 절단해야 했습니다.

　재활센터에 있는 그 어린 소년을 방문하고 난 뒤인 7월의 어느 날이었습니다. 그 아이가 다시는 걷지 못할 거라는 생각이 들어 너무도 가슴이 아팠습니다. 그런데도 저는 집에서 맥주나 마시며 중년의 소중한 시간을 허비하고 있었습니다. 무언가 변화가 필요했습니다.

　영화 〈포레스트 검프〉의 한 장면이 생각났습니다. 저는 러닝화를 신고 그 아이와 나 두 사람을 위해 달려야겠다고 마음먹었습니다. 물론 아이는 달릴 수가 없었습니다. 그래서 제가 대신 달렸습니다. 1킬로미터가 2킬로미터가 되고, 2킬로미터가 3킬로미터가 되었습니다. 제 가슴에 있는 그 어린 소년 때문에 저는 추위가 기승을 부리는 날에도, 달리지 않을 변명거리가 수백만 가지나 되는 날에도 달리기를 멈추지 않았습니다.

　한 주 한 주 지날수록 저는 뛰는 거리를 계속 늘렸습니다. 9월까지 하루 평균 10킬로미터 가까운 거리를 뛰었습니다. 그러던 어느 날, 달리기를 하는 동료 하나가 저에 관한 이야기를 듣고 자기와 함께 토론토 하프 마라톤 대회에 참가하지 않겠냐는 제안을 해왔습니다. 약간 우려되는 점도 있었지만 그러겠다고 대답하고는 훈련을 계속했습니다.

마침 그 주에 친한 친구에게서 아버지와 아들이 팀을 이루어 믿기 어려운 일을 성취해 내는 내용이 담긴 동영상을 이메일을 통해 받았습니다. 두 부자가 결승선을 넘는 모습을 보며, 아드님 얼굴에 웃음이 완연한 것을 보며, 저는 그 하프 마라톤에서 뛰는 것이 저에게 새로운 시작이 될 거라고 생각했습니다. 그 때문에 전보다 더 열심히 훈련했습니다. 당신들의 이야기는 레이스를 완주할 수 있도록 저에게 자극과 함께 자신감을 주었습니다. 아버지가 아들을 데리고 수많은 마라톤과 철인3종경기에 참가했는데, 기껏해야 21킬로미터밖에 안 되는 거리를 못 뛰겠나 싶은 생각도 들었습니다.

그런데 대회 날이 얼마 안 남은 터에 다리에 무리가 와서 물리치료를 받게 되었습니다. 치료를 받으면서도 하프 마라톤을 위한 훈련은 계속했습니다. 처음에는 무척 고통스러웠지만 그럴 때마다 당신들 두 사람을 떠올렸습니다. 특히 딕 당신이 사력을 다해 마라톤 구간을 끝까지 완주하는 모습을 떠올리며 얼마나 힘들었을까 생각했습니다. 그동안 이루 말할 수 없이 힘들었을 텐데 당신은 지금도 계속 달리고 있습니다. 당연히 아들 릭을 사랑하고, 릭이 행복하기를 원하기 때문일 겁니다. 동영상을 통해 당신을 보면서 저도 제 어린 친구를 위해 멈춰서는 안 된다고 생각했습니다.

2006년 10월 15일, 저는 2시간이 채 걸리지 않은 기록으로 토론토 하프 마라톤을 완주했습니다. 그것은 4000여 명의 주자 사이에서 난생 처음으로 세운 기록이자 경험이었습니다. 자신이 생겼습니다. 그 이상의 기록을 낼 수 있다는 생각이 들었습니다.

2007년 5월 20일 일요일, 저는 당신들을 위해 달렸습니다. 당신들에게서 받은 영감으로 저는 꿈꾸었던 것 이상을 성취했습니다. 저의 첫 번째 풀코스 마라톤 완주에 성공한 것입니다. 가족과 친구들의 후원으로 저는 호이트 재단을 위해 1000달러가 넘는 돈을 모금했고, 3시간 38분 58초를 기록했습니다. 이것은 제가 목표한 것보다 22분이나 빠른 기록이었습니다. 2006년 7월 마흔한 살의 나이로 달리기를 시작한 사람치고는 나쁘지 않은 성적이었습니다. 저는 팀 호이트를 위해 달렸고 호이트 재단을 위해 달렸습니다. 그리고 다시는 걷지 못할 제 어린 친구를 위해서 달렸습니다.

당신들의 유튜브 동영상에 나오는 그룹 머시미의 노래는 뛰는 동안 제게 용기와 힘을 주었습니다. 그 노래를 들으며 뛰다보니 딕 당신과 릭이 서로를 지지하고 성원하는 모습이 저절로 떠올랐습니다. 아무튼 제게 있어 마라톤은 감격스런 경험이었습니다. 제가 마라톤 대회에 나가서 뛴 것은 제 육체적인 조건이나 힘과 상관없이 당신들 두 사람과 이제 아홉 살인 걷지 못하는 소년에 대한 뜨거운 마음이 제게 있었기 때문입니다.

어쩌면 사람들은 제가 미쳤다고 생각했을 겁니다. 아이팟을 통해 머시미의 노래를 듣노라니 눈물이 나면서 당신과 릭, 그리고 제 어린 친구의 모습이 마음을 가득 채우는 것 같았습니다. 제가 왜 눈물을 흘리는지 아무도 그 영문을 몰랐을 겁니다. 저는 그날 어떤 선수들이 뛰는지에 대해서는 관심이 없었습니다. 그저 '캔(CAN)'이라는 글이 새겨진 카드를 등에 꽂고 다른 주자들 옆을 달리기만 했습니다. 어느새 첫 번째 마라톤에 참가한 지 2년이 지났습니다. 지난 2년 동안 여러 차례 마라톤에 참가해 보았지만 그때의 경기만큼 빨리 달려본 적은 없습니다.

그때 마라톤이 끝나고 나서 저는 당신들의 유튜브 동영상을 다운로드해 제 블랙베리폰에 깔았습니다. 자극과 함께 용기를 얻기 위해서였습니다. 저는 저뿐만 아니라 주변에 용기가 필요할 것 같은 사람이 있으면 그에게 다가가서 당신들의 동영상을 보여줍니다. 그리고 철인3종경기나 마라톤에 관한 대화를 나누는 자리, 심지어 비즈니스 회의석상에서도 당신들의 이야기를 곧잘 꺼냅니다. 당신들의 이야기가 사람들에게 용기를 줄 수 있다고 확신하기 때문입니다.

팀 호이트는 저의 달리기뿐만이 아니라 가족에게도 영향을 주었습니다. 저는 운 좋게도 아이들이 건강한데, 다들 축구를 하느라 운동장을 뛰어다니기 바쁩니다. 그런데 당신은 당신이 아니었으면 얻을 수 없었을 인생의 기회를 릭이 경험할 수 있도록 했습니다.

아들을 위해 당신의 인생 대부분을 헌신했던 겁니다. 당신과 같은 상황에 처한 대부분의 부모들은 당신처럼 하지 못합니다. 그저 자신들이 신경을 쓰지 않으면 아이들에게 무슨 일이 벌어질까 두려워하기만 합니다. 릭은 당신의 사랑과 헌신으로 인해 흥분으로 가득 찬 인생을 살아왔고 지금도 살아가고 있습니다. 제 상황이 당신만큼 힘들지는 않겠지만 저도 지금은 제 아이들에게 더 좋은 아버지가 되려고 노력하고 있습니다.

저는 팀 호이트에 자극을 받아서 지난 2년 동안 여러 차례 철인3종경기 올림픽 코스를 달렸는데, 내년에 열리는 철인3종경기 하프 코스도 신청해 놓은 상태입니다. 당신들은 제가 10년 전이라면 결코 상상도 하지 못했을 길로 저를 이끌어 당당히 갈 수 있도록 도와준 사람들입니다.

정말 감사합니다.

오하이오 주 에이번 레이크에서
데이비드 칩피

15
릭의 대학 생활

졸업식이 끝날 때까지 나는 연단 위 휠체어에 앉은 아들을 계속 바라보았다.
릭은 그 어느 때보다 당당해 보였다. 누가 저 아이더러 식물인간이라고 했던가?
누가 가망이 없다고 했는가? 연단 위의 릭은 눈부실 정도로 빛나 보였다.

　　1993년 5월 16일, 릭과 나는 사람들로 가득 찬 니커슨 필드에 가 있었다. 우리 가족, 그러니까 릭의 동생들을 비롯해 우리 형제들과 아내 주디도 함께였다. 또 5000명이 넘는 학생들도 그곳에 있었다. 화창한 봄날이었고 사람들은 기대감에 차 있었다. 기자들이 북새통을 이루는가 하면 카메라 플래시가 여기저기서 요란하게 터졌다.

　　이윽고 한 사람이 축사를 낭독하기 위해 무대에 오르자 와자지껄하던 관중도 조용해졌다. 그곳은 시작이 아닌 하나의 끝남을 알리는 자리, 바로 보스턴 대학 제120회 졸업식장이었다. 그 자리에서 큰아들 릭은 특수교육 분야의 학사 학위를 받았다. 그것은 9년 만에 맺은 결실이자 릭이 온전히 혼자 힘으로 이루어 낸 승리였다.

1993년 그날, 서른한 살인 릭은 말조차 할 수 없는 사지 마비 장애인 중에는 처음으로 보스턴 대학의 교육학 분야를 졸업한 인물이 되었다. 어쩌면 다른 대학을 포함한다고 해도 말 못하는 뇌성마비 학생이 졸업한 경우는 아마 없을 것이다. 릭은 평균 B학점의 성적으로 졸업했다. 누구의 덕을 보거나 특별대우를 받지도 않았다. 순전히 자기 혼자의 힘으로 이룬 성적이고 졸업이었다. 그날 나는 더할 나위 없이 기뻤다. 릭이 그렇게 자랑스러울 수가 없었다. 그날은 내 생애 최고의 날이었다.

　　《보스턴 헤럴드》와 《보스턴 글로브》지를 비롯해 몇몇 신문사가 릭의 졸업을 취재했다. 텔레비전 프로그램 '하드 카피'에서도 졸업식을 다루었다. '성공적인 졸업', '불굴의 의지야말로 그의 생활 방식', '놀라운 승리', '보스턴 대학의 특별한 학생, 혼자 힘으로 경주에서 승리하다' 같은 헤드라인의 기사를 보았을 때는 감격에 겨워 저절로 눈물이 나왔다. 그날은 확실히 릭의 날이었다.

　　릭은 어느 기자와의 인터뷰에서 이렇게 졸업 소감을 밝혔다.

　　"마라톤과 졸업을 비교할 수는 없습니다. 그저 기분이 끝내주게 좋을 뿐이에요. 정말 기분이 끝내주게 좋습니다."

　　릭의 끝내주는 기분에는 전염성이 있었다. 우리 가족 모두 기분이 끝내주게 좋았으니까 말이다. 졸업과 함께 학사 학위를 딴 것은 오랜 시간을 통해 맺은 결실이었다. 그 결실은 보통 사람은 쉽게 얻을 수 있는 것일지 모르지만 릭에게는 그렇지 않았다. 릭은 쉽지 않은 길을 달려왔고, 쉽게 얻을 수 없는 것을 얻었다.

사람들에게는 달리기가 우리 삶의 전부인 것처럼 보였을지 모르겠지만 우리에게는 해야 할 다른 일들도 많았다. 우리는 달리기 구간 밖 여기저기에 세워진 삶의 이정표들을 따라 바쁜 나날을 보냈다. 1990년대 초반 롭과 러스는 둘 다 결혼해서 각자 직장에 다니며 가정을 꾸려 가고 있었다. 아내는 석사 학위 과정을 마쳤고, 나는 여전히 주 방위군에서 근무했다. 눈코 뜰 새 없이 바쁜 생활 속에서 부부 사이의 균형을 유지하는 게 쉽지는 않았다. 결과적으로 체험을 통해 깨달은 것이지만 그토록 분주한 생활 방식은 우리 부부에게 맞지 않았다. 릭과 나는 주말마다 각종 레이스에 참가했고 남는 시간은 오로지 훈련만 했다. 그렇게 한 탓에 이따금 우리 부부 사이가 삐걱거리곤 했다.

릭이 성인이 되어 가는 과정과 맞물려 마라톤과 철인3종경기, 미 대륙 횡단 여행을 하면서 그런 것들이 우리 가족에게 중요하다는 사실이 분명해졌다. 하지만 그것들은 먼저 우리의 전체적인 스케줄에 맞아야 했다. 그 전체적인 스케줄에는 릭이 대학에 다니고 혼자 독립해서 생활하는 부분이 포함되어 있었는데, 거기에는 보통 사람들은 생각지도 못할 문제, 즉 릭으로서는 감당하기 벅찬 것들이 너무 많았다. 나에 대해 전문가들이 뭐라고 하든 나는 늘 릭에게 최고의 것을 기대했다. 그리고 세월이 갈수록 전문가들의 예측이 틀렸다는 걸 확인하면서 행복했다. 내 아이가 어느덧 자라서 여느 청년처럼 자신의 삶 속에서 제 몫을 하는 모습을 보는 것은 무엇과도 비교할 수 없을 정도로 큰 기쁨이었다.

릭은 공립학교 입학을 허가받은 지 거의 10년이 지난 시점인 1984

년에 웨스트필드 고등학교를 졸업했다. 릭의 인생에서 1984년은 큰 의미가 있는 해였다. 우리에게는 보스턴 마라톤에 공식 참가자로 첫 출전한 해였고, 릭에게는 졸업식 무도회에 함께 갈 파트너가 생긴 해였다. 우리는 그해에 정재계 고위 인사들을 비롯해 스포츠계의 대스타들을 만났다. 하지만 무엇보다 뜻깊었던 일은 릭의 고등학교 졸업이었다. 릭은 고등학교 과정을 마치려고 정말로 열심히 공부했다. 릭이 일반 학생들처럼 공립학교에서 공부할 수 있게 하려고 온갖 정성과 공을 들인 끝에 보게 된 결실이라 더 행복했다.

졸업식 날 수많은 사람들이 릭에게 축하의 말과 함께 성원을 보냈다. 이름이 불리는 순간, 릭은 기립 박수를 받았다. 참으로 감개무량한 순간이었다. 아내와 나, 두 아들의 친구들과 그 가족들이 모두 한자리에 앉아 교장에게 졸업장을 받는 릭의 모습을 흐뭇한 마음으로 지켜보았다.

만일 릭이 고등학교만으로 학업을 마치겠다고 했다면 나는 충분히 수긍했을 것이다. 하지만 릭은 그 정도에 만족하지 않았다. 릭의 마음은 어느새 대학을 향해 있었고 그것을 막을 방법은 아무것도 없었다. 고등학교를 졸업한 여느 아이들과 마찬가지로 릭에게도 자신만의 계획과 꿈이 있었다. 사실 우리 부부는 릭이 대학을 가기로 마음먹은 것을 알고는 모른 척 어물쩍 넘어가려고 했다. 그리고 기왕 대학에 갈 바에는 집에서 가까운 웨스트필드 스테이트칼리지로 보내는 게 낫지 않을까 생각했다. 그런 한편으로 릭이 독립적이고 자유로운 삶을 누릴 준비가 되어 있다는 생각도 했다. 그래서 릭이 보스턴 대학을 염두에 두고 있다는 걸 알았을 때 그다지 놀라지 않았다.

아내 주디는 아들이 자신이 특수교육학 학위를 받은 매사추세츠 대학 애머스트 캠퍼스로 진학하기를 바랐다. 하지만 릭은 찰스 강변의 사립대학인 보스턴 대학에 가겠다는 뜻을 굽히지 않았다. 보스턴 대학은 훌륭한 직업 교육과 릭의 성장과도 관계 있는 생물의학공학 프로그램으로 유명했다. 그리고 지금도 마찬가지겠지만 미국 내에서도 상위에 드는 대학이었다. 릭은 아내처럼 특수교육에 마음을 두고 있었다. 그 분야의 학문을 연구해 자신과 비슷한 처지에 놓인 사람들을 돕고 싶어 했던 것이다.

대학 진학에 대한 주디와 내 마음이 누그러진 뒤에도 릭에게는 해결해야 할 문제가 한 가지 남아 있었다. 장애인 복지센터에서 릭의 개인 도우미 고용을 위한 보조금 지원을 거절했던 것이다. 장애인의 독립적인 생활을 지원하는 보스턴 복지센터 측은 릭이 말을 못하므로 필요한 것을 도우미에게 알릴 수 없다고 판단한 모양이었다.

물론 아내와 나는 센터 관계자들과 생각이 달랐다. 릭은 오랫동안 무엇을 하고 싶은지 우리에게 잘 설명해 왔다. 결국 아내는 릭을 데리고 복지센터로 가서 릭에 대해 설명했다. 그러고는 합당한 답을 들을 때까지 물러서지 않겠다고 맞섰다. 우리는 아들이 또다시 교육받을 기회를 박탈당하는 걸 두고 볼 수 없었다.

결과적으로 릭은 매사추세츠 주 재활위원회로부터 주립대학을 선택할 경우에 받을 수 있는 만큼의 지원금을 받았다. 릭을 공립대학에 다니게 하지 않고도 문제를 해결할 수 있게 된 것이다.

그런데 주 정부에서 개인 도우미 제도를 존폐 위기에 빠뜨리는 예산 삭감 안을 발표했다. 그러자 주디는 많은 시간을 할애해 법률 제정 위원들을 만났다. 그리고 장애인과 관련한 법률을 시행하는 담당자들에게 릭의 사정을 설명하고 장애인들이 받을 수 있는 보살핌의 종류에 어떠한 것들이 있는지 알려주었다. 아내는 또 한 단체에서 릭을 지원하는 데 드는 비용보다 국민의료보조제도*를 통해 지원하는 것이 주 정부로서는 비용을 절감하는데 훨씬 효과적이라고 설득했다.

결과적으로 릭은 보조금 지원을 받고 자신이 선택한 학교에 다닐 수 있게 되었는데, 그것은 지금 생각해도 정말로 다행스러운 일이었다.

1984년 가을, 아내와 나는 두 아들과 함께 릭을 데리고 보스턴으로 갔다. 릭은 이내 공식적인 대학생이 되었다. 릭을 대학 기숙사에 혼자 떨어뜨리고 웨스트필드로 돌아올 때의 기분은 조금 착잡했다. 릭이 대견하게 생각되면서도 마음은 영 편치가 않았다. 릭에게 정확히 무슨 문제가 있는지 의사의 설명을 듣고 긴 시간을 달려 집으로 오던 때가 생각나기도 했다. 하지만 그때와 달리 이번에는 아들에게 희망과 기대를 품을 수 있었다.

어떤 부모든 자식이 더 이상 자신을 필요로 하지 않는다는 걸 깨달으면 서글퍼질 수밖에 없을 것이다. 아내와 나도 수십 번이나 그런 감정을 느꼈다. 하지만 그럴 때마다 아들에 대한 기대와 희망으로 그런 감정을 누그러뜨리려고 애썼다.

---

*65세 미만의 저소득자나 신체장애자를 대상으로 함.

릭은 다른 대학생들처럼 기숙사에서 홀로서기를 시작했다. 물론 거의 24시간 대부분 학생으로 구성된 개인 도우미들의 도움을 받긴 했다. 그래도 릭은 매 순간 걱정스러운 눈빛으로 자신을 지켜보는 부모와 집에서 멀리 떨어져, 진정한 의미에서의 성인이 되는 과정을 경험하고 있었다. 어쩌면 집이 그리운 나머지 향수병에 걸릴 수 있었을 텐데도 우리 앞에서 일절 그런 내색을 하지 않았다.

릭은 대학 생활을 무척 마음에 들어했다. 릭의 주위 사람들도 릭이 그곳 학교에 다니는 걸 좋게 받아들이는 것 같았다. 대학을 방문하거나 경기 때문에 릭과 자주 만나곤 했는데, 그럴 때마다 릭이 캠퍼스에서 유명인사가 되어 있는 걸 확연히 느낄 수 있었다. 새로 사귄 릭의 친구들이 우리가 레이스를 벌일 때 응원해 주려고 찾아오는 경우도 가끔 있었다. 그중에는 우리에게 감명을 받아서 달리기를 시작하는 친구도 있었다.

릭은 입학하던 해의 1년 동안 보스턴 대학 하키 팀과 같은 층의 기숙사에서 생활했다. 운동선수들이라 늘 시끌벅적했을 텐데도, 어쩌면 그래서였는지 모르겠지만 릭은 그들과 같은 층에서 생활하는 걸 무척 좋아했다. 한겨울의 어느 날, 아들은 하키 팀 선수들이 커다란 얼음 조각상을 가져와 기숙사에 놓고 얼음이 녹지 않도록 한답시고 문이란 문을 죄다 열어 두었다는 이야기를 해 주었다. 춥지 않았느냐는 내 말에 릭은 오히려 굉장히 재미있었다면서 아침마다 혹독한 추위를 참으며 훈련한 탓에 살을 에는 듯한 날씨도 잘 견딜 수 있다고 대답했다.

한번은 릭이 화장실, 그것도 여자 화장실에 갇힌 채 오도 가도 못한 적이 있었다. 대부분의 기숙사가 그렇겠지만, 보스턴 대학의 기숙사에서는 남학생과 여학생이 각기 다른 층을 사용했다. 그런데 몇몇 친구들이 장난을 친답시고 한밤중에 내의 차림의 릭을 침낭에 넣고는 지퍼를 채운 뒤 9층의 여자 화장실에 옮겨다 놓았다. 아마 사정을 모르는 사람이 보았다면 릭이 잘도 여자 화장실에 숨어들었다고 말할 법했다. 아무튼 릭은 몇 시간 뒤에 발견되어 자기 방으로 돌아왔지만 그 이야기를 들었을 때는 기분이 썩 좋지 않았다.

릭은 자신을 보살펴 주는 도우미들과 친하게 지냈다. 그들은 참으로 좋은 사람들이었다. 그중에는 인격적으로 존경할 만한 사람도 꽤 있었다. 최근에 한 여성에게서 편지를 받은 적이 있다. 그녀는 릭이 보스턴 대학에 있을 때 릭을 도운 도우미 중 한 사람이라고 자기를 소개하면서 당시는 미성년자였는데, 몇 차례나 도우미라는 구실을 대 릭과 술집에 들어가 술을 마실 수 있었다며 오히려 릭이 자기를 도왔다고 우스갯소리를 했다. 그녀는 또 지금은 뉴욕에서 장애인을 위한 변호사로 활동하는데, 릭과 함께 생활했던 시간이 자신을 필요로 하는 사람들의 목소리를 대변하는 변호사의 길로 이끌었다고 했다.

도우미와 관련된 릭의 경험담 중에는 차라리 듣지 않았더라면 좋았겠다 싶은 다소 언짢은 이야기도 더러 있다. 아내와 나는 번번이 도우미들에게 아들을 잘 돌보아 달라는 부탁을 하곤 했는데, 아무래도 그들에게는 릭을 돌보는 일이 부담스러웠을 것이다. 특히 젊은이들에게는 큰 부담이었으리라. 물론 우리는 릭을 보살피는 것이 결코 쉬운 일이 아니라는 걸 누구보다 잘 알고 있었다.

어쨌든 릭이 기숙사에서 지내던 어느 날 밤이었다. 오기로 되어 있는 도우미가 오지 않았다. 그래서 릭은 약을 복용하지도, 저녁을 먹지도, 화장실에 가지도 못한 채 밤새 휠체어에 덩그러니 혼자 앉아 있어야 했다. 방치된 릭이 발견된 것은 다음 날 아침이었다. 밤새 나가 있던 룸메이트가 돌아와서 빈사 상태에 빠진 릭을 본 것이다. 릭은 말을 할 수도 없거니와 전화기의 수화기를 집어서 버튼을 누를 수도 없다. 그런 상황에 놓이면 할 수 있는 게 하나도 없는 것이다. 그야말로 속수무책, 누군가가 옆에 있지 않으면 위험할 수밖에 없다.

그렇기 때문에 릭이 대학 생활을 하는 동안 우리 부부는 한시도 마음을 놓을 수가 없었다. 도우미들이 아들을 잘 돌보아 주는지 걱정이 되어 늘 불안했다. 대부분의 도우미가 젊은 대학생들이라서 더 그랬다. 가령 술 한잔하러 나가서 즐겁게 놀다 보면 릭을 잊어버릴 게 뻔했다. 실제로도 그런 일이 종종 있었다. 그래서 나는 도우미들에게 혹시 릭 옆에 붙어 있지 못할 상황이 되면 다른 도우미 친구에게 전화로 연락해서 교대하라고 신신당부했다. 그러면서 연락할 친구가 없으면 곧바로 내게 전화하라고 부탁했다. 그래서일까, 나는 도우미 아이들의 전화를 많이 받았다. 그리고 그때마다 보스턴으로 달려가곤 했다. 나로서는 도우미들이 어떤 구실을 대든 상관없었다. 설령 릭을 돌보는 게 귀찮아서 엉뚱한 핑계를 대더라도 기분 나쁘지 않았다. 내 아들 일인데 그들을 탓해서 무엇 하랴 싶었다.

그런데 조급한 마음에 부랴부랴 달려가 보면 릭은 태평했다. 오히려 녀석은 지나친 간섭은 사절한다는 듯 여느 대학생 아이들처럼 이렇게 말하기 일쑤였다.

"뭐 하러 또 오셨어요? 저는 잘 지내요, 아빠."

릭의 그런 말에 조금은 민망할 때도 있었지만 그래도 우리 부자는 함께 저녁식사를 하러 가거나 밀린 이야기를 나누며 즐거운 시간을 보냈다.

그런 식의 방문은 앞으로 어떤 경기에 참가할 것인지, 경기를 릭의 학교 스케줄에 어떻게 맞출 것인지 등을 상의하는 기회가 되기도 했다. 우리는 거리 때문에도 매일 일정 시간 함께 훈련할 수가 없었다. 나는 릭의 학교에 갈 때마다 체육관에 들러 이런저런 운동을 했다. 달리기도 하고, 수영도 하고, 자전거도 탔다. 그렇게 하다 보니 학교에 가는 게 릭을 만나기 위해서가 아니라 운동을 하기 위해서라는 착각이 들기도 했다.

나는 릭에 대해 크게 걱정을 하지는 않았지만 한 가지 걸리는 게 있었다. 릭은 어디에서든 인기가 많았다. 함께 있으면 재미있고 끊임없이 장난을 치기 때문일 터였다. 아무튼 릭의 도우미들은 밤에 술집에 갈 때면 릭을 데려가곤 했다. 그런데 어느 날 밤인가는 술집에 갔다가 큰 봉변을 당할 뻔한 적이 있었다. 누군가가 릭을 공격했던 것이다. 그때 릭은 도우미 친구와 함께 술집 바깥에 있었다. 아마 술에 취한 몇몇 젊은이가 보스턴 마라톤에 출전한 릭을 알아보고는 시비를 건 끝에 공격한 모양이었다.

나는 다음 날이 되어서야 에디 버크라는 릭의 친구한테 그 이야기를 들었다. 그날 밤 에디가 현장에 달려갔을 때 릭과 도우미 친구는 길바닥에 널브러져 있었다고 했다. 에디는 곧 릭을 기숙사로 데려다 주었는데, 조금 놀란 것 같기는 했지만 다친 데는 없었다면서 나를 안심시켰다. 나는 그때 처음으로 릭이 누군가에게 피해를 당할 수도 있겠다는 생각을 했다. 그런데 릭은 그런 것을 두려워하지 않았다. 오히려 대학 생활을 하면서 친구들과 어울려 지내려면 그 정도의 대가쯤은 마땅히 치러야 한다는 태도를 보였다.

릭은 대학 생활 중에도 언론의 관심을 받았다. 릭과 나는 CBS 텔레비전 '이브닝 뉴스'에도 출연했는데, 그때 진행자인 메레디스 비에이라는 우리를 인터뷰하면서 자기 눈으로 직접 봐야 우리에 대한 이야기를 믿을 수 있겠다고 말했다. 그녀는 릭이 쉬기 위해 집에 왔을 때 직접 취재를 와서는 우리가 릭을 어떻게 먹이고 돌보는지 보았다. 그런 다음에는 보스턴까지 릭을 따라갔다. 그녀는 릭과 함께 술집에 가서 릭의 친구들과도 어울렸다.

비에이라는 특히 릭이 학위를 따기 위해 어떻게 노력하는지를 집중적으로 취재했다. 릭이 공부를 하기 위해서는 다른 학생들의 몇 배나 되는 수고를 해야만 했다. 한 학기에 수강하는 과목도 두 과목을 넘을 수 없었다. 그렇기 때문에 학위를 따는 일이 요원해 보였지만 그래도 릭은 좌절하지 않았다. 좌절하기는커녕 특별대우 없이 혼자 힘으로 학위를 따겠다고 단단히 마음먹고 있었다.

취재 중에 비에이라가 릭에게 이런 질문을 던졌다.

"독립해서 생활하는 것이 중요하다고 생각하나요?"

릭은 컴퓨터에 대답을 써 나갔다.

"독립해서 생활할 수 없다면 죽고 싶을 겁니다."

아들의 대답에 우리는 깜짝 놀랐다. 하지만 그 대답은 독립적인 삶을 영위한다는 게 릭에게 얼마나 중요한 문제인지, 그런 생활을 유지하기 위해 릭이 얼마나 열심히 공부하려고 애쓰는지를 보여주는 것이었다고 생각한다. 비에이라는 릭의 대답에 크게 감동한 눈치였다. 그녀는 나중에 릭에게 기부금을 보내주기도 했는데, 그녀에게는 릭과 비슷한 장애를 겪는 친척이 있다고 했다. 아마 그 때문에 릭의 이야기에 더욱더 감동했던 게 아니었나 싶다. 그녀는 릭이 대학 생활뿐만 아니라 일상적인 생활에서도 일반인 못지않게 모든 것을 잘 감당하는 모습을 보고 거듭 놀라워했다.

릭은 대학 시절 내내 학업과 운동을 병행하며 생활했다. 물론 취미 활동도 했다. 릭은 특히 AC/DC와 퀸의 음악을 좋아했다. 운동 경기를 관람하거나 친구들과 어울려 노는 것도 무척 좋아했다. 릭은 교내 수영부에 가입하기도 했다. 그런데 많은 학생들의 경우처럼 대학 시절의 갖가지 유혹이 릭을 흔들었다. 릭도 친구들이 알게 모르게 가하는 압력에서, 그리고 자신이 매일 맞닥뜨리는 이런저런 어려움으로부터 벗어나고픈 열망에서 자유로울 수만은 없었던 것이다. 언젠가 한 신문기자와의 인터뷰에서 릭은 대학 시절의 처음 몇 년 동안은 성실하게 보내지 못했다고 고백했다. 대학에는 즐길 시간이 너무나 많았다. 그런 터에 누가 그 아이를 탓할 수 있겠는가?

그렇기는 해도 살다 보면 누구에게든 자신에게 정직해져야 할 시간이 반드시 찾아오기 마련이다. 릭의 경우 그 진실의 시간이 느닷없이 찾아왔다. 어느 날 릭이 학교에서 집에 왔을 때였다. 릭은 곧장 컴퓨터를 작동시켰다.

"아빠, 저 알코올 중독인 것 같아요."

아마도 학교생활과 학업에 대한 부담감에 짓눌려 자주 술집을 찾았고, 그러다 자제할 수 없을 정도로 술을 많이 마신 모양이었다. 릭은 럼주와 콜라를 섞어 마시곤 했는데, 동료 학생들과 도우미 친구들이 말리기는커녕 계속 마시도록 부추긴 것 같았다. 아들은 거절을 잘 못하는 편이다. 다 그렇지는 않겠지만 대학생들은 자칫 방종에 빠지기 쉽다. 간섭할 부모가 곁에 없으면 더욱더 그렇게 되기 십상이다. 한마디로 자기들 세상인 것이다. 그렇다 보니 학업 대신 술집에 가는 걸 더 좋아하게 되고, 급기야 알코올 중독에 빠질 수도 있으리라.

물론 아내와 나는 릭의 고백에 머리끝까지 화가 났다. 아내는 눈물까지 보였다. 다행히 릭은 파티 같은 술자리에 나가는 걸 줄이고 학업에 열중하겠다고 맹세했다. 그리고 그 맹세를 지켰다.

대학 생활의 중반을 넘어서면서부터 릭은 학업에 모든 힘을 쏟기 시작했다. 조용한 분위기에서 보다 진지한 자세로 공부하기 위해 기숙사도 옮겼다. 보스턴 대학에서 9년을 보내고 마침내 졸업하던 날, 릭은 학교 직원들에게 이런 농담을 던졌다.

"제가 졸업해서 더 이상 등록금 낼 일이 없어졌으니 학교의 손해가 크겠는걸요."

내게는 9년이란 시간이 눈 한번 깜빡거리는 짧은 순간처럼 느껴졌는데, 어쨌든 릭의 졸업은 우리 가족에게는 경사 중의 경사였다. 우리 집에 또 한 명의 학사가 생겨났기 때문이다.

졸업식이 끝나기 전, 보스턴 대학의 존 실버 총장이 수많은 사람들 앞에서 릭을 칭찬했다. 그는 릭이 사람들에게 강렬한 영감을 주었는데, 특히 학생들에게 자신의 능력을 발견함으로써 더욱 열심히 노력하고 새로운 것에 도전하도록 크나큰 영향을 끼쳤다고 했다. 또 릭이 특별한 도움을 받지 않은 채 훌륭한 결실을 맺었다면서 그동안 어떻게 모든 걸 혼자 힘으로 잘 감당해 왔는지, 얼마나 많은 노력을 쏟아서 공부했는지에 대해 자세히 말했다. 총장은 다른 졸업생들에게 릭 호이트와 함께 졸업한 것을 영광으로 여길 날이 있을 거라고도 했다. 릭은 도우미이자 절친한 친구인 닐 다닐로비크츠가 미리 준비한 자신의 원고를 읽게 함으로써 청중에게 짧은 연설을 하고, 학교 당국에도 감사의 말을 전했다.

졸업식이 끝날 때까지 나는 연단 위 휠체어에 앉은 아들을 계속 바라보았다. 릭은 그 어느 때보다 당당해 보였다. 누가 저 아이를 가리켜 가망이 없다고 했던가? 누가 저 아이더러 식물인간이라고 했던가? 연단 위의 릭은 눈부실 정도로 빛나 보였다. 그지없이 자랑스러웠다.

졸업식을 마치고 집에 왔을 때 나는 릭에게 앞으로의 계획에 대해 물었다. 그러자 릭은 직장과 아파트, 그리고 아내가 될 여자를 구할 생각이라며 너스레를 떨었다. 확실히 릭에게는 그만의 계획과 미래가 있었다. 나는 아버지로서 그런 아들이 미덥고 든든했다.

릭은 대학을 졸업한 뒤에도 계속 독립적인 생활을 꾸려 나갔다. 그리고 보스턴칼리지에서 직장 생활도 했다. 릭은 그곳의 엔지니어들과 함께 '이글 아이'라는 장애인을 위한 의사소통 장치를 개발하기 시작했다. 그 장치는 컴퓨터 마우스 대신 안구를 사용해 의사소통을 할 수 있도록 하는 것이었다. 나는 릭이 그런 일을 선택한 게 자랑스러웠다. 이제 릭은 독립적인 생활을 하면서 직장도 갖게 되었다.

그러나 릭처럼 장애를 가진 사람은 늘 불안할 수밖에 없다. 갖가지 위험 요소를 안고 살기 때문이다. 노련한 도우미조차 그런 사실을 간과하고 실수하는 경우가 많다. 릭이 가장 좋아하는 도우미 친구인 헤더 오맨스도 그 같은 사실을 간과한 바람에 실수를 한 적이 있다.

헤더는 릭이 보스턴 대학을 졸업하고 보스턴칼리지에서 직장 생활을 하면서부터 직업으로 릭을 보살펴 주는 일을 시작했다. 어느 날 헤더가 직장에 데려다 주기 위해 릭을 밴에 옮기는 중이었다. 그녀가 미처 깨닫지 못하는 사이에 리프트 위에 있는 릭의 휠체어 브레이크가 풀려 버렸다. 그 바람에 휠체어가 리프트에서 굴러 내려와 1미터 아래로 떨어졌다. 릭은 땅에 얼굴부터 떨어져 코가 깨졌다. 더 이상 다친 곳이 없어 그나마 다행이었다. 그래도 헤더가 겁을 먹기에는 충분한 상황이었다.

나중에 헤더는 이렇게 말했다.

"피투성이가 된 릭의 얼굴을 본 순간 제가 릭을 죽였구나 생각했어요. 얼마나 겁에 질렸던지 그 생각밖에는 할 수 없었죠."

헤더는 그 사고로 릭이 뇌 손상이라도 당했을까 봐 걱정했던 속내를 입원한 아들에게 털어놓았다. 나도 그 점을 걱정했는데 릭은 멀쩡해 보였다. 나중에 릭은 특수 컴퓨터인 '터프츠 쌍방향 의사소통 장치'를 통해 헤더에게 이런 농담을 했다.

"괜찮아. 뇌 손상이야 진작 일어난 건데 뭐."

당시의 여유 있는 릭의 모습을 떠올리면 지금도 웃음이 난다. 릭은 헤더가 두 번째 직장을 알아보려 한다면 장의사 쪽이 어떻겠냐는 농담도 하면서 그 사건을 두고 헤더를 적잖이 놀렸다. 물론 우리는 헤더를 원망하지 않았다. 헤더만의 잘못이 아니기 때문이었다. 릭의 사고에는 일정 부분 내 책임도 있었다. 내가 미리 조심을 시켰더라면 헤더가 그런 실수를 하지는 않았을 터였다.

한번은 이런 일도 있었다. 릭은 대학에 들어간 뒤로 혼자 지내는 경우가 많았다. 도우미 친구들의 도움을 받기는 했지만 밤에는 그들이 돌아갔기 때문에 릭 혼자 아파트에서 잠을 잤다. 릭은 움직일 수 없어 한자세로 오래 누워 있는데, 그래서 생기는 욕창을 방지하기 위해 물침대를 사용했다. 그 일은 코가 깨진 사고가 있은 지 얼마 지나지 않아서 생겼다.

그날 밤 릭이 자던 침대에 물이 새기 시작했다. 릭은 얼굴을 침대 바닥 쪽으로 향한 채 누워 있었다. 그때는 한밤중이어서 릭의 상태를 점검해 줄 사람이 없었다. 릭은 자신에게 무슨 일이 일어났는지 깨달은 순간, 그러니까 물침대에서 코를 박고 익사할 뻔했던 순간 정신없이 하느님께 구해 달라는 기도를 했다.

"하느님, 제발 도와주세요. 저를 살려주세요."

그 절체절명의 순간 기적 같은 일이 일어났다. 느닷없이 문을 두드리는 소리가 들리더니 누군가가 아파트 문을 벌컥 열고 들어왔다. 그날 밤 당직을 서던 정비공이었다.

그 정비공은 무슨 이유에서였는지 마스터키를 사용해서 릭의 방에 들어가 봐야겠다는 생각이 들었다고 한다. 릭의 방 앞을 지날 때 무언가 문제가 생긴 게 분명하다는 강렬한 직감에 사로잡혔다는 것이다. 물론 이런 일은 결코 흔하게 일어나지 않는 극히 이례적인 경우지만 어쨌든 정비공이 때맞춰 방에 들어와 릭은 죽을 고비를 넘길 수 있었다.

친애하는 팀 호이트에게

제 아들 케빈의 침실 벽에는 세 개의 포스터가 걸려 있습니다. 그중 하나는 권투 선수 무하마드 알리이고, 다른 하나는 미식축구 선수 딕 버커스입니다. 그리고 나머지 하나는 팀 호이트의 포스터입니다. 케빈은 열다섯 살 된 남자아이로 뇌성마비를 앓고 있습니다. 릭과 마찬가지로 태어나는 순간 산소와 혈액 공급이 원활하지 못해 장애아가 된 것입니다. 케빈 역시 오랫동안 버거운 삶을 살았습니다. 그러다 당신과 릭을 통해 희망과 용기를 얻어 대부분의 사람들이 결코 넘을 수 없을 거라고 말했던 한계를 넘어섰습니다.

5년 전쯤 우리 가족은 당신이 쓴 《단지 하나의 산일 뿐》이라는 책을 보았습니다. 우리는 그 책을 통해 많은 걸 배웠습니다. 케빈은 아주 어릴 때부터 스포츠 마니아였습니다. 케빈과 저는 걸핏하면 밖에 나가 운동을 했습니다. 휠체어에 의지하는 케빈은 스포츠 애호가들의 모임에 가입해서 활동하기도 했습니다. 물론 당신의 책 속에 소개된 활동과는 크게 다른 것이었지만 말입니다. 우리는 매일 밤 조금씩 책을 읽었는데, 당신과 릭이 성취한 놀라운 일들 때문에 읽을수록 점점 더 흥분이 되었습니다.

사실 우리도 비슷한 상황을 겪었기 때문에 다 읽어 보지 않아도 훤히 알 수 있는 장면들이 많았습니다. 그래서 우리는 더욱더 당신들과 통하는 느낌을 받았습니다. 물론 우리보다는 당신의 가족이 더 힘든 일을 많이 겪었겠지만, 어쨌든 당신과 릭은 비슷한 역경과 시련을 겪으며 살아가는 사람들에게 희망의 빛이 되어 주었다고 생각합니다.

책의 마지막 장을 덮으며 케빈에게 언젠가 당신과 릭을 만나게 될 거라고 말했던 기억이 납니다. 그런데 그 뒤 케빈의 물리치료사들이 기금 모금 행사를 열었습니다. 케빈에게 말했던 그때가 왔다는 생각이 들었습니다. 사실 저는 당신에게 연락해 보자고 제안했으면서도 긍정적인 답을 얻으리라는 기대는 못했습니다. 아무튼 케빈과 저는 공항에서 당신을 만나 이야기를 나누면서 우리가 잘 통한다는 느낌을 받았습니다. 당신에 대해 더 많은 것을 알 수 있겠다 싶은 생각도 들었습니다. 단지 이야기만 나누는데도 어찌나 마음이 잘 통하던지, 마치 어렸을 때부터 서로 잘 알고 지내던 사람처럼 느껴질 정도였습니다. 비슷한 고민이나 경험을 나눌 때는 그렇게 순간적으로 공감대가 형성될 수도 있나 봅니다.

당신을 만난 뒤 우리는 경기 능력을 키우기 위해 열심히 훈련했습니다. 그리고 마침내 2007년에 버지니아 비치 하프 마라톤 대회에서 팀 호이트와 함께 달릴 기회를 얻었습니다. 우리에게는 언젠가 팀 호이트 못지않은 실력을 갖추고 경기에서 뛰겠다는 목표가 있습니다. 아마 그 목표를 이루려면 딕 당신이 아흔다섯은 될 때까지 기다려야 할지도 모릅니다. 물론 이것은 농담이지만 케빈은 그 목표에 대해 아주 진지하게 생각하고 있습니다.

케빈은 곧 열여섯 살이 되는데, 그래서인지 독립에 대한 욕구가 무척 강합니다. 아들은 아버지가 나서서 도와주는 걸 그다지 좋아하지 않는 것 같습니다. 우리가 함께 뛰기 위해 사용하는 기구는 제가 직접 자전거를 개조해서 만든 것으로 뒤에서 밀게 되어 있습니다. 하지만 자전거 페달을 움직이고 운전하는 사람은 케빈입니다. 물론 처음부터 그렇게 한 것은 아닙니다. 처음에는 완만한 내리막길에서도 운전을 하지 못했습니다. 그런데 이제는 평지도 달릴 수 있습니다. 아직은 제 도움이 필요하지만 언젠가는 케빈이 자신의 힘만으로 자전거를 타고 싶어 할 것입니다.

독립을 하려는 케빈의 의지는 독자적으로 보조기를 사용해서 레이스를 펼치던 모습에서도 읽을 수 있었습니다. 케빈의 첫 번째 5킬로미터 달리기 성공은 장애인 경주 대회인 아킬레스 트랙 클럽 경기에서 이루어졌습니다. 그 대회에 참가한 선수 중에는 두 다리가 없는 장애인으로 철인3종경기에 최초로 출전했던 스코트 릭스비도 있었습니다. 경기가 끝난 뒤 릭스비는 케빈에게 깊은 감동을 받았다면서 자신의 얼굴과 이름이 새겨진 장식판을 선물했습니다. 그리고 아킬레스 트랙 클럽의 위원장인 메리 브라이언트는 아들에게 특별상을 주었습니다.

그 이듬해 아킬레스 트랙 클럽에서는 우리에게 전화를 걸어 케빈이 센트럴 파크 8킬로미터 마라톤에 참가해 줄 수 있는지 물었습니다. 물론 그렇게 하겠다고 했지요. 아들은 그 대회에서 2시간 30분에 완주했습니다. 저는 아들을 도왔던 그 모든 시간에 걸쳐서 당신의 경기 모습을 하나하나 그려 보았습니다. 철인3종경기에서 릭의 휠체어를 밀며 달리고, 아들을 끌고 물살을 가르고, 아들을 태운 자전거 페달을 힘차게 밟는 모습이 지금도 생생하게 그려집니다. 서른 번 남짓한 보스턴 마라톤을 완주하고 결승선을 넘는 모습이며, 세계 각지의 레이스에 나가 뛰던 모습도 뚜렷이 떠오릅니다. 케빈과 저는 8킬로미터 레이스를 달리면서 당신들 두 사람에 대한 이야기를 나누었습니다. 그러면서 우리가 팀 호이트와 경쟁을 하면 얼마나 힘든 경기가 될지 생각해 보았습니다.

케빈이 8킬로미터 레이스를 완주하자 이를 지켜보던 많은 사람들이 눈물을 흘렸습니다. 저로서는 우리가 당신들에게서 얼마만큼의 영향을 받았는지 가늠할 수 없습니다. 당신들 역시 우리 같은 처지의 가족들에게 얼마만큼의 영향을 주었는지 짐작도 못할 것입니다.

케빈도 릭처럼 고등학교를 졸업하면 대학에 가겠다고 합니다. 아들의 목표는 조지아 공대에 진학해 기계학을 공부하는 것입니다. 아들은 장애인들을 도울 수 있는 장치를 개발하고 싶어 합니다. 아무래도 교육 분야에 관해서만큼은 당신들이 인정받아야 할 공로를 충분히 인정받지 못한 듯합니다. 당신들 두 사람이 있었기에 제 아들 케빈도 그런 꿈을 꿀 수 있었는데 말입니다.

케빈에게는 릭이 이룬 모든 것을 자신도 이루겠다는 열정이 있습니다. 아마 두 사람이 없었다면 아들은 그런 열정을 품을 수 없었을 것입니다. 아들은 자신의 힘으로 어떤 것이든 이룰 수 있다는 확신을 가지고 있습니다. 물론 이 또한 당신과 릭의 영향을 받았기 때문입니다.

우리에게 용기와 희망을 주신 데 대해 다시 한 번 감사드립니다.

조지아 주 애틀랜타에서
리치 에너스

16

새로운 출발선에서

나는 '할 수 있다는 신념만 있으면 불가능한 일은 없다'는
우리의 메시지를 많은 사람들에게 전하고 싶었다.
그래서 책을 쓰기로 마음먹은 것이다.

직장에 다니면서부터 릭은 늘 바빴다. 그렇다 보니 릭과 함께 보내는 시간을 확보하기가 쉽지 않았다. 그래도 나는 그런 시간을 가지려고 최대한 노력했다. 우리는 1977년부터 멈추지 않고 이런저런 대회에 계속 참가해 왔는데, 그것을 지속하려면 우리 둘 다 경기 일정을 직장이나 그 외의 일과 맞추어야만 했다.

릭과 나는 바쁜 일정 속에서도 각종 자선 대회와 철인3종경기, 마라톤에 대한 준비 훈련을 게을리하지 않았다. 그리하여 1994년에는 오래전부터 바라던 것을 이루었다. 일본에서 재팬 철인3종경기 다음으로 유명한 도쿠노시마 철인3종경기에 출전하기 위해 일본에 갔던 것이다.

일본이란 섬나라는 내가 상상하던 그대로였다. 매우 아름다웠다.

벼가 자라는 논과 자그마한 산이 그림처럼 펼쳐진 시골, 옛날식 건물, 수정처럼 맑은 물 등은 코나에서의 하와이 철인3종경기를 연상시켰다. 사람들도 무척 친절했다. 특히 도쿠노시마 사람들은 우리에게 꽃을 선물했는데, 어디를 가든 몸 둘 바를 모를 정도로 정성 어린 환영을 받았다. 그런 환대는 시차로 인한 컨디션 난조와 활어 요리에 익숙하지 않아 겪었던 불편함을 보상해 주고도 남았다. 익히지 않은 생선은 그때 처음 먹었는데, 그 때문인지 철인3종경기 자전거 구간을 달릴 때 뱃속이 편치 않았다. 그래도 나는 기운을 차려서 끝까지 달려 일본 관중의 따뜻한 격려를 받으며 결승선을 통과했다.

일본 여정을 마치고 집으로 돌아오자 여느 때와 마찬가지로 일상적인 일이 우리를 기다리고 있었다. 릭과 나는 저마다 맡은 일을 하기 시작했다. 그러면서도 앞으로 함께할 일에 대해서 끊임없이 생각하고 의견을 나누었다. 나는 어느새 쉰셋, 결코 젊다고 할 수 없는 나이였다. 그렇더라도 쉴 수는 없었다. 릭과 내가 지금까지 여러 멋진 곳을 방문하면서 경기에 참가해 이룩한 것이 많지만 아직도 달려가야 할 길은 멀었다.

나는 내가 뛸 수 있는 동안은 아들과 경기를 펼치는 데 모든 에너지를 쏟아부을 작정이었다. 그동안 많은 것이 변했다. 우리를 대하는 사람들의 태도도 바뀌었다. 사람들은 거리낌 없이 우리를 받아들였다. 진심으로 관심을 갖고 우리 이야기에 귀를 기울였다. 우리가 다른 사람의 삶에 변화를 줄 수 있다면 지금이 가장 적당한 시기라는 생각이 들었다. 맨 처음 경기를 시작할 때부터 릭에게는 자신이 가진 걸 남들과 기꺼이 나누려는 마음이 있었다. 아들은 실의와 좌절에 빠진 사람들에게 희망의 메시지 같은 걸 전하고 싶어 했다.

그런데 나는 처음에는 이기적인 동기에서 아들과 달렸다. 아들만 생각했던 것이다. 나는 아들이 달리는 걸 무척 좋아한다는 사실을 알았고, 기뻐하는 아들을 볼 때마다 행복했다. 그래서 틈만 나면 아들과 함께 훈련하고 경기에 참가했다. 나는 주 방위군으로 근무하기 때문에 늘 시간에 쫓기는 처지였다. 아들과 훈련하고 경기하는 것이 힘에 부치기도 했다. 주말에 경기를 하고 나면 그 다음 주 내내 직장에서 골골대는 경우가 많았다. 하지만 경기에서 느끼는 스릴이 있고, 릭이 나와 함께 달리는 시간을 얼마나 즐거워하는지 알기 때문에 어떤 어려움과 불편함도 감수하기로 마음먹었다.

나는 지금까지 살아오면서 아이들이 관련된 각종 행사에 참석해 함께 시간을 보내지 못했던 것에 대해 미안한 마음을 가지고 있다. 특히 릭의 동생인 롭과 러스에게 제대로 아버지 노릇을 못한 것 같아 미안한 마음이 든다. 물론 아내 주디가 내 몫까지 맡아 훌륭하게 키웠지만 솔직히 나로서는 두 아들보다 릭에게 더 신경을 쓸 수밖에 없었다. 릭은 성장할수록 점점 더 어려운 문제와 맞닥뜨려야 하는 장애아이기 때문이었다. 릭이 혼자서 그 많은 시련을 겪었던 것을 생각하면 안타까운 마음 금할 수 없다. 릭과 좀 더 많은 시간을 함께하지 못한 데 대해 그저 미안할 뿐이다.

하지만 어쩔 수 없는 부분도 있었다. 대부분의 부모가 그렇겠지만 직장과 가족과의 생활 사이에서 균형을 잡기가 쉽지 않았다. 가족을 부양하기 위해 돈을 벌지 않으면 안 되었던 것이다. 이는 내가 가족과 꼭 있어야 할 자리에 없었던 것에 대한 변명일 수도 있다. 그러나 나로서는 달리 방법이 없었다. 그나마 릭과 함께 달린 것이 가족과 함께 충분한 시간을 갖지 못한 것을 만회하는 하나의 방법이 되지 않았나 생각된다.

돌이켜 보면 오랜 세월에 걸쳐 아들과 함께 뛰어왔다. 나는 일찌감치 아들이 원하는 한 계속 레이스에 나가겠다고 스스로에게 다짐했다. 하지만 오십 줄에 접어들고 은퇴가 가까워오자 가끔 의기소침해지곤 했다. 그럴 때마다 릭이 힘을 주었다. 릭을 생각하면 힘이 솟았다. 나는 그 무렵이 오히려 우리에게는 새로운 기회가 될 것이라고 생각했다. 우리는 그동안 여러 대회에 참가하면서 대중 매체의 관심을 받았다. 그와 함께 오랜 시간 우리가 이룬 것에 대한 방송이나 신문 기사가 미국 전역에 퍼졌다. 많은 사람이 우리가 누구인지 알았다. 구구절절한 사연을 가지고 우리를 찾아오는 사람도 많았다. 그리고 많은 사람들이 편지나 이메일로 연락해 왔다. 신체가 건강하든 장애로 씨름하든 우리는 그 모든 사람에게 영향을 준다는 확신이 들었다. 그들은 우리의 이야기에 귀를 기울일 준비가 되어 있는 사람들이었다.

우리가 사람들에게 도움을 줄 수 있다면 더 적극적으로 나서야 한다는 생각이 들었다. 장애가 있는 아들과 오랜 세월 경기에 참가하면서 수많은 일을 겪어서인지 세상을 보는 새로운 안목이 생겼다. 나는 추진력이 있고 직업 정신이 투철하다는 소리를 많이 들었다. 이제 그것을 아들과 계속 경기를 펼치는 데뿐만 아니라 장애인에 대한 인식을 재고하도록 하는 데 쓰기로 마음먹었다. 직장에서 은퇴해 거의 20년 동안 주말마다 매진하던 활동을 중점적으로 펼칠 때가 왔다는 생각이 들었다.

그런데 은퇴를 떠올리자 군인으로서의 이력이 달리기와 관련된 삶에 지대한 영향을 끼쳤다는 생각이 들었다. 어쩌면 그것은 비교적 평범한 군인의 이력일 수도 있다. 하지만 그 이력은 여러 면에서 내가 더나은 경기를 펼칠 수 있도록 도움을 주었다. 군대에서 복무한 시간을 돌이켜 보면 나는 정말로 운이 좋았다고밖에는 설명할 길이 없다. 전투에 참전해 부상을 당한 적도 없거니와 놀랄 만큼 빠른 속도로 진급에 진급을 거듭했기 때문이다.

나는 그야말로 밑바닥에서부터 군대 생활을 하기 시작했다. 군인으로서의 내게 주어진 첫 직책은 취사병이었다. 취사를 담당하면서 보초 근무도 섰다. 그러다 기초 군사 훈련 학교에 들어갔고, 육군 군사 훈련 과정을 거쳐 미사일 방어 프로그램을 다루는 학교를 졸업했다.

당시 릭은 미래가 불투명한 아기였고, 우리의 인생도 앞으로 어떻게 펼쳐질지 어렴풋하기만 하던 시절이었다. 나는 미사일 방어 프로그램 학교를 나온 뒤 동부 해안에서 근무했는데, 두어 단계를 거쳐 레이더 시스템을 관할하는 소대장으로 진급했다. 그 뒤 장교가 되어 매사추세츠 주 링컨에서 화기 관제 구역을 관할하는 선임 참모로 근무했다. 나는 일반 병사들의 일과표를 작성해서 그들이 수행해야 할 직무에 적합한 능력을 갖출 수 있도록 대비 훈련을 시켰다. 당시에는 투철한 군인 정신이 내가 사력을 다하는 주자가 되는 데 도움이 될 거라고는 생각조차 하지 않았다.

매사추세츠 주 링컨에서 복무한 후 나는 주 방위 육군에서 주 방위 공군으로 자리를 옮겼고, 케이프코드에 있는 오티스 공군 기지의 보안 장교가 되었다. 그리고 거기서 복무하다가 매사추세츠 주 웨스트필드에 있는 반스 공군 기지의 관리 장교로 전임되었다. 그즈음 아내 주디는 매사추세츠 대학에, 릭은 공립학교에 입학했다. 나는 반스에서 인사과장으로 복무하다가 거기서 그리 멀지 않은 웰즐리의 매사추세츠 주 공군 주 방위군 사령부에서 인사국장으로 복무했다. 그런 다음 웨스트필드의 반스 기지로 귀환했는데 여기서 행정지원관으로 진급했다.

당시 나는 부하들을 괴롭히는 상사로 악명(?)이 높았다. 부하들에게 금연과 체중 조절 등 건강을 지키는 일을 독려했던 것이다. 방위군 병사들은 내 성화에 담배를 끊고 체중을 줄이고 각종 운동을 해야 했다. 나는 기지 안에 육상 팀도 만들었다. 마침 그때는 릭이 막 달리기에 관심을 가졌기 때문에 육상 팀과의 훈련은 나에게도 큰 도움이 되었다. 당시 나는 한 달에 한 번의 주말 출근을 포함해 주 5일 근무를 했다. 그래서 주말마다 릭과 경기에 나가 달릴 수 있었다.

주 방위군에서는 아들과 달리고 싶어 하는 나를 전폭적으로 지지해 주었다. 나는 방위군으로 근무하면서 내게 할당된 휴가나 병가를 사용한 적이 거의 없었다. 그래서 경기에 출전하기 위해 장거리 여행을 할 경우 충분한 시간을 낼 수 있었다. 그래도 군 당국의 협조가 있어야 했는데, 1992년 달리기와 자전거로 45일간의 미 대륙 횡단 여행을 할 수 있었던 것은 순전히 주 방위군의 배려 덕이었다고 볼 수 있다. 그 여행 중에 우리가 들렀던 주의 방위군은 우리를 따뜻하게 환대해 주었다.

청소년을 위한 캠프를 마련할 때도 주 방위군에서 지원해 주었다. 우리는 기지 창고의 보급품을 마음대로 쓸 수 있었는데, 처음에 릭이 경기에서 사용한 장비 중에는 보급품을 결합해서 만든 것들이 많았다. 기지 내 장병들도 우리를 성원해 주었다. 그들은 릭과 내가 경기에 참가할 때마다 현장에 나와서 우리를 열렬히 응원했다. 상사와 동료들, 그리고 부하들에게 그런 성원을 받은 것은 크나큰 행운이라고 생각한다. 릭과 나는 주 방위군 마라톤 그룹과 함께 달린 적도 많았는데 지금도 그들을 생각하면 그저 고마울 뿐이다.

주 방위군에서 35년 동안 복무하고 마침내 은퇴를 결심한 것은 정말 어려운 결정이었다. 방위군은 내게 가족이었고 나의 일부였다. 고위 장교든, 나를 위해 일한 병사든 그들 모두는 우리를 그지없이 잘 대해 주었다.

내가 지휘한 부대는 몇 차례나 '우수 부대 상'을 받았다. 이는 나와 함께 복무한 사람들이 얼마나 성실하고, 얼마나 수행 능력이 뛰어났는지를 대변해 주는 것이라고 생각한다. 나는 나름대로 맡은 바 임무를 잘 수행했다고 자부한다. 또한 복무 기간 동안 직업윤리를 존중했다고 생각한다. 1995년 7월 28일, 나는 그런 자부심을 가지고 중령으로 공군 주 방위군에서 퇴역했다.

35년 동안의 군 복무를 마쳤을 때 나는 내가 진정으로 무엇을 하고 싶은지 곰곰이 생각해 보았다. 우선 가능한 한 많은 경기에 참가하고 싶었다. 그리고 할 수 있다고 믿으면 얼마든지 할 수 있다는 것을 사람들에게 알리고 싶었다. 나는 이 두 가지를 염두에 두고 새롭게 출발하기로 마음먹었다.

사람들은 오래전부터 내게 이런 말을 했다.

"책을 쓰세요. 당신의 책은 많은 사람들에게 감동을 줄 거예요."

우리의 경기를 지켜보던 관중과 동료들, 그리고 가족과 친지들도 그런 말을 했다. 하지만 주 방위군의 일과 경기에 참가하는 생활을 오가느라 책을 쓸 시간을 낼 수 없었다. 주 방위군에서 은퇴하자 겨우 시간이 났다. 나는 은퇴 후 여섯 달 동안 집에 틀어박혀 글을 쓰기 시작했다. 내가 쓰고자 한 것은 내 개인의 이야기가 아니었다. 릭과 나의 이야기였다. 나는 장애인에 대한 인식을 바꾸려는 우리의 노력에 많은 사람이 동참하기를 바랐다. 할 수 있다는 신념만 있으면 불가능한 일은 없다는 우리의 메시지를 많은 사람들에게 전하고 싶었다. 그래서 책을 쓰기로 마음먹은 것이다.

존경하는 딕과 릭에게

아버지가 되면 무언가 내면에 변화가 생깁니다. 어떤 두려움에 이끌리게 됩니다. 그것은 아이가 아프거나 불행해질지도 모른다는 두려움이지요. 제 경우 오랫동안 저를 이끌었던 것은 돈이었습니다. 가능한 한 돈을 많이 모아야 한다는 강박관념에 사로잡혀 살았습니다. 저는 가족이 최고급 자동차를 몰고 최고로 화려한 집에서 살며 최고의 명문 학교에 다니기를 바랐습니다. 그런데 이런 모든 것을 이루기 위해서는 희생이 따르는 것 같더군요.

저는 영국 육군에서 군의관으로 전역한 뒤 사업을 하기 시작해서 큰 성공을 거두었습니다. 제법 큰 회사를 경영하면서 하루 18시간씩 일주일 내내 일만 했습니다. 저는 오직 사업만 생각했습니다. 그러면서 다른 사업가들과 저를 비교하곤 했습니다. 저는 다른 사업가들보다 사업 수완도 뛰어났고 성과도 좋았습니다. 그런데 직장에서 집으로 돌아올 때면 왠지 모르게 허전했습니다. 그런 터에 여섯 달 된 아들은 제게 다가오려 하지도 않았습니다. 제가 누구인지 모르니까 그랬던 것이지요. 무언가 잘못되었다는 생각이 들었습니다. 하지만 그 잘못된 것을 어떻게 바로잡아야 할지 알 수 없었습니다. 많은 아버지들이 걸리는 덫에 걸렸다는 생각이 들었습니다.

저는 미국 출장을 자주 가는데, 그날도 비행기에 탑승한 뒤 시차 때문에 새벽 3시까지 깨어 있다가 미국 스포츠 방송인 ESPN을 보았습니다. 늘 보던 방송이니까 특별히 주의를 기울이지는 않았습니다. 그런데 어느 순간, 정신이 번쩍 들었습니다. 저는 당신과 릭이 1999년 하와이 철인3종경기에서 결승선을 향해 달리는 모습을 보았습니다. 텔레비전 화면을 통해 보는 것이었지만 두 사람의 모습은 제게 강렬한 인상을 주었습니다. 그때도 저는 모든 일을 아주 잘 하고 있다는 자신감에 차 있었습니다. 출장지에 도착해 계약을 성사시키고, 그래서 두 아이에게 경제적으로 윤택한 삶을 제공해 주려고 노력하는 저 자신이 믿음직스러웠습니다.

그러나 그 다음 주에 영국으로 돌아오자마자 저는 변호사에게 전화를 걸어 운영하던 사업체를 매각했습니다. 심경에 변화가 일었던 것이지요. 저는 저의 모든 시간을 일에 투자하면서 잘 살고 있다고만 생각했습니다. 그런데 정말로 제게 필요한 것이 무엇인지 깨달았던 겁니다. 그것은 아이들과 보낼 수 있는 충분한 시간을 확보하는 것이었지요. 딕, 당신은 아들이 탄 고무보트를 끌고 헤엄치고, 앞에 아들을 태운 채 자전거로 달리고, 아들이 탄 경기용 특수 휠체어를 밀며 뛰는데, 나는 왜 뒷마당에서 아이들에게 공을 던지며 함께 놀아주는 일조차 못하고 있을까? 못할 이유가 없었습니다. 저는 생활 방식을 완전히 바꾸었습니다. 그래서 아이들이 탄 자전거를 뒤에서 밀어주기도 하고 숙제도 도와주면서 가족을 최우선 순위에 두고, 일은 그 다음으로 미루었습니다.

저는 또 당신들 두 사람에게 영향을 받아 2005년 영국 철인3종경기에 출전하기로 마음먹었습니다. 이후 제 트레이너들을 닦달해서 훈련을 하기 시작했습니다. 그러나 처음 출전한 철인3종경기에서는 실패하고 말았습니다. 마라톤 구간에서 간신히 5킬로미터 지점에 도착했는데 갑자기 몸 상태가 좋지 않은 바람에 포기하고 집으로 돌아와야 했지요. 솔직히 그때는 창피했습니다. 하지만 저는 좌절하지 않고 좀 더 멀리 내다보고 훈련에 임해야겠다는 생각을 했습니다. 그리하여 18개월의 훈련 스케줄을 짰습니다. 저의 하루 일과는 완벽했습니다. 아침에 일찍 일어나 아이들과 함께 식사를 하고 아이들을 학교에 데려다 주고는 나머지 시간을 훈련을 하는 데 보냈습니다.

모든 일이 스케줄대로 착착 진행되어 갔습니다. 6월 21일, 결혼 기념일 저녁이 될 때까지는 그랬습니다. 저는 아내와 저녁식사를 하러 나가기 전에 훈련 페이스를 잃지 않기 위해 자전거로 한 시간 정도 동네를 돌고 와야겠다는 생각을 했습니다. 시속 100킬로미터로 달리던 차가 난데없이 저를 친 것은 제가 집에서 불과 3킬로미터 떨어진 거리에 있을 때였습니다. 자전거는 자동차 밑으로 들어갔고, 저는 앞유리를 들이받고는 차 지붕 위로 날아올랐다가 길바닥에 나동그라졌습니다. 심각한 부상이었지만 치명적이지는 않았습니다. 팔꿈치 골절에 척추뼈 네 군데가 금이 가고, 손가락 두 개가 부러진데다 한쪽 다리와 어깨가 찢어져 꿰매야 했습니다. 물론 자전거는 산산조각이 났지요.

병원에 입원하자마자 의사에게 6주 후에 쉐르본에서 열리는 철인3종경기에 참가할 수 있냐고 물었던 기억이 납니다. 그때 의사는 어이없다는 듯 웃기만 했던 것 같습니다. 그토록 열심히 훈련을 했는데 목표를 눈앞에 두고 포기해야 하는 심정을 당신들은 충분히 이해할 겁니다.

저는 입원하고 2주 동안은 신경질만 부렸습니다. 생각할수록 화가 났던 것이지요. 그런데 어느 날, 함께 훈련하던 친구가 저를 찾아왔습니다. 그 친구는 당신과 릭이 제 삶을 바꾸었다는 사실과 철인3종경기를 완주하고 싶은 제 열망을 잘 알고 있었습니다. 그는 1999년 하와이 철인3종경기에 참가한 당신들의 DVD를 인터넷에서 주문해 제게 건네주었습니다. 저는 DVD를 보면서 '부러진 팔보다 더 큰 장애를 안고 있는 저 사람들도 하는데 내가 못할 이유가 뭐 있어?' 하고 생각했습니다.

저는 다시 쉐르본 철인3종경기에 출전하기로 마음먹고 준비를 하기 시작했습니다. 그런데 제게 맞는 새 자전거를 찾는 일부터 쉽지 않았습니다. 저는 키가 2미터에 가깝습니다. 영국은 물론이고 유럽 내에서도 제 키에 맞는 자전거를 파는 곳은 없었습니다. 결국 저는 미국에서 자전거를 주문해야만 했습니다. 제가 자전거를 받은 것은 경기에 참가하러 가기 전날이었습니다. 세관에서 자전거를 쉽게 내주지 않았기 때문이지요.

다음에 해결해야 할 문제는 어떻게 한쪽 팔만으로 수영을 익힐까 하는 것이었습니다. 저는 동네 수영장에서 아주머니들 틈에 끼여 연습했는데, 처음에는 아주머니들이 노골적으로 짜증을 내더군요. 한쪽 팔을 휘저으며 물을 튀기니까 그랬겠지만 나중에는 아주머니들과 사이가 좋아져서 경기에 나가도 충분할 만큼 연습을 많이 했습니다. 그 시점에서는 그나마 달리기가 가장 걱정이 덜 되는 부분이었습니다. 어쨌든 두 다리는 멀쩡했으니까요.

경기가 열리는 쉐르본을 향해 차를 몰면서 저는 별다른 걱정은 하지 않았습니다. 사고 이후 몇 주 동안 안이한 생각에 젖어 연습을 제대로 못했지만, 그래도 이 정도면 웬만큼 뛸 수 있겠다 싶었지요. 적어도 최선을 다하고 있다는 것만 보여줘도 실패는 아니라고 생각했습니다. 아무도 그 이상의 것을 제게 요구할 수는 없을 터였습니다.

쉐르본에 도착해서 제가 선수 등록을 하려고 서 있을 때였습니다. 앞에 서 있던 신사분이 뒤돌아보더니 저를 향해 빙긋 웃더군요. 저는 부러진 팔 때문에 낙담한 터라 기분이 나빴습니다. 그런데 자세히 보니 그 사람은 팔이 하나밖에 없었습니다. 순간, 그 사람에게 미안했습니다. 제가 너무 안이했다는 생각도 들었지요. 그 사람의 웃음은 제게 기운내라는 뜻 같았습니다. 한쪽 팔이 부러졌지만 그것이 핑계거리가 될 수는 없다고 말하는 것 같기도 했습니다.

저는 깁스를 풀고 고통스럽게 몸을 뒤틀며 준비해 온 전신 수영복을 입었습니다. 그리고 물속으로 뛰어들었습니다. 아마 3.9킬로미터 수영 구간을 헤엄쳐 가는 저를 본 사람들은 배꼽을 잡고 웃었을 겁니다. 한쪽 팔로 경쟁자들을 제치려고 버둥거리는 꼴이 우습지 않을 수 없었겠지요. 자전거 구간은 상처가 터져 피가 흐를 때까지는 순조로웠습니다. 비록 모든 구간이 고통스럽긴 했지만 저는 굉장한 보람을 느꼈습니다. 철인3종경기를 완주한 것이 제가 그때까지 한 일 중에서 최고로 잘한 일이라는 생각이 들었습니다.

당신들 두 사람은 경기 내내 제게 큰 자극이 되었습니다. 고통스럽거나 상황이 어렵게 전개될 때마다 저는 속으로 이렇게 중얼거렸습니다.

'이 수영 구간은 그다지 어렵지 않아. 나는 한쪽 팔로도 헤엄을 잘 칠 수 있어. 릭을 끌고 헤엄치는 딕보다는 낫다고. 이 자전거 구간도 그렇게 나쁘지는 않군. 내겐 최고의 자전거가 있으니까 잘 달릴 수 있어. 50킬로그램에 가까운 무게감을 느끼면서 앞에 앉은 릭과 고철 더미 같은 장비로 달리는 딕보다는 낫잖아.'

저는 이렇게 스스로를 독려했습니다. 너무 힘들어 그 자리에 주저앉고 싶을 때는 '두 사람은 했는데 내가 못한다는 게 말이나 돼?' 하고 자신을 나무랐습니다.

딕, 당신은 예순의 나이로, 그것도 심장마비로 인한 수술을 받고 두 달 뒤에 아들을 끌고 달리면서도 저보다 1시간 30분이나 앞선 기록을 달성했습니다. 저는 가끔 사람들에게 당신들의 DVD와 책을 보여주곤 합니다. 그럴 때마다 사람들은 놀라서 할 말을 잃고 맙니다. 그런 것을 보더라도 당신들은 철인3종경기에 출전한 다른 선수들과는 다른 특별한 점을 가지고 있습니다. 사람들은 불가능한 영역에 발을 들여놓은 당신들의 당당한 모습을 보고 감동합니다. 저도 마찬가지입니다. 저는 당신들 두 사람을 알게 되어 무척 기쁩니다. 2005년의 철인3종경기 이후 저는 세 차례나 더 그 경기에 참가해 완주했습니다. 기록도 1시간 50분이나 앞당겼습니다.

사실 저는 지난 2, 3년 동안 몇 개의 사업체를 더 설립했습니다. 경쟁적인 기질과 사업가적인 활동력이 저를 가만히 내버려 두지 않았다고 하면 변명이 될지 모르겠습니다. 하지만 지금은 예전과 다릅니다. 제 가족을 최우선으로 생각하니까요. 사업을 해도 이제는 제가 좋은 아버지가 되는 쪽에 맞추어서 하고 있습니다. 그 덕에 가족과 가까이 지낼 수 있게 되었습니다. 이런 삶이 얼마나 중요한지 깨닫게 해준 데 대해 이 자리를 빌려 딕과 릭에게 감사드립니다.

사람들은 끊임없이 우러러볼 만한 영웅을 찾는 것 같습니다. 우리는 보통 세계적인 수준의 스포츠 선수나 유명인사에게 시선을 줍니다. 하지만 이제는 보스턴의 평범한 두 남자를 보고 이렇게 말할 겁니다.

'저 사람들이야말로 내가 닮고 싶은 영웅이야.'

딕과 릭, 저도 당신들을 닮고 싶습니다.

영국에서
마이크 찰튼

17

예스 유 캔Yes You Can

우리의 이야기에 감명을 받았다는 사람들,
우리 또한 그런 사람들에게서 감동을 받지 않을 수 없었다.
사람들은 늘 우리를 따뜻하고 정성스럽게 맞아 주었고 진심으로 격려하고 응원해 주었다.
그런데 어찌 그런 사람들에게서 감동을 받지 않을 수 있겠는가.

오랜 세월 릭과 나를 지탱해 온 것은 '할 수 있다'는 신념이었다. 우리는 굳게 마음먹으면 무엇이든 할 수 있다고 믿었다. 이 신념을 모든 사람에게 전파하고 싶었다. 그래서 우리는 'Yes You Can(그래요, 당신은 할 수 있어요)'을 우리의 슬로건으로 삼았다. 매번 땀범벅이 된 채 결승선을 통과하는 우리의 경기 모습을 지켜본 사람이라면 자연스럽게 그 슬로건을 보았을 것이다.

몇 차례 경기를 치르고 나자 다양한 사람들로부터 우리 이야기를 들려 달라는 전화가 빗발쳤다. 특히 우리가 보스턴 마라톤에 첫 출전한 뒤인 1981년부터 그런 부탁의 전화가 걸려오기 시작했다. 그때는 지역 텔레비전 방송국과 여러 신문에 팀 호이트에 관한 보도와 기사가 대대적으로 소개된 뒤였다. 사람들은 팀 호이트가 어떤 팀인지 알고 싶어 했다. 우리가 어떻게 경기에 출전하게 되었는지, 우리가 하는 일은 무엇이며, 왜 하는지 궁금해하는 사람들도 많았다. 처음 보는 사람들이 직접 우리 집을 방문해서는 자신들의 모임에 와서 이야기를 들려 달라고 부탁하기도 했다. 로터리 클럽과 라이온스 클럽 같은 단체에서도 우리를 초청했다. 지역 학교의 관계자들도 릭이 각종 경기에 참가하는 것뿐만 아니라 교육을 받기 위해서도 얼마나 힘겨운 노력을 했는지에 대해 강연을 해 달라고 요청했다. 학교 관계자들에게 릭의 공립학교 입학을 허용해 달라고 부탁하면서 겪었던 어려움을 생각하면, 그들이 릭의 이야기를 듣고 싶어 하는 것이 우스꽝스럽게 느껴졌다. 하지만 그 모든 노력의 성과가 있었기에 우리는 기꺼이 그들의 요청을 받아들였다.

나는 처음엔 강연료를 받지 않았다. 사람들이 돈을 내고 우리의 이야기를 듣는다는 것이 거북해서 싫었다. 나는 직업적인 강연가도 아닐 뿐더러 동기부여를 뛰어나게 잘하지도 못했다. 사람들이 팀 호이트에 관한 이야기를 들려주기를 바란다면, 그리고 내가 그렇게 할 수 있다면 그것으로 만족하고 행복할 것 같았다. 나는 릭의 장애에 대해, 그리고 릭과 내가 경기에 나가 달리는 동안 릭이 살아 있다는 느낌을 어떻게 실감할 수 있었는지 등에 대해 이야기했다. 그런데 그런 이야기를 풀어 나가는 게 나로서는 쉽지 않았다. 반면에 릭은 이미 초등학교 5학년 무렵, 그러니까 특수 컴퓨터를 시험해 볼 당시에 자기가 강연할 내용을 거침없이 써 내려갔다. 아들은 멋진 15분짜리 연설문도 작성했는데, 모르긴 몰라도 자기 생각을 컴퓨터에 옮기느라 열대여섯 시간은 족히 투자했을 것이다. 그 연설문은 《피플》에 실려 많은 사람들의 관심을 끌었다.

난생 처음으로 대중 앞에서 강연하게 되었을 때 솔직히 떨려서 혼났다. 나는 학교에 다닐 때도 부끄럼을 많이 타서 친구들 앞에 나서거나 교사들의 질문에 대답하는 것조차 꺼렸다. 답을 알아도 손을 들지 않았지만 이름이 불려 동급생들 앞에 나가서 이야기를 해야 하는 경우 얼굴이 금세 홍당무가 되어서는 말을 더듬기 일쑤였다. 게다가 아이들의 눈에 띄지 않는 구석을 좋아했고, 숙제나 시험으로 질문에 답하는 것을 더 편하게 생각했다. 천연덕스러운 릭과 달리 나는 지금도 익살을 부릴 줄 모르는데, 이런 성격 탓에 대중 앞에 나설 때마다 바짝 긴장하곤 했다. 더욱이 내가 대단한 이야기를 들려주기를 기대하는 듯한 사람들의 눈빛을 대할 때는 손바닥이 축축할 정도로 식은땀이 났고 심장은 방망이질을 쳤다.

그러던 어느 날, 나는 이렇게 생각했다.

'왜 내가 이렇게 긴장하지? 우리 이야기는 심각한 게 아닌데 말야. 단순히 노력과 끈기에 대한 이야기일 뿐이잖아.'

나는 무대 공포증을 극복하기 위해 그런 생각을 하며 스스로를 달랬다. 그리고 긴장할 때마다 릭이 이룬 것들을 떠올렸다. 릭은 사람들이 불가능하다고 여기는 많은 것들을 해냈다. 그런데 아버지인 내가 못할 게 무엇이란 말인가. 아무리 말주변이 없고 수줍음을 탄다고 해도 사람들 앞에서 몇 마디는 할 수 있는 일이었다.

몇 차례 강연을 하고 나자 자신감이 생겼다. 청중 앞에 서는 것이 얼마나 멋진 일인지, 사람들은 또 우리를 얼마나 따뜻하게 반겨 주는지 깨닫게도 되었다. 사람들은 릭과 나를, 그리고 우리 이야기를 순수하게 받아들였다. 그들은 진심으로 우리의 이야기에 귀를 기울였다. 다들 우리에게서 배울 것이 있다고 생각하는 표정이었다.

강연을 하면서 사회성도 길러졌다. 릭이 아기였을 때 아내와 나는 릭에게 어떤 문제가 있는지 전혀 몰랐다. 그래서 늘 두려웠다. 아내는 이웃들이 뭐라고 생각하고 말할지 두려워서 릭을 바깥에 데리고 나가는 걸 주저했다. 나도 처음에는 그랬다. 그런데 이제는 당당하게 아들의 휠체어를 밀고 강연회에 나가고, 내가 강연하는 동안에는 내 옆자리에 자랑스러운 마음으로 앉힐 수 있게 되었다. 사람들은 우리에게 우레와 같은 박수를 보내주었다. 나는 사람들의 넘치는 사랑과 지원에 힘입은 데다 그들에게 메시지를 전하는 일이 가치 있는 일이란 걸 깨달음으로써 어느 정도 무대 공포증을 극복할 수 있었다.

처음 얼마 동안은 릭과 함께 강연회에 나갈 수 없었다. 릭이 학교에 다니면서 공부를 하느라 계속 바쁜 나날을 보냈기 때문이었다. 하지만 어느 정도 시간이 지나자 아들과 함께 강연회 일정을 잡을 수 있게 되었다. 릭은 나와 함께 무대에 오르는 걸 좋아했다. 그리고 사람들에게 메시지를 전하는 걸 즐겼다. 릭은 아직 서툴기는 하지만 청중을 압도하는 그만의 메시지를 갖고 있었다. 1986년에 릭의 특수 컴퓨터에 음성 합성 장치를 달았는데, 릭은 그 덕에 연설문을 써서 컴퓨터에 저장했다가 그 내용을 음성으로 청중에게 들려줄 수 있게 되었다. 사람들은 릭의 생각을 음성으로 들을 때마다 뜨거운 반응을 보였다. 그만큼 릭의 이야기는 강렬한 호소력을 지니고 있었다.

그동안 릭과 나는 먼 거리를 마다하지 않고 강연회에 다녔다. 그런데 안타깝게도 릭이 나이가 들면서 비행기로 여행하는 게 점점 힘들어지고 있다. 릭에게는 오랜 시간 비행기 좌석에 앉아 있는 게 고역 중의 고역이다. 특히 등에 문제가 있어서 계속 움직이고 위치가 바뀌는데, 이런 현상이 갈수록 더 늘고 그 시간이 더 오래 걸리는 것 같다. 울혈 치료와 등 마사지를 병행하고 근육 이완제를 써서 조절이 안 되면 몇 년 안에 수술을 받아야 할지도 모른다.

휠체어도 문제다. 릭에게는 경주용 휠체어와 평소에 집과 사무실에서 쓰는 휠체어, 그리고 장거리 여행용 휠체어가 있다. 그런데 항공사 직원들은 걸핏하면 여행용 휠체어를 망가뜨려 놓는다. 한번은 비행기에서 내려 보니 휠체어 의자 팔 한쪽이 사라지고 없었다. 화물과 함께 아무렇게나 던져 놓았기 때문이었다. 여행용 휠체어는 일단 망가지면 고칠 길이 없다. 새것을 장만한다 해도 비행기 여행을 하고 나면 망가지기 일쑤다. 그래서 릭의 여행용 휠체어는 늘 나사 몇 개가 빠져 있고 팔 부분이 없는데다 군데군데 테이프로 감겨 있다. 그런데 임시변통으로 여기저기 손대서 쓰다 보니 앉아 있기에도 불편하고 릭의 몸과 잘 맞지도 않는다. 특히 특수 컴퓨터를 편하게 사용하려면 의자가 몸에 맞아야 한다. 그렇지 않으면 머리 쪽의 금속 바를 움직일 수가 없다. 릭은 강연회에서도 휠체어 의자 때문에 몇 차례 강연을 하다 말았다.

결국 앞에서 밝힌 몇 가지 이유로 릭은 장시간 비행을 해야 하는 강연회에는 참석하기 힘들다. 물론 강연회 장소가 운전해서 갈 수 있는 데라면 문제될 것이 없다. 평소에 쓰는 휠체어에 앉아 밴을 타고 가면 그만이다. 나는 가까운 거리는 릭과 함께 가지만 비행을 요하는 강연회에는 혼자 가고 있다.

처음으로 사례비를 받았던 것은 지역의 공립학교 강연에서였다. 그때 학교 측에서는 학교까지 오는 데 드는 경비 명목으로 40달러를 수표로 주었다. 우리는 한 번도 강연에 대해서 광고 같은 걸 한 적이 없었다. 우리의 이야기는 입에서 입으로 전해지고, 텔레비전과 신문을 통해 널리 퍼져 나갔다. 그래서 여러 학교에서 강연 요청을 받았는데 그때마다 사례비로 40달러 또는 50달러를 받았다.

대기업으로부터도 직원들에게 강연을 해 달라는 요청을 여러 차례 받았다. 처음에는 기업들이 왜 우리를 찾는지 이해할 수가 없었다. 학교나 YMCA 또는 지적 장애나 발달 장애를 가진 사람들의 권리를 옹호하는 단체에서 강연을 요청받는다면 얼마든지 이해할 수 있는데, 장애인과 아무 상관도 없는 대기업이 무엇 때문에 오라는 것인지 아무리 생각해도 납득이 되지 않았다. 그 의문이 풀린 것은 기업 측에서 보내온 초청장의 내용을 보고 나서였다. 기업에서 요구하는 것은 릭과 같은 장애자에 관한 이야기가 아니었다. 우리의 슬로건인 'Yes You Can'과 관련해 우리가 전하는 메시지를 듣기 위해서 강연을 요청했던 것이다. 어느새 그 슬로건은 건강한 신체를 가진 사람들의 마음에도 다가서 있었다. 릭과 나는 여러 기업과 단체에서 강연했다. 그 어디에서든 우리의 메시지는 같았다. 청중의 반응도 한결같이 뜨거웠다.

우리는 강연회에 참석한 사람들이나 우리를 후원한 기업들로부터 편지를 많이 받는다. 그 편지들은 모두 내 사무실에 보관되어 있다. 우리는 편지를 쓴 사람들의 성원과 격려의 힘으로 우리 일을 계속해 나갈 수 있는 추진력을 얻는다.

언젠가는 우리가 강연을 하러 갔던 매사추세츠 주 홀리크로스 대학의 학생에게서 이런 이메일을 받았다.

강연회 맨 끝에 질문했던 청년 중 하나는 저희 학교에 다니는 자폐 학생입니다. 강연회 다음 날 저는 캠퍼스 한가운데에서 '그래, 나는 할 수 있어!'라고 큰 소리로 외치는 그 학생을 보았습니다. 선생님의 강연이 저뿐만 아니라 그 학생에게도 큰 영향을 주었다고 확신합니다. 그 학생이 선생님에게 이메일을 보낼지 어떨지는 잘 모르겠습니다. 하지만 선생님께서 저와 강연회에 참석했던 학생들에게 전하신 그 강렬한 메시지는 모두의 마음속에 영원히 살아 있을 것입니다.

비행기를 타고 한 호스피스 단체에 특별 강연을 하러 간 적이 있었는데 나중에 그 단체장이 이런 편지를 보내왔다.

호이트 씨께서 제15회 호프만 호스피스 연례 기금 모금 행사에 특별 객원 연사로 베이커스필드를 방문해 주신 지 딱 일주일이 지났군요. 그날 저희는 얼마나 큰 감동을 받았는지 말로 표현할 수 없을 정도입니다. 팀 호이트의 강연에서 받은 감동은 저희 모두의 가슴에 생생하게 남아 있습니다. 장애에도 불구하고 놀라운 일을 해낸 릭, 그리고 아들을 위해 평생을 헌신한 호이트 씨 당신의 이야기는 질병 말기 환자와 그 가족들을 돌보는 저희에게 깊은 감명과 함께 저희의 사명이 무엇인지 되돌아보는 기회를 주었습니다. 호이트 씨께서 이곳 서부 해안까지 오셔서 감동적인 이야기를 들려주신 것은 저희에게 더할 나위 없이 큰 축복이었습니다.

우리의 이야기에 감명을 받았다는 사람들, 우리 또한 그런 사람들에게서 감동을 받지 않을 수 없었다. 사람들은 늘 우리를 따뜻하고 정성스럽게 맞아주었다. 우리에게 마음에서 우러나온 응원과 격려의 박수를 보내주었다. 그런데 어찌 그런 사람들에게서 감동을 받지 않을 수 있겠는가. 우리는 강연회를 통해 사람들에게 감동을 준 만큼 똑같이 감동을 받았다.

시간이 지나면서 강연회의 규모는 점점 커졌다. 우리는 강연을 하러 다니면서 사람들에게 동기부여를 하는 데 따른 성취감을 맛보았을 뿐만 아니라, 장애인에 대한 인식 재고와 함께 장애인을 위한 기금 모금도 도왔다.

한번은 YMCA가 주최한 캠프에서 기금 모금을 위한 강연을 해 달라는 부탁을 받은 적이 있었다. YMCA에는 장애 아동을 위한 특별 프로그램이 있기 때문에 우리는 항상 이 단체를 돕고 싶어 하던 차였다.

YMCA 측은 그 캠프를 통해 1만 5000달러가 넘는 기금을 모았는데, 단 한 번의 행사로 그렇게 많은 돈을 모은 것은 처음이라며 우리에게 감사장을 주었다. 물론 기업이 벌어들이는 일일 수익에 비교한다면 1만 5000달러는 그다지 큰돈이 아닐 터였다. 하지만 그것은 장애 아동을 돕기 위해 지역 사람들이 십시일반으로 내놓은 소중한 돈이었다. 아무튼 YMCA 측은 릭과 내가 기금 모금에 공헌했다며 진심으로 고마워했다.

우리는 장애 아동을 위해 헌신하는 국제 자선 단체인 이스터 실즈의 활동에도 참여했다. '이스터 실즈를 위한 팀 호이트 캠페인'을 벌여 기금 모금을 도왔던 것이다. 릭은 어렸을 때 이스터 실즈가 주최한 여름 캠프와 수영 프로그램에 참가한 적이 있었다. 그 외에도 우리 가족은 오랫동안 그 단체에서 너무나 많은 것을 받아 왔다. 따라서 우리가 무엇으로든 도움을 주는 것은 지극히 당연한 일이었다.

이스터 실즈를 위해 가장 많은 기금을 모금한 때는 2006년이었다. 그때 우리는 스물다섯 번째 보스턴 마라톤을 이스터 실즈의 기금 모금을 위해 뛰었고, 매사추세츠 주 지부와 연계해서 이듬해까지 이런저런 모금 행사를 열었다. 그리하여 36만 달러 이상의 기금을 모았다. 이것은 매사추세츠 주 지부가 기금을 모은 이래 가장 높은 금액이었다. 우리는 또 보스턴 소아전문병원의 발전 기금 모금에도 참여했다. 이곳 역시 릭의 삶에 큰 영향을 주었기 때문이다. 특히 이 병원이 개발한 의사소통 프로그램은 릭이 의사소통을 하는 데 결정적인 도움이 되었다.

2009년 우리는 그에 대해 감사하는 마음으로 우리의 1000번째 경기이자 스물일곱 번째인 보스턴 마라톤을 이 아동 병원과 의사소통 프로그램을 위해 뛰었다. 그때 릭은 병원 홍보 영화에 출연했는데 음성 합성기를 사용해서 이렇게 말했다.

"아버지와 제가 역사를 만들어 가는 모습을 보신 모든 분들이 1달러씩 의사소통 프로그램을 위해 기부하신다면 언어 장애를 겪는 많은 사람들에게 놀라운 변화가 일어날 것입니다."

릭과 나는 보스턴 소아전문병원을 위해 호이트 재단을 활용해서 많은 사람들의 호응을 얻었다. 그 일은 지금도 계속하고 있는데, 모든 사람이 한자리에 모여 무언가 위대한 것을 창조해 내는 일에 우리가 작은 힘이나마 보탠다는 생각을 하면 그렇게 뿌듯할 수가 없다.

지난 몇 년 동안 우리는 그야말로 눈코 뜰 새 없이 바빴다. 주중에는 달리기와 철인3종경기 훈련을 하고, 주말에는 경기에 참가해서 열심히 뛰었다. 그러면서 이곳저곳 강연을 하러 다니고 각종 기금 모금에 참여했다. 어느새 우리 이야기를 사람들에게 들려주는 일이 릭과 나의 생활에서 중요한 부분을 차지하게 되었다. 우리 이야기는 단순명쾌하다. 나는 누구라도 하고 싶은 일에 온 마음을 쏟으면 반드시 할 수 있다고 믿는다.

요즘은 사람들 앞에서 말할 때 그다지 긴장하지 않는다. 청중이 스무 명이든 2만 5000명이든, 청중의 수는 이제 문제가 되지 않는다. 일단 무대에 올라 우리의 이야기를 시작하면 침착해진다. 가족 앞에 서 있는 것 같은 느낌마저 든다. 이는 온전히 청중 덕분이다. 청중이 너무

나도 따뜻하게 맞아주기 때문이다.

내 이야기를 듣는 사람들 대부분은 나를 편하게 대한다. 이웃집 아저씨 같다는 사람들이 많다. 그런데 나를 본 적이 없는 사람들은 나에 대해 오해하는 것 같다. 나를 터프한 운동선수, 그러니까 경기마다 아들을 밀며 힘차게 달려가는 텔레비전 화면 속의 거인쯤으로 상상하는 듯하다. 하지만 나는 170센티미터가 될까 말까 한 키로, 미국 남자로서는 작은 편에 속한다. 많은 사람이 외모로 상대방을 판단하는 것 같다. 그러나 무엇을 하려는 의지나 신념은 몸이 아니라 마음에서 비롯된다. 릭은 그 사실을 분명하게 입증한 아이다.

과학 기술이 발달한 덕에 요즘은 강연하기가 쉽다. 파워포인트로 작성한 발표문이나 DVD를 가지고 강연을 하는 경우가 많다. 하지만 강연 내용은 세월이 지나도 별로 변한 게 없다. 나는 강연회에 갈 때마다 청중을 향해 "그래요, 당신은 할 수 있어요!"라고 외치면서 강연을 시작한다. 그러고는 몇십 년 동안 사람들이 왜 릭과 내게 "그래요, 당신들은 할 수 없어요"라고 말했는지 설명한다. 강연을 마칠 때 우리가 보여주는 영상이나 짧은 DVD 프로그램 안에는 릭이 주인공이 되어 이야기하는 모습이 담겨 있다. 물론 릭의 의사소통은 컴퓨터를 통해 이루어진다. 따라서 릭이 무대에 있지 않을 때도 청중은 그의 존재를 느낄 수 있다.

우리가 강연회를 통해 궁극적으로 바라는 것은 일반인들의 장애인에 대한 태도 변화다. 따지고 보면 누구에게나 신체적으로든 정신적으로든 한 가지 이상은 장애가 있다. '나는 없다'라고 자신 있게 말하는 사람을 나는 이제껏 한 번도 만나지 못했다. 강연회가 끝나면 청중과 이야기를 나눌 때가 많은데, 장애인을 친지나 가족으로 둔 사람들이 적지 않았다. 대기업의 최고경영자 중에도 가족이나 친구가 휠체어에 앉아 생활한다고 말하는 사람들이 있었다.

그런 사람들일수록 우리 이야기에 쉽게 공감한다. 우리로 인해 장애인에 대한 생각이 바뀌었다는 사람도 많다. 언젠가 강연회가 끝났을 때 젊은 아가씨가 내게로 오더니 이런 이야기를 들려주었다. 그녀의 사무실에는 휠체어를 사용하는 여성이 있었다. 아가씨는 그 여성과 업무가 달라 마주치면 가볍게 인사하는 정도의 사이로 지냈다. 한 번쯤 말을 걸 수도 있겠지만, 아가씨 생각에는 그 여성과 공통점이 있을 것 같지도 않았다. 더욱이 상대편 여성은 휠체어에 앉아 있기 때문에 자신과 생각이 다를 것 같았다. 그런데 어느 날 누군가가 아가씨에게 릭과 내가 달리는 모습이 담긴 유튜브 동영상과 우리에 대한 《스포츠 일러스트레이티드》의 기사를 이메일로 보내주었다. 아가씨는 휠체어에 의지한 릭의 강한 정신력과 삶에 대한 열정에 감동했다. 릭을 만나보고 싶은 마음도 생겼다. 아가씨는 단지 휠체어를 사용한다는 이유만으로 자신과 다르다고 여겼던 동료 여성에게도 미안한 생각이 들었다. 그래서 다음 날 그 여성에게 가서 말을 걸었다. 그 뒤 아가씨는 쉬는 시간과 점심때 그 여성과 수시로 이야기를 나누었고, 공통점도 꽤 많다는 것을 발견했다. 둘 다 좋아하는 음악과 영화와 음식도 비슷했다.

두 사람은 퇴근 후 함께 어울리기 시작했고 지금은 아주 친한 친구가 되었다고 한다. 그 아가씨는 내게 작별 인사를 하면서 만일 그때 릭을 알지 못했다면 그 여성 동료와 친구가 되려는 생각은 절대로 할 수 없었을 거라고, 그랬다면 두 사람 모두 멋진 우정을 나눌 기회를 놓쳤을 거라고 말했다.

물론 나는 아가씨의 이야기를 듣고 기분이 무척 좋았다. 릭과 내가 자신들의 삶에 영향을 주었다는 사람들의 말을 듣고 나면 가슴이 뭉클해지기도 한다. 우리의 이야기를 접하고 좋은 부모가 되었다는 사람도 있고, 술이나 마약을 끊었다는 사람도 있다. 릭과 나에 대한 이야기가 많은 사람의 삶을 변화시킨다는 것은 확실히 경이로운 일이다.

릭과 나는 앞으로도 계속 우리의 이야기를 사람들에게 들려줄 것이다. 우리는 세계 곳곳에서 날아오는 이메일과 전화를 많이 받는다. 기업이나 단체에서 우리의 이야기를 듣고 싶다며 초청하는 것이다. 그런데 현재로서는 바쁜 경기 일정 때문에 멀리까지 여행할 수는 없다. 그리고 아직은 릭과 함께 주말마다 마라톤과 철인3종경기에 참가하는 것이 더 즐겁다.

존경하는 팀 호이트에게

당신들의 유튜브 동영상을 보기 전까지만 해도 저는 지팡이나 휠체어 없이는 돌아다닐 수 없는 처지였습니다. 그때는 늘 집을 떠나는 게 두려웠습니다. 언제 맞닥뜨릴지 모를 위험 때문이었지요. 저는 성인이 되어서 다발성 경화증이라는 병을 얻었습니다. 그때부터 저의 삶도 몸처럼 감각을 잃은 듯 마비되었습니다. 그러다 당신들의 동영상을 보았고 거기서 자극을 받아 달리기를 시작했습니다. 달리기를 하고 이런저런 활동을 하는 당신들의 모습에서 저 자신의 약점과 한계를 극복해야 한다는 것을 배웠습니다.

처음 시작할 때는 2킬로미터도 안 되는 거리를 뛰었습니다. 그러다 3킬로미터, 5킬로미터 레이스를 뛰게 되었습니다. 레이스가 끝날 즈음엔 너무나 고통이 심하고 몸은 완전히 녹초가 되어 그 자리에서 쓰러지곤 했습니다. 하지만 목표에 도달했다는 만족감에 얼굴 가득 미소를 지었지요.

당신들의 유튜브 동영상이 제게 얼마나 큰 힘이 되었는지 깨닫고 나서 저는 제가 근무하는 병원의 모든 사람들에게 당신들에 대해 이야기했습니다. 많은 사람들이 감동하더군요. 멜리사 랜드리는 릭처럼 뇌성마비를 앓고 있는데, 장애아를 위한 기금을 마련하려고 병원 주위에서 머핀을 팝니다. 그녀는 당신들의 동영상을 보

고 새로운 영웅을 갖게 되었다면서 자신도 팀 호이트를 닮고 싶다
고 말했습니다.

멜리사와 저는 병원의 노인 환자들을 위해 자원봉사를 하는데,
어느 날 문득 팀 호이트의 정신을 그들에게 전파하면 좋을 것 같다
는 생각을 했습니다. 우리는 환자들에게 당신들의 동영상을 보여
주었습니다. 그러자 환자들이 변하기 시작했습니다. 온종일 불평
하며 자신의 삶을 비관하던 그들이 희망을 가지고 시련과 역경을
극복하려고 노력하기 시작한 것입니다.

멜리사와 저는 팀을 이루어 경기에 나가는 것에 대해 의견을 나
누었습니다. 멜리사는 우선 제가 자기에게 의지해서 달리는 것이
좋겠다고 말했습니다. 우리가 경기에 참가한다고 하자 병원의 동
료 직원들과 달리기 클럽 회원들, 그리고 환자들까지 나서서 우리
를 후원했습니다. 그들은 멜리사에게 경기용 휠체어까지 마련해
주었습니다.

그 다음 주, 멜리사와 저는 정말로 경기에 나가서 함께 달렸습니
다. 저는 그녀에게 생명줄과도 같은 휠체어에 무리가 갈까 봐 불안
했습니다. 하지만 그녀가 의욕에 차 있어서 참가하지 말라는 말을
입 밖에 낼 수가 없더군요.

우리는 레이스를 완전히 마치지는 못했습니다. 결승선을 얼마
남겨 놓지 않은 지점에서 제가 넘어졌습니다. 그런데 그때 한 친절
한 여성분이 다가와서 도로 밖으로 저를 이끌어 주었습니다. 그녀

는 경기에 참가한 한 달리기 팀의 훈련 코치였습니다. 저는 그녀의 팀에 들어가고 싶었습니다. 그녀는 그 자리에서 승낙했지만 제가 계속 달리기를 할 거라고는 생각하지 않는 듯했습니다. 저는 그녀에게 제가 달리는 것은 단지 저를 위해서가 아니라 모든 사람에게 할 수 있다는 사실을 알려주고 싶어서라고 말했습니다.

멜리사와 저는 훈련도 함께했습니다. 주위 사람들은 우리를 물심양면으로 후원해 주었습니다. 그들은 우리가 사람들에게 전하고자 하는 메시지가 무엇인지 잘 알고 있었습니다. 멜리사와 제가 팀 호이트에게서 배운 또 한 가지 중요한 교훈은 우승을 하는 것이 경기를 하는 목적이 아니라는 점입니다. 딕, 당신은 아들 릭을 위해 달립니다. 아들이 달리기를 좋아하니까 달립니다. 아들이 스스로의 장애를 의식하지 않기 때문에 달립니다. 제가 달리는 것은 저의 약점과 한계를 솔직하게 인정하고 목표를 이룬 데서 얻는 만족감 때문입니다. 멜리사가 달리는 것은 딕 당신처럼 누군가를 응원하고 그에게 희망을 주고 싶어서입니다. 우리가 달리는 것은 메달이나 기록 때문이 아닙니다. 스스로에게, 그리고 다른 사람들에게 할 수 있다는 것을 증명해 보이고 싶어서입니다. 우리가 얻고자 하는 메달은 바로 그것입니다.

팀을 이룬 뒤로 멜리사와 저는 여섯 번의 경기에 참가했습니다. 그중 한 번은 하프 마라톤이었습니다. 우리는 내년 초에 열리는 마라톤 풀코스를 위해 훈련하고 있습니다. 제가 건강하고 행복한 것은 당신들의 동영상에서 받은 감동과 멜리사의 지지 덕분입니다. 제 건강은 주중 다섯 번의 훈련과 인생에 대한 긍정적인 시선 덕에 많이 나아졌습니다.

저는 장애를 있는 그대로 받아들여야 한다고 생각합니다. 장애를 받아들여야 그것을 극복하려는 의지가 생기고 삶의 목적을 발견하게 된다고 봅니다. 이것은 사실 당신들 두 사람을 통해 얻은 깨달음입니다. 우리는 두 사람을 만나고 싶습니다. 아니, 언젠가 팀 호이트와 함께 달릴 수 있는 날이 오기를 간절히 바랍니다.

우리는 계속 당신들이 가르쳐 준 메시지를 전할 것입니다.

루이지애나 주 레이크찰스에서
캐런 화이트

18
세계에서 가장 강한 아버지

"아버지는 단지 내 팔과 다리 역할만 하는 사람이 아닙니다.
그는 내 삶의 원천이고 내 삶이 충만해지도록 끝없이 이끌어 주는 사람입니다."
나는 릭의 글을 읽으면서 손등으로 몇 번이나 눈을 비볐다.
눈시울이 젖어 글이 잘 보이지 않았다.

21세기가 밝았을 때 릭과 나는 한 번도 상상해 본 적이 없고, 솔직히 이해도 안 되는 새로운 형태의 매체를 통해 전 세계에 알려졌다. 그런데 새로운 세기를 맞이한 우리 앞에 예상치 않은 몇 가지 새로운 문제들이 나타났다. 2003년, 나는 예순셋의 나이로 주말마다 마라톤과 철인3종경기에 출전했다. 어쩌면 이때가 생애 가운데 가장 건강한 때가 아니었나 싶다.

그런데 보스턴 마라톤이 열리기 몇 달 전 우리가 하이애니스 마라톤 하프 코스에 출전하기 위해 매사추세츠 주 케이프코드에 가 있을 때였다. 목구멍과 가슴 부위에서 간지러움이라고 표현할 수밖에 없는 증상이 느껴졌다. 처음 겪는 것인데다 훈련에 대한 평소의 신체적 반응과는 사뭇 다른 것이어서 당황했다. 다섯 번의 경기에 더 참가한 그 한 달

동안 간지러움이 사라지지 않아, 나는 진료를 받기 위해 스테파니 키니 박사를 찾아갔다. 키니 박사는 심전도 검사를 하더니 심장전문의를 찾아가 보라고 권했다. 조엘 고어 박사는 내게 이미 몇 차례 경미한 심장마비가 있었다고 말했다. 그러면서 심장에 연결된 동맥의 95퍼센트가 막혀 있다고 했다. 그나마 달리기를 통해 건강을 유지해서 망정이지 그렇지 않았다면 이미 15년 전에 세상을 떴을 거라는 말도 했다. 그러고 보면 릭이 내 목숨을 구한 셈이었다.

나는 응급 혈관성형수술을 받았고, 그래서 어쩔 수 없이 그해의 보스턴 마라톤을 포기해야 했다. 그러나 릭과 나는 낙심하지 않았다. 심장 수술을 했다고 멈추지는 않을 작정이었다. 우리는 역경의 베테랑이었기 때문이다. 2003년 9월, 우리는 하와이 코나에서 열리는 '아이언맨 월드챔피언십'에 출전하기 위해 훈련에 박차를 가했다. 의사들은 그런 사실을 알고 놀라면서도 우리가 그때까지 해왔던 대로 계속해도 좋다고 허락해 주었다.

그해 코나에서의 철인3종경기 중 수영 구간은 무척 순조로웠다. 그런데 자전거 구간의 140킬로미터 못 미친 지점에서 그만 우리는 언덕 아래로 구르고 말았다. 자전거는 망가졌고, 릭은 심하게 다쳐서 다섯 시간 동안 응급실 신세를 져야 했다. 나는 비교적 멀쩡했다. 하지만 릭은 오른쪽 눈 위로 대여섯 바늘을 꿰맸다. 경기 중 릭이 다치는 건 악몽 중의 악몽인데, 2003년에는 릭과 나 둘 다 병원을 자주 들락거렸다.

2년 뒤인 2005년에도 힘든 시간을 보냈다. 폭풍우가 몰아쳐서 나무가 쓰러지는 바람에 지붕이 거실까지 무너져 내렸다. 다행히 가족은 무사했지만 거실의 살림살이가 박살이 났다. 그로부터 불과 며칠 뒤에는 특수 장비를 단 밴이 고장 나서 아예 새것을 구입해야 했다. 크리스마스 며칠 전에도 나는 병원 신세를 졌다. 연골 조직이 손상을 입어 무릎 수술을 받았던 것이다. 나는 그해의 크리스마스를 목발을 짚고 보냈다. 오랜 시간 달리기를 해왔지만 무릎 수술을 받은 것은 그때가 처음이었다.

그 무렵 우리는 유명세에 시달리고 있었다. 언론 종사자들은 좋은 일이든 나쁜 일이든 우리에 관한 것이면 무조건 기록해서 보도하려고 우리를 졸졸 따라다녔다. 언론 매체들이 우리 이야기를 다루려고 그처럼 끈질기게 쫓아다닐 줄은 전혀 예상하지 못했다. 물론 전에도 신문과 방송에서 우리 이야기를 다루곤 했다. 우리는 TLC 방송의 '놀라운 가족'을 비롯해 '굿모닝 아메리카', '로지 오도넬 토크쇼', '위크엔드 투데이' 등 많은 프로그램에 출연했다. 우리 이야기는 미국 전역으로 퍼져 나갔고, 그에 따라 많은 사람들이 우리에게 강연을 해 달라고 요청했다. 릭과 나는 색다른 모습으로 사는 열두 명의 미국인을 다룬, 루이스 슈왈츠버그 감독의 〈아메리카의 마음과 영혼〉이라는 다큐멘터리 영화에도 출연했다.

우리는 사람들의 관심을 받고 있다는 사실을 거의 잊고 지냈다. 늘 바빴기 때문일 것이다. 릭은 항상 경기에 참가하기 위해 준비하거나 직장에서 일하느라 바빴다. 내 경우에는 늘 경기를 준비하지 않으면 강연을 준비하고 있었다. 사람들의 관심을 받는 건 기분 좋으면서도 조금은 부담되는 일이다. 우리는 텔레비전에 출연하거나 신문과 잡지에 우리에 대한 기사가 나도록 애쓴 적이 없다. 우리가 의도하지도 않았는데 우리 모습이 텔레비전에 나오거나 신문에 실렸다. 보스턴 마라톤의 경우 늘 텔레비전에 중계되기 때문에 매년 참가한 우리가 자연스레 방송에 나왔던 것이다. 철인3종경기의 경우도 마찬가지다. 웬만큼 큰 경기에는 기자들이 따라붙기 때문에 우리까지 보도되었다. 물론 우리를 특별히 취재하려는 기자들도 있다. 그들은 우리의 일거일동을 놓치지 않기 위해 집요하게 쫓아다닌다. 그래서 조금은 부담스럽다는 것이다.

경기를 할 때 처음에는 주자들 사이에서 자리를 확보하는 것부터가 쉽지 않았다. 어떤 때는 밀리지 않으려고 끙끙거리며 버티기도 했다. 하지만 이제는 그럴 필요가 없다. 선수들은 기쁜 마음으로 우리에게 자리를 내준다. 그리고 팬들은 우리를 보기 위해 경주로를 따라 열을 지어 서 있다. 우리는 우승에 대해 그다지 신경 쓰지 않는다. 완주하는 것에 행복을 느낄 뿐이다. 요즘 들어 계속 느려지긴 하지만 기록이 좋으면 금상첨화지, 그 이상의 의미는 두지 않는다. 사람들이 보고 싶은 것은 경기에 참가해서 열심히 뛰는 우리의 모습일 것이다.

달리기의 세계에도 슈퍼스타들이 있다. 하지만 농구나 축구와는 경우가 다르다. 달리기에서는 대부분 사람들이 선수들의 이름을 잘 모른다. 우승한 사람이 지나가도 그가 누구인지 모르는 경우가 많다. 그러나 사람들은 나와 릭은 금방 알아본다. 그들은 우리를 보면 이렇게 말한다.

"팀 호이트다! 악수 한번 합시다. 사진 좀 찍어도 돼요?"

경기가 끝나고 나면 내게 말을 걸고 싶은 눈치를 보일 뿐 다가오지 않고 내 주위를 어슬렁거리는 사람들이 꼭 있다. 나는 그런 사람에게 먼저 다가가서 악수를 청하고 릭에게 소개한다. 대부분의 경우 경기에 참가한 사람들은 우리에게 먼저 다가온다. 그들은 우리가 어떻게 경기에 참가하게 되었는지 알고 싶어 한다. 그들과 이야기를 나누다 보면 함께 힘든 레이스를 벌여서인지 동료애 같은 걸 느끼게 된다.

2005년 아버지날에 스포츠 칼럼니스트인 릭 레일리가 주간지인 《스포츠 일러스트레이티드》에 우리에 대해 글을 쓴 적이 있다. 그때 사람들의 반응은 대단했다. 레일리는 그 전에도 '세계에서 가장 강한 아버지'라는 제목의 글을 실은 적이 있다. 이때만 해도 나는 그를 알지 못했다. 그에게서 연락을 받지도 않았다. 우리는 그 글이 실린 잡지가 나오기 일주일 전쯤 잡지사 측으로부터 연락을 받았다. 담당자는 그 사실을 알려주면서 잡지가 나올 때 웹사이트에 싣는다며 릭과 내 사진을 몇 장 부탁했다. 우리는 그 글이 그렇게 큰 반향을 불러일으킬 줄 몰랐다.

레일리의 칼럼에 대한 반응은 믿기 힘들 정도로 뜨거웠다. 칼럼이 실린 잡지가 발행되자마자 각종 대중 매체에서 우리에 대한 이야기를 쏟아내기 시작했다. 그로 인해 팀 호이트는 더욱더 유명해졌고, 한 번도 본 적이 없는 사람들이 우리에게 연락을 해왔다. 《스포츠 일러스트레이티드》는 구독률이 매우 높은 주간지다. 미국 내 이발소나 미용실은 물론이고 의사를 만나기 위해 기다리는 대기실에서도 이 잡지를 쉽게 발견할 수 있다.

아무튼 '세계에서 가장 강한 아버지'로 인해 ABC 방송의 '월드 뉴스 투나잇'에서는 팀 호이트를 대대적으로 보도했다. 케이블 영화 채널인 HBO 방송국의 한 간부는 그 프로그램을 보고 우리를 HBO 방송국의 '리얼 스포츠'에 출연하도록 주선해 주었다. 나중에 이 프로그램은 우수 장편 특집극 부문 에미상을 수상했다. '투데이 쇼'에서도 릭과 나를 두 번째로 초대했는데, 우리를 '모든 시대를 통틀어 가장 위대한 러브 스토리의 주인공'이라고 소개하며 특집 방송을 내보냈다. 이 방송은 인터넷에도 소개되어 큰 반향을 불러일으켰다. 릭과 나는 뉴욕 맨해튼의 타임스퀘어와 캘리포니아의 광고판에도 등장했다. '헌신'이라는 단어가 우리 둘의 사진 밑에 적혀 있었다. 마치 대단한 인물이라도 되는 듯 곳곳에 나와 있는 우리의 모습을 보고 있자니 꿈을 꾸는 것 같았다.

릭도 나를 얼떨떨하게 만들었다. 2007년 6월, 릭은 남성 잡지 《멘즈헬스》에 '아버지는 내게 어떤 존재인가'라는 제목의 글을 써서 나를 깜짝 놀라게 했다. 릭이 우리 관계에 대해 그처럼 공개적으로 글을 쓴 것은 그때가 처음이었다. 아들은 이렇게 썼다.

"아버지는 단지 내 팔과 다리 역할만 하는 사람이 아니다. 그는 내 영감의 원천이고 내가 인생을 충만하게 살 수 있도록, 다른 사람들 또한 그런 삶을 살 수 있도록 이끌어 주는 사람이다."

나는 릭의 글을 읽으면서 손등으로 몇 번이나 눈을 비볐다. 눈시울이 젖어서 글이 잘 보이지 않았기 때문이다.

우리가 모르는 사이 아들의 글은 MSN 메신저 홈페이지에 게시되었다. 그러자 수천 통의 이메일이 쏟아져 들어왔다. 그리고 5000개가 넘는 메시지가 쇄도했다. 얼마나 많은 이메일과 메시지가 쏟아져 들어오는지 사무실 컴퓨터가 다운될 지경이었다. 미국뿐만 아니라 세계 곳곳에서 이메일과 전화가 빗발치는 바람에 사무실을 관리하는 캐시가 넋을 잃을 정도였다. 나로서는 무엇을 어떻게 해야 할지 알 수가 없었다. 그저 우리에게 연락해서 마음을 전하는 사람들의 성원과 지지에 감격할 뿐이었다.

한 10대 청소년은 우리 이야기를 알기 전까지는 우울한 나날을 보냈는데 이제는 적극적인 성격을 갖게 되었다고 고백했다. 어느 필리핀 여자아이는 뇌성마비인 언니가 릭에 대해 알고 나서 걸으려고 애쓴다는 내용의 이메일을 보내왔다. 또 다른 여성은 우리가 이 시대의 진정한 영웅이라며 아는 사람들에게 유튜브 주소를 이메일로 보내주고 있다고 했다. 나는 아들 릭뿐만 아니라 개인적인 사연을 보내주는 이런 사람들 때문에 멈추지 않고 계속 앞으로 나아갈 수 있다고 생각한다.

우리가 철인3종경기를 하는 장면이 담긴 DVD로 짧게 편집한 유튜브 동영상도 전 세계 사람들의 관심을 끄는 데 큰 역할을 하고 있다. 그 동영상은 릭의 글, 그리고 레일리의 칼럼과 함께 이메일로 전송되어 지금 이 순간에도 세계 곳곳으로 퍼져 나가고 있다. 그리고 그것을 본 사람들의 반응도 실시간으로 우리에게 전달되고 있다. 그중에는 동영상을 보고 엉엉 울었다는 사람들이 가장 많다. 어떤 사람은 우리의 동영상을 보고 하도 울어서 누가 볼까 봐 사무실 문을 잠갔다고 했다. 소방관, 경찰관, 퇴역 군인, 수감자들도 우리 이야기에 감동한 나머지 눈물을 흘렸다는 내용의 이메일을 보내온다.

어느덧 내 나이 일흔이다. 이 나이에 인터넷에서 센세이션을 일으키는 주인공이 되다니, 신기하고 놀라운 일이다. 예전에는 우리에 대한 이야기가 신문과 텔레비전을 통해 소개되었다. 그런데 지금은 인터넷 덕분에 한국, 일본, 브라질, 러시아에서도 각각의 언어로 우리 이야기를 접할 수 있다. 또한 인터넷 웹상의 소문 덕분에 여러 나라의 언론인과 작가들이 우리 이야기를 다루고 있다. 인터넷이 없다면 이런 일은 일어나지 않았을 것이다. 릭과 내게도 전 세계의 팬들이 생기지 않았으리라.

아들과 나는 우리에게 쏟아지는 사람들의 관심이 장애에 대한 인식이 바뀌는 밑바탕이 되기를 바란다. 유명해지려고 인터넷에 동영상을 올리고 책을 쓰는 게 아니다. 릭과 나의 목표 중 하나는 어떤 일에 마음을 쏟으면 누구나 그것을 이룰 수 있다는 걸 보여주는 것이다. 나는 할 수 있다는 신념으로 30년 동안 아들과 함께 달려왔다. 물론 우리는 앞으로도 달릴 것이다.

우리의 1000번째 경기이자 스물일곱 번째 보스턴 마라톤 대회에 참가해 결승선을 통과할 때 손자들이 이렇게 말했다.

"앞으로 천 번은 더 뛰셔야죠."

릭과 내가 앞으로 얼마나 오랫동안 경기를 계속할 수 있을지 모르겠다. 지금은 우리 둘 다 경기를 즐기고 있다. 우리 몸도 아직은 쓸 만한데다 경기에 참가해서 뛰는 즐거움을 포기하고 싶지 않다. 그렇지만 어떻게 될지 알 수 없다. 다만 한 가지는 변하지 않을 것이다. 나는 혼자서는 달릴 생각이 전혀 없다. 릭 또한 나 외의 사람과 경기에 참가하는 것은 생각조차 하지 않는다고 했다. 릭과 나는 한팀이다. 우리는 여전히 만족스럽게 잘 지내고 있다. 나는 릭이 "아버지, 이제 지긋지긋해요"라고 말하기 전까지는 아들과 함께 계속 달릴 생각이다.

굳이 밝히지 않아도 알겠지만 나는 지극히 평범한 사람이다. 나도 집 마당의 잔디를 깎고 도로의 눈을 치우며 자동차의 엔진오일을 간다. 시장도 내가 보고 우리 가족의 저녁을 만드는 것도 나다. 미국에 사는 여느 남자들과 다를 것이 없다. 나는 그저 운이 좋았을 뿐이다. 내게는 사랑하는 가족이 있다. 게다가 장애에도 불구하고 나와 함께 달리는 아들이 있다. 그동안 멀고 먼 길을 달려왔지만 나는 특별한 사람이 아니다. 영웅은 더더욱 아니다. 나는 한 사람의 아버지일 뿐이다. 내가 그동안 한 일도 그다지 대단하지 않다. 나는 그저 러닝화 끈을 동여매고 휠체어에 앉은 아들을 밀며 앞을 향해 달렸을 뿐이다.

릭의 편지

아버지께

이 기회를 빌려 아버지께 직접 편지를 쓰고 싶었어요. 아버지께는 '감사합니다'라는 말도 적당한 표현이 아닌 것 같아요. 아버지가 저와 함께, 그리고 저를 위해 해 주셨던 모든 것에 대한 인사로는 확실히 부족하게만 생각돼요. 아버지 덕분에 제 삶은 아름다운 추억들로 가득해요. 여기에는 아버지가 굴뚝을 세울 때 저를 지붕 위에 데리고 올라가셨던 것 같은 단편적인 추억도 있고, 함께 산을 오르던 때처럼 좀 더 모험을 감수해야 했던 추억도 있어요. 제가 어릴 때, 그러니까 아버지가 육군 주 방위군이었을 때 미사일 격납고를 보여주셨는데 정말 근사했어요. 아버지는 저희 삼형제에게 미사일이 발사되는 광경도 보여주셨지요. 나중에 공군 주 방위군에 계셨을 때는 방위군 팀과 마라톤을 하러 저를 네브래스카에 데려가기도 하셨고요. 이 밖에도 많은 추억이 있는데 그 모든 것은 아버지가 저를 포기하지 않았기 때문에 가능한 일이었어요.

만일 장애가 없다면 저는 아버지를 위해 이런 일을 하고 싶어요. 먼저 '아이언맨 월드챔피언십'에서 최선을 다해 경주할 거예요. 아버지를 태운 보트를 끌고, 아버지 대신 자전거 페달을 밟고, 아버지 휠체어를 밀면서요. 보스턴 마라톤 경기에서도 아버지를 밀며 달릴 거예요. 그리고 아버지가 너무 나이가 들어 몸이 불편해지면 제가 아버지를 보살필 거예요. 그래야 하기 때문이 아니에요. 그렇게 하고 싶어서예요.

아버지의 직업윤리와 절대로 포기하지 말라고 가르쳐 주신 교훈을 저는 항상 소중하게 간직하고 있어요. 아버지의 '할 수 있다'는 정신은 우리의 레이스에 앞서 생긴 것이더군요. 아버지의 어린 시절에 대한 이야기를 들었어요. 아주 작은 집에서 열두 식구가 북적대며 살았던 것이나 아버지와 삼촌들이 어떻게 일해서 가족이 생활할 공간을 마련했는지에 대해서도 알고 있어요. 아버지는 힘든 일을 마다하신 적이 없었다지요. 그리고 경쟁하는 것을 굉장히 좋아하셨고요. 학교 다니는 동안 축구 팀과 야구 팀 주장이기도 하셨다면서요. 그때 익히셨던 것들이 우리가 팀으로 달리는 데 아주 큰 도움이 된 것 같아요.

요즘에는 다른 아버지와 아들도 팀을 짜 경기를 하더군요. 그런 모습은 정말 보기 좋아요. 그 아들들도 제가 그랬던 것처럼 그런 경험을 통해서 많은 것을 얻을 수 있었으면 좋겠어요. 경기를 통해 아버지와 아들이 서로의 삶에 녹아들 수 있다는 건 정말 멋진 일이에요. 저는 그런 사람들의 본보기가 되신 아버지가 가장 멋져 보여요.

훌륭한 아버지 밑에서 자란 덕분에 제게는 다른 아버지들에게 해줄 수 있는 조언이 많아요. 그들에게 먼저 자식을 돌보는 일에 시간을 투자하라고 말하고 싶어요. 이는 특별한 보호가 필요한 아이건 그렇지 않은 아이건 간에 대단히 중요한 거예요. 의사와의 진료와 치료 시간을 충분히 확보하라는 말도 하고 싶어요. 자식을 이해할 시간도 충분히 가지라고 하고 싶고요. 아버지는 자식이 어떤 아이인지 알 수 있어야 해요. 아이와 놀아주느라 땅바닥을 뒹굴어 더러워진대도 개의치 말라고도 말하고 싶어요. 아이와 소통하기 위해 노력하라는 말도 해주고 싶고요. 아이가 무엇을 좋아하고 싫어하는지 알 수 있도록 함께 보내는 시간도 충분히 가지라고 권하고도 싶어요. 아버지가 좋아하는 걸 자식에게 강요하지 말라는 말도 하고 싶고요. 아버지와 제가 함께 달리게 된 건 제가 아버지께 그렇게 해 달라고 부탁했기 때문이에요. 아버지와 저를 계속 달리게 하는 건 아버지의 열정이 아니라 우리의 열정이었어요.

저는 자식들에게도 해줄 말이 있어요. 부모님과 소통하기 위해 노력하라고 말하고 싶어요. 혹시 장애가 있다면 부모님과 의사, 치료 전문가들과 협력하라고 당부하고 싶고요. 그 사람들의 말에 귀를 기울여야 해요. 하지만 한계를 규정짓는 어떤 말에도 귀 기울이지 말라고 말해주고 싶어요. 결코 포기하지 말라는 말도 하고 싶고요.

가장 중요한 것으로, 우리 이야기를 듣는 사람들 모두가 알아주었으면 하고 바라는 게 하나 있어요. 그것은 바로 "그래요, 당신은 할 수 있어요!"라는 말이에요. 아버지는 제게 인생을 살아가는 비결로 이 말을 믿도록 가르쳐 주셨어요.

아버지께 감사하다는 건 턱없이 부족한 말이에요. 그래도 제게 헌신적이었던 아버지께 "진심으로 감사합니다"라고 말할 수밖에 없군요. 아버지가 그랬듯이 저도 아버지께 헌신적인 아들이었으면 좋겠어요.

아버지, 사랑해요.

아들 릭

감사의 말 ● ● ●

이 책이 세상에 나오기까지 2년이 넘는 시간이 걸렸다. 그동안 수없이 많은 사람과 인터뷰를 하고 정보와 자료를 수집했다. 편집하는 과정에서도 몇 차례나 글을 고치고 다듬었다. 나와 릭의 바람은 아무쪼록 이 책이 전 세계 사람들에게 감동과 함께 삶에 대한 열정을 주었으면 하는 것이다.

이 책이 완성되기까지 많은 사람들이 성원하고 아낌없는 도움을 주었다. 이 자리를 빌려 그들 모두에게 감사의 말을 전하고 싶다.

먼저 《뉴욕 타임스》의 베스트셀러 작가인 던 예거와 플로리다 주립대학의 제시카 피치포드에게 감사드린다. 두 사람은 많은 시간을 들여 나와 릭의 이야기를 근사한 작품으로 만들어 주었다.

제니 페르난데스와 로렌 헬드에게도 고마움을 전한다. 두 사람은 이 책이 예정대로 출간되도록 체계적인 관리를 해 주었다.

다카포출판사의 편집진, 특히 편집자 케빈 하노버에게 감사드린다. 아마 케빈이 없었다면 이 책은 영영 빛을 보지 못했을 것이다. 케빈을 비롯한 편집진은 처음부터 이 책의 가능성을 믿었고, 우리의 이야기를 독자들이 공감할 수 있도록 다듬어 주었다. 그들 모두에게 다시 한 번 감사드린다.

보스턴 소아전문병원의 의사, 간호사, 치료사들에게도 고마움을 전한다. 아울러 터프츠 대학의 젊은 공학도들에게도 감사드린다. 그들은 릭에게 의사소통용 특수 컴퓨터를 만들어 주었다.

오랜 세월에 걸쳐 우리를 지지해 준 가족과 친구, 그리고 이웃들에게도 감사의 말을 전한다.

호이트 기금의 초대 회장인 마이크 기아롱고를 비롯, 우리의 첫 후원자인 매사추세츠 주 리틀턴의 XRE 엔지니어링사에도 감사드린다. XRE는 우리가 철인3종경기에 참가할 수 있도록 우리에게 맞는 자전거를 제작해 주었다.

우리에게 철인3종경기에서 뛸 것을 가장 먼저 제안한 데이브 맥길리브레이에게도 고마움을 전한다. 데이브는 우리가 '아이언맨 월드챔피언십'에 참가할 수 있도록 철인3종경기 위원회를 설득하기도 했다.

오랫동안 릭을 도와준 '개인 간호 서비스 협회'에도 감사드린다. 이들이 없었다면 릭은 결코 독립적인 생활을 할 수 없었을 것이다.

우리의 첫 공식 레이스 때 가장 먼저 다가와 릭과 나를 격려해 준 피트 위스네프스키에게도 고마움을 전한다. 그 일로 그는 내게 둘도 없는 친구가 되었다.

보스턴 소아전문병원의 '보완대체 의사소통 프로그램'의 감독인 존 코스텔로에게도 감사드린다. 존은 1986년 이후부터 릭을 치료해왔다. 릭은 존의 도움으로 근사한 커뮤니케이션 시스템을 갖춤으로써 세상 사람들에게 자신의 생각을 표현할 수 있게 되었다.

딕 호이트

"딕과 릭은 불가능해 보이는 일이 어떻게 가능한지를 분명하게 보여 준다. 서로에 대한 애정과 성원이 바탕을 이루고 있는 그들의 조건 없는 관계는 상상을 뛰어넘는 성과를 이루었다. 그들은 장애인들뿐만 아니라 일반인들에게도 용기와 희망을 주는 상징으로 우뚝 서 있다."

_우타 파이피그(보스턴 마라톤과 베를린 마라톤 세 차례 우승자)

"딕과 릭 호이트처럼 부모와 자식이 힘을 합쳐서 공동의 열정을 찾아낼 때 일어날 수 있는 일은 상상을 초월한다. 피나는 노력을 통해 그들은 달리기에 없어서는 안 될 강력한 존재로 자리매김했다. 그들의 이야기는 우리의 정신을 한껏 고양시킨다!"

_빌 로저스(보스턴 마라톤과 뉴욕시 마라톤 네 차례 우승자)

"텔레비전을 통해 딕 호이트가 달리는 모습을 처음 봤을 때, '저 사람, 짐승 아니야?'라고 생각했다. 그리고 나 자신에게 이렇게 물었다. '어떻게 저런 일이 가능할까?'

나의 조국인 슬로바키아에서 흔히 듣는 속담 중에 "사랑은 산도 옮길 수 있다"는 말이 있는데, 이는 아들 릭을 위해 헌신하는 딕에게 딱 어울리는 말이라고 생각한다. 나는 이제까지 딕 호이트와 릭 호이트만큼 열심히 노력하는 사람을 본 적이 없다. 이 책은 도저히 믿을 수 없는 이야기들로 가득 차 있다. 비단 경주에 관련된 이야기만 있는 게 아니다. 《나는 아버지입니다Devoted》는 열정의 진정한 의미가 무엇인지 분명하게 보여주는 책이다."

_즈데노 차라(보스턴 브루인스)

나는 아버지입니다

1판 1쇄 인쇄 2010년 12월 8일
1판 6쇄 발행 2011년 1월 11일

지은이 | 딕 호이트 · 던 예거
옮긴이 | 정회성
펴낸이 | 정재면
펴낸곳 | 황금물고기

기 회 | 민영범
디자인 | 다성
출 력 | 으뜸애드래픽
인 쇄 | 천일문화사

등 록 | 2003년 12월 5일 제 313-2003-000375호
주 소 | 121-250 서울시 마포구 성산동 226-10호 2층
전 화 | 02-326-3336
팩 스 | 02-325-3339
이메일 | egoldfish@naver.com

한국어 판권 ⓒ 황금물고기 2010, *Printed in Korea*

ISBN 978-89-94154-07-7 13840